D1413521

DANS LA COLLECTION
NUITS NOIRES

UNE AFFAIRE DE HARCÈLEMENT

Rien à perdre, Grasset, 1997
La Bluffeuse, Grasset, 1998
Justice expéditive, Grasset, 2000
Erreur sur la personne, Grasset, 2001
Dans l'ombre de Marie, Grasset, 2002
La Minute de vérité, Belfond, 2002, et J'ai lu, 2004
Dernier recours, Grasset, 2003
Une affaire de vengeance, Belfond, 2003

LISA SCOTTOLINE

UNE AFFAIRE
DE HARCÈLEMENT

*Traduit de l'américain
par Michel Ganstel*

belfond
12, avenue d'Italie
75013 Paris

Titre original:
COURTING TROUBLE
publié par HarperCollins Publishers Inc., New York

Ce livre est une œuvre de fiction. Les personnages, les événements et les dialogues sont le fruit
de l'imagination de l'auteur ou utilisés fictivement.
Toute ressemblance avec des personnes réelles,
vivantes ou mortes, serait pure coïncidence.

Si vous souhaitez recevoir notre catalogue
et être tenu au courant de nos publications,
vous pouvez consulter notre site internet
www.belfond.fr ou envoyer vos nom et adresse,
en citant ce livre, aux Éditions Belfond,
12, avenue d'Itlaie, 75013 Paris.
Et, pour le Canada,
à Interforum Canada Inc.,
1050, bd René-Lévesque-Est,
Bureau 100,
Montréal, Québec, H2L 2L6.

ISBN 2-7144-3940-3

À mes lecteurs, avec ma plus sincère gratitude.
Pour votre constance, ma fidélité vous est acquise.

Puissiez-vous toujours avoir du courage.

Bob DYLAN

1

Impatiente de gagner la salle d'audience, Anne Murphy traversa au pas de charge le hall bondé du tribunal fédéral, ses longs cheveux auburn flottant au vent. L'énormité qu'elle s'apprêtait à commettre ferait d'elle une héroïne si elle gagnait, ou lui vaudrait la prison si elle perdait. Mais Anne n'envisageait pas la défaite. Une rousse, après tout, n'est qu'une blonde qui donne libre cours à ses impulsions.

— Maître Murphy, une question ! lui lança un journaliste.

Sans ralentir, Anne réussit à le semer dans la foule. Malgré leur hâte de partir en cette veille de long week-end du 4 Juillet, avocats, greffiers et fonctionnaires fédéraux ne pouvaient s'empêcher de se retourner sur son passage. Avec ses yeux verts, son nez fin parsemé de taches de son et ses lèvres pulpeuses soulignées avec art de rouge garance, elle était ravissante. Un tailleur de soie crème moulait ses courbes délicieusement féminines, et l'inconfort de ses talons aiguilles semblait n'avoir pour objet que de mettre en valeur ses longues jambes galbées à ravir et la finesse de ses chevilles. Anne avait l'allure d'un top model et pourtant, au regard de son passé, elle ne se pensait même pas jolie. Aucune femme ne peut oublier le regard impitoyable de l'enfant qui se juge dans la glace.

— Attention, les gars ! brailla un garde en voyant approcher Anne. Notre belle rouquine arrive et elle a l'air d'attaque !

Les cinq vigiles massés autour du portique de détection, retraités de la police municipale uniformément vêtus de blazers bleu marine et de pantalons anthracite, réagirent par des sourires entendus. Celui qui avait salué l'approche d'Anne, moins empâté que ses collègues et la chevelure trop noire pour être naturelle, arborait un badge au nom de Salvatore Bonnano.

— Bien vu, Sal, lui dit Anne en jetant son cartable et son sac sur le tapis de la machine. Souhaitez-moi bonne chance.

— Qu'est-ce que vous nous mijotez cette fois, beauté ?

— Éclairer la justice, comme d'habitude. Vous avez des projets pour le week-end, messieurs ? demanda-t-elle pendant que ses affaires franchissaient le portique.

— Oui, vous emmener danser ! répondit Bonnano en provoquant l'épaisse hilarité des autres. Je vous apprendrai le jitterbug.

— Toi, faire danser la belle Anne Murphy ? s'esclaffa le garde dénommé Sean Feeney. Tu rêves, Sal. Elle est Irlandaise, c'est pour moi qu'elle se réserve. Votre famille vient du comté de Galway, n'est-ce pas, Anne ? ajouta-t-il en se tournant vers elle. Les plus belles filles d'Irlande sont de Galway.

Anne se contenta de rire. Les commentaires flatteurs sur son physique la gênaient toujours un peu.

Elle récupérait ses affaires à la sortie du portique quand deux journalistes arrivèrent en courant, jetèrent leurs sacs sur le convoyeur et commencèrent à la bombarder de questions en se coupant la parole :

— Maître Murphy, quels commentaires sur le procès qui doit avoir lieu la semaine prochaine ?

— Pourquoi votre client refuse-t-il une transaction amiable ?

— Est-ce ce que cette affaire ne compromet pas les chances de Chipster.com de s'introduire en Bourse ?

— Quelles conclusions soumettez-vous aujourd'hui à la cour ?

— Si c'est un nouvel élément de preuve, pourquoi tenez-vous tellement à ne pas en faire état devant le jury ?

— Je vous en prie ! Pas de commentaires, dit-elle en empoignant ses affaires.

Elle n'eut pas besoin de courir : les gardes se chargeaient déjà de protéger sa fuite.

— Hé, vous deux ! aboya Bonnano en retrouvant sa voix de policier. Vous connaissez le règlement, pas de ça au palais de justice !

Les sourcils froncés et la mine sévère, son collègue Feeney faisait signe au premier journaliste d'approcher :

— Une minute, monsieur, dit-il en prenant un détecteur de métal sous le comptoir. Je dois vous soumettre à une fouille complète. Vous aussi, je vous prie, fit-il au second journaliste pendant que les trois autres gardes, alignés derrière, lui faisaient barrage.

— Mais... je suis de la presse ! Vous me voyez tous les jours, vous me connaissez ! Hé ! Attendez ! ajouta le journaliste en voyant le garde qui surveillait la machine lui confisquer son sac.

— Allez-y, la voie est libre ! cria Bonnano avec un large sourire à l'intention d'Anne, qui pressait le bouton d'appel de l'ascenseur.

— Merci, je vous revaudrai ça ! lança-t-elle tandis que la porte se refermait.

Elle éprouva un léger remords d'avoir accepté leur aide sans l'avoir sollicitée. Léger, sans plus.

Un instant plus tard, arrivée au neuvième étage, elle entra dans la salle d'audience moderne et confortable et se réjouit de la trouver déjà pleine. La plainte pour harcèlement sexuel contre Gil Martin, le plus célèbre des nouveaux millionnaires d'Internet de Philadelphie, retenait depuis le début l'attention de la presse.

Les journalistes et les curieux qui se pressaient sur les bancs du public se tournèrent comme un seul homme à l'entrée d'Anne et la suivirent des yeux pendant qu'elle traversait la salle. Les huissiers qui tuaient le temps autour des dossiers et les clercs de corvée d'audience rajustèrent leurs cravates à son approche, tandis que la sténotypiste lui décochait un regard meurtrier par-dessus sa machine. Anne était habituée aux réactions de ce genre. Les hommes béaient d'admiration, les femmes la haïssaient. Ce qui ne l'avait pas empêchée d'entrer chez Rosato & Associées, cabinet juridique exclusivement féminin, mais cela est une autre histoire.

En déposant son sac et son cartable sur la table de la défense, elle jeta un coup d'œil au public. Comme convenu, un jeune homme en imperméable de couleur claire était assis au premier rang, juste derrière elle. Anne lui fit un signe discret avant de s'asseoir et de prendre dans son cartable un exemplaire de ses conclusions. Celles-ci, comme le jeune homme du premier rang, constituaient sa dernière idée de génie. Depuis son arrivée chez Rosato & Associées, Chipster.com était son premier gros client. Gil Martin, le P-DG, l'avait engagée parce qu'ils se connaissaient depuis la fac de droit. N'ayant encore jamais plaidé un dossier de cette importance, elle s'était d'abord demandé si elle n'avait pas présumé de ses forces ; ensuite, puisque c'était bien le cas, elle avait cessé de s'interroger pour ne plus penser qu'à gagner la partie.

— Bonne fête nationale, chuchota une voix à son oreille.

Elle leva les yeux et reconnut Matt Booker. Il avait vingt-neuf ans, un an de plus qu'Anne, des cheveux bruns naturellement ondulés, des yeux bleu clair et des cils à rendre les femmes jalouses. Anne aurait volontiers cédé à sa séduction s'il n'avait été l'avocat de la partie adverse. Matt représentait les plaignants – une programmeuse du nom de Beth Dietz et son mari Bill, lui aussi programmeur –, qui avaient déposé une plainte conjointe contre Chipster et son patron. Pour la première fois depuis son arrivée à Philadelphie un an plus tôt, Anne résistait mal à la tentation. Car de tous les fruits défendus, l'avocat adverse était à coup sûr le plus sévèrement interdit.

— Laisse-moi tranquille.

Matt, au contraire, se rapprocha. Son haleine sentait le dentifrice.

—Je voulais juste te dire que je ne t'invite pas à sortir aujourd'hui. Tu m'as déjà dit non trois cent vingt-neuf fois, je commence à croire que c'est une habitude. Empêche-moi de recommencer.

Anne se sentit rougir.

—Il ne t'est pas venu à l'idée que tu me harcèles sexuellement en plein procès de harcèlement sexuel ?

—Allons, avoue, mes avances te font quand même plaisir. Au moins un peu ?

Anne ne répondit pas. Il y avait longtemps qu'elle ne se fiait plus à personne… Mais elle connaissait Matt depuis bientôt un an, depuis le dépôt de la plainte en fait, et il était trop sûr de lui, ce qui, pour elle, n'était pas un défaut chez un homme.

—Un tout petit peu ? insista-t-il. Presque pas du tout ?

—Bon, d'accord, j'accepterai après la fin du procès. Mais seulement quand tout sera terminé.

—C'est… c'est vrai ?

Elle trouva attendrissant qu'il en bafouille presque de stupeur.

—Oui. Et maintenant, laisse-moi tranquille. Je me prépare à te flanquer un bon coup de pied au derrière, poursuivit-elle.

—Et si je gagnais ce procès ?

—Impossible. Tu es dans ton tort et tu plaides contre moi.

—J'ai emporté la décision de la cour dans mes dernières conclusions, l'aurais-tu oublié ?

—On peut gagner une bataille et perdre la guerre. File. Tout le monde voit que tu flirtes avec moi.

—Tu en fais autant.

—Je ne flirte jamais avec l'adversaire.

—Je ne suis pas ton adversaire, c'est toi qui es le mien.

Avec un ricanement amer, Matt regagna sa place près du box du jury, où trônaient deux rangées de chaises vides. Anne se demanda si Matt voudrait encore la voir après la décision du juge. Elle éprouva un léger remords. Deux accès de remords presque coup sur coup… Ce n'était pas dans ses habitudes.

— Mesdames, messieurs, la Cour ! clama un huissier. La séance est ouverte sous la présidence de l'honorable Albert Hoffmeier !

Le public se leva à l'entrée du juge, qui apparut derrière la tribune d'acajou massif au design ultramoderne et y déposa un épais dossier avant de s'asseoir. Court, trapu, le cheveu poivre et sel, arborant un nœud papillon aux couleurs de la bannière étoilée qui témoignait de son humour anticonformiste devenu légendaire, le juge Hoffmeier releva ses lunettes sur son front.

— Bonjour à tous, dit-il à l'assistance, qui répondit par un murmure respectueux avant de se rasseoir. Alors, maître Murphy, poursuivit-il en souriant, quelles surprises nous avez-vous préparées pour aujourd'hui ? À la veille de mes festivités préférées, nous devrions tous être dehors en train de nous apprêter à admirer les feux d'artifice en savourant des hot dogs. Oui, ajouta-t-il en réponse au public qui saluait cette dernière phrase d'un rire poli, je ne manque jamais de manger des hot dogs le 4 Juillet.

Anne s'approcha de la tribune, ses conclusions à la main.

— Je suis désolée de vous retenir ici, Votre Honneur, mais, dans l'affaire Dietz contre Chipster.com, je tenais à soumettre ces conclusions à votre attention avant l'audience de la semaine prochaine. La défense sollicite de la cour l'autorisation d'exclure l'audition de Susan Feldman, témoin à décharge pour les plaignants.

Le juge fronça les sourcils.

— Pourquoi estimez-vous que le jury ne devrait pas entendre ce témoin ?

Si le juge était sensible à sa beauté, il n'en laissait rien paraître. Anne ne se faisait pas d'illusions sur ce point : il fallait davantage qu'un joli minois pour gagner un procès devant une instance fédérale.

— Parce que, Votre Honneur, son témoignage n'a aucun rapport direct avec cette affaire et doit donc en être exclu en vertu de l'article 403 du Code de procédure fédéral. Mme Feldman prétend avoir été victime de harcèlement sexuel

14

de la part d'un certain Philip Leaver, programmeur employé chez Chipster.com. Or Mme Feldman et M. Leaver n'ont rien à voir avec les parties en cause dans le cas qui nous occupe, car les faits sur lesquels elle témoignerait se sont déroulés en un autre lieu et à une autre époque.

Un éclair amusé s'alluma dans le regard du juge.

— Le défendeur admet cependant que l'incident en question est véridique, si je ne me trompe ?

— C'est exact, Votre Honneur. Mais il s'agissait en réalité d'une mauvaise plaisanterie, que mon client a d'ailleurs immédiatement sanctionnée en licenciant M. Leaver.

— Une mauvaise plaisanterie, vraiment ? demanda le juge, amusé. Ne tournons pas autour du pot, ma jeune amie. M. Leaver est sorti de son bureau nu comme un ver. Et ce pendant les heures ouvrables.

Des rires étouffés fusèrent dans le public. Anne se retint d'en faire autant.

— En effet, Votre Honneur. Je vous ferai toutefois observer que M. Leaver n'était pas entièrement nu puisqu'il portait aux chevilles des ailes en papier d'aluminium.

— Des ailes aux chevilles ? répéta le juge en pouffant de rire. Un fervent admirateur de Hermès ou de Pan, sans doute ? Pourquoi s'était-il affublé de ces ailes, à votre avis ?

— Pourquoi pas, Votre Honneur ? Je ne pense pas que M. Leaver ait beaucoup étudié la mythologie grecque, mais il a vingt-trois ans et regarde sans doute trop certaines émissions de télévision. Quoi qu'il en soit, il est en effet sorti nu de son bureau devant celui de Mme Feldman, mais sans faire aucun geste obscène ni prononcer de propos équivoques. Il s'est contenté de battre des bras comme s'il s'envolait. Si ce n'est pas de bon goût, cela ne viole aucune loi fédérale.

Cette fois, le juge se permit d'éclater de rire.

— Étonnons-nous après cela que le Nasdaq plonge dans un gouffre ! La révolution d'Internet, la nouvelle économie dont on nous rebat les oreilles, aux mains de potaches déguisés en dieux grecs !

15

Anne attendit que les rires de l'assistance se soient éteints. Elle espérait que l'ambiance de vacances qui régnait déjà dans la salle jouerait en sa faveur cinq minutes plus tard.

— J'avoue que c'est amusant, Votre Honneur. En fait, Mme Feldman avait pris les agissements de M. Leaver à la plaisanterie, car elle en a ri au point de tomber de sa chaise. M. Leaver en était si mortifié qu'il a couru se réfugier aux toilettes, dont il n'a pas voulu sortir avant la fin des heures de travail.

Le public s'esclaffa bruyamment. Le juge laissa l'hilarité suivre son cours avant de reprendre lui-même son sérieux.

— Si j'ai bien compris, votre client ne souhaite pas que le témoin raconte cette histoire d'ailes en aluminium au procès ?

— En effet, Votre Honneur. L'incident n'a aucun rapport avec l'affaire en cours puisque la plaignante, Mme Dietz, prétend que M. Martin l'a forcée à avoir des rapports sexuels avec lui dans son bureau contre l'assurance de lui préserver son emploi. Nous prouverons au jury que ces allégations sont fausses, mais le fait que M. Leaver ait ou non battu des ailes dans le plus simple appareil devant Mme Feldman ne rend ni plus ni moins crédible le harcèlement auquel M. Martin est censé s'être livré sur la personne de Mme Dietz.

— C'est une interprétation, dit le juge d'un ton dubitatif.

— Parfaitement fondée, Votre Honneur. Mon adversaire profiterait d'un tel témoignage pour étayer ses maigres éléments de preuve à l'encontre de mon client par un amalgame injustifié. Je me permets d'ailleurs de vous rappeler qu'il existe une jurisprudence sur des affaires similaires, notamment Becker contre ARCO.

Le juge se frotta un instant le menton.

— Votre argument n'est pas sans valeur. Maître Booker, avez-vous quelque chose à dire ?

— Bien entendu, Votre Honneur ! déclara Matt en s'approchant de la tribune tandis qu'Anne s'en éloignait. J'apprécie comme tout le monde les bonnes plaisanteries et j'admets volontiers que cet incident puisse paraître amusant avec le recul. Mais, contrairement aux assertions de la défense, Mme Feldman ne l'avait pas trouvé drôle du tout sur le moment. La conduite de M. Leaver ressortit à l'outrage à la pudeur pur et simple. Le témoignage de Mme Feldman est donc tout à fait admissible et pertinent. Il illustre en effet l'état d'esprit qui règne à Chipster.com ainsi, je le déplore, que dans d'autres entreprises de cette nouvelle économie où la programmation est largement dominée par le personnel masculin. L'effectif des programmeurs de Chipster.com est composé à quatre-vingt-quinze pour cent d'hommes âgés de vingt-trois à trente-cinq ans ; aucune femme n'y occupe de poste de responsabilité. Cet état de fait encourage une conduite irresponsable, telle que celles dont M. Leaver et M. Martin se sont rendus coupables. Je conclus donc qu'il n'appartient à aucun d'entre nous, mais au seul jury, de décider si l'atmosphère qui prévaut dans l'entreprise est ou non propice au harcèlement sexuel, puisque le défendeur n'est autre que le P-DG de Chipster.com.

— Puis-je réfuter les assertions de mon adversaire, Votre Honneur ? intervint Anne.

— Oui, mais je vous saurais gré d'être brève.

— La défense soutient, Votre Honneur, que même si la cour estimait ce témoignage pertinent, il devrait être exclu au titre de l'article 403 du Code de procédure fédéral, car il présente le risque d'induire un préjugé nuisible aux intérêts de la défense. Vous imaginez sans peine dans quel sens un pareil témoignage pourrait influencer le jury, puisqu'il y serait question d'un *homme nu...*

À ce signal convenu, le jeune homme assis derrière Anne au premier rang du public se leva, fit un pas de côté pour se poster dans l'allée centrale et déboutonna son imperméable, qu'il laissa tomber à ses pieds. Il était châtain, bel homme – et entièrement nu. L'assistance poussa un cri de stupeur, la sténotypiste un gémissement d'horreur, les gardes dégainèrent les menottes pendues à leurs ceintures, mais Anne poursuivit imperturbablement :

— La seule image d'un homme nu, surtout dans un prétoire, suffirait à détourner l'attention du jury de…

La voix de tonnerre du juge et ses coups de marteau frénétiques interrompirent son exposé :

— Que signifie cette indigne comédie ? Silence dans la salle ! Rhabillez-vous, jeune homme ! Rhabillez-vous, c'est un ordre !

— C'est un scandale, Votre Honneur ! s'époumona Matt en se levant d'un bond. Nous protestons avec la plus grande véhémence !

Le jeune nudiste avait déjà empoigné son imperméable et le remettait à la hâte tout en courant vers la porte, les gardes sur ses talons. Le public salua sa spectaculaire sortie par un tonnerre d'applaudissements et de bruyants éclats de rire, ce qui décida Anne à le gratifier d'un bonus.

— Silence ! Silence, ou je fais évacuer la salle ! fulminait le juge. Rasseyez-vous tous ! Maître Murphy, je n'en crois pas mes yeux. Est-ce vous qui avez organisé cette grotesque exhibition ?

— Qualifiez-la plutôt de démonstration, Votre Honneur, répondit Anne sans s'émouvoir. Je crois avoir prouvé que la présence d'un homme nu enlève toute sérénité aux débats et…

— Cet individu était-il M. Leaver ? l'interrompit le juge.

— Non, Votre Honneur, il travaille dans un club de strip-tease. Il est aussi chanteur, mais il n'avait pas à le prouver dans le cas présent.

— Objection, Votre Honneur ! criait Matt à tue-tête.

D'un geste, le juge lui imposa le silence sans cesser de regarder Anne de façon sévère.

— Dois-je comprendre, maître Murphy, que vous avez payé un… un strip-teaseur pour venir s'exhiber ici ?

— Personne d'autre ne l'aurait accepté, Votre Honneur.

— Je pourrais vous inculper d'outrage à magistrat, maître Murphy ! Vous infliger une peine de prison ! Mon prétoire n'est pas un lieu de débauche !

— Je vous présente toutes mes excuses, Votre Honneur, mais je n'ai pas trouvé mieux pour vous démontrer le bien-fondé de ce que je viens de soutenir. Regardez, poursuivit-elle en montrant le public, moitié riant aux éclats, moitié criant d'indignation. L'homme nu n'est plus ici, mais l'assistance est encore déstabilisée. Pendant son apparition, je développais une thèse parfaitement valide sur le plan juridique et personne ne m'écoutait plus, y compris vous-même.

Le juge tendit la main vers son marteau, mais Anne poursuivit sans se démonter :

— Permettez-moi d'insister, Votre Honneur. La seule image d'un homme nu dans l'esprit du jury l'empêcherait de rester attentif au cas de mon client, qui est le seul à devoir être jugé. Quand les jurés se retireront pour délibérer, ils penseront encore à cet homme nu qui est pourtant étranger à l'affaire. C'est précisément ce genre de préjugés défavorables que l'article 403 veut éviter.

Le juge resta sans voix, Matt bouillait de fureur, le public regardait Anne avec stupeur. Elle gardait elle-même le silence en se demandant si elle pourrait payer sa caution avec sa carte de crédit.

Au bout d'une longue minute, le juge rajusta ses lunettes.

— Maître Murphy, je ne tolérerai pas de telles pitreries dans mon prétoire. J'aime y maintenir une atmosphère détendue, mais vous avez, à l'évidence, commis une grossière erreur de jugement sur les limites de mes bonnes dispositions. Je vous inflige donc une amende de cinq cents dollars pour outrage à magistrat, et estimez-vous heureuse que je n'aille pas jusqu'à vous faire enfermer pendant le week-end. Comme je l'ai dit tout à l'heure, le 4 Juillet est ma fête préférée ; chaque Américain doit célébrer ses libertés individuelles. Y compris les Américains qui, comme vous, s'arrogent des libertés abusives.

— Je vous remercie, Votre Honneur.

Une fois les cinq cents dollars retirés de ses économies, pensa-t-elle, il lui en resterait moins de dix-huit. Car elle ne pouvait quand même pas demander à son client de payer pour la sortir de prison. C'eût été renverser leurs rôles respectifs.

— Et je vous préviens, reprit le juge, je ne tolérerai plus de tels esclandres dans mon prétoire, ni la semaine prochaine ni les suivantes. À la première « démonstration » de ce genre, ce sera directement la prison. Avez-vous compris ?

— Oui, Votre Honneur.

— Bien. Revenons aux conclusions de la défense tendant à exclure le témoignage de la dame Feldman. Je les accepte avec la plus grande répugnance, je tiens à le préciser. Il me déplaît de paraître récompenser vos agissements, mais je ne peux pas pénaliser le défendeur à cause des aberrations de son avocate. Il n'y aura donc pas d'homme nu dans ce prétoire la semaine prochaine, ni en personne ni en paroles. Greffier, prenez note de ma décision.

Sur quoi, le juge fit retentir son marteau. Anne se retint de justesse de pousser un cri de triomphe. Elle avait gagné !

— Merci, Votre Honneur, se borna-t-elle à dire.

— Et maintenant, maître Murphy, sortez avant que j'aie repris mon bon sens. Bonnes fêtes à tous, ajouta-t-il à l'adresse du public.

À peine le juge était-il sorti qu'Anne sentit une main lui caresser le dos. Elle se retourna et reconnut vaguement deux confrères ; leur élégance tapageuse témoignait de leur réussite professionnelle.

— Sensationnel, Anne ! dit l'un d'eux, le sourire satisfait et l'annulaire orné d'une alliance.

— Où avez-vous trouvé cette idée ? demanda l'autre en se rapprochant. Au fait, ne nous sommes-nous pas déjà rencontrés à...

— Merci, messieurs, l'interrompit-elle.

Elle n'avait aucune envie de se laisser draguer dans un tribunal fédéral, sauf par Matt. Elle le voyait, le front plissé par la colère, qui fourrageait dans ses papiers en affectant de ne pas regarder de son côté ni de répondre aux signes qu'elle lui faisait. Une seconde plus tard, les deux dragueurs bloquèrent son champ de vision.

— Comment avez-vous eu le culot de faire un coup pareil ? demanda l'avocat marié.

Anne le contourna sans répondre.

— Matt !

Il se dirigeait déjà vers la sortie, par l'allée centrale, et ne se retourna pas. Anne ne chercha pas à le rattraper. Elle ne pouvait ni s'excuser de défendre les intérêts de son client ni lui dire qu'elle regrettait d'avoir gagné. Figée, elle prit soudain conscience de la présence des deux prétendus admirateurs, du public qui la dévisageait bouche bée et des journalistes qui accouraient vers elle, le bloc-notes à la main et le stylo brandi.

— Que faites-vous ce soir, Anne ? s'enquit l'avocat marié. Je serais ravi de fêter votre victoire avec vous…

Un journaliste le repoussa sans ménagement :

— Bravo, maître Murphy ! Comment s'appelle le strip-teaseur ?

En un clin d'œil, elle se trouva au milieu d'un essaim de journalistes plus excités que si elle venait de décrocher le prix Pulitzer.

— Pensiez-vous vraiment risquer la prison ?

— Que dit votre client de votre coup d'éclat ?

— Accepteriez-vous une séance de photos pour notre rubrique « Jeunes espoirs » de cette semaine ?

Anne ne répondit pas et ignora les regards fixés sur elle. Attirer l'attention du monde extérieur lui donnait toujours une sensation de vide intérieur mais, au moins, elle avait gagné et elle le méritait. Avec ou sans jurisprudence pour la justifier, elle était dans son bon droit ; elle le savait.

Et elle prit note d'une vérité première : seule une femme belle peut comprendre le pouvoir d'un homme nu.

2

Anne sortit de l'ascenseur dans la fraîcheur climatisée du hall de réception de Rosato & Associées. Avec ses sièges bleu marine, sa moquette aux motifs bleus et sa table de verre couverte de magazines, il offrait une oasis de paix à qui venait de subir la chaleur et l'agitation qui régnaient au-dehors. Les embouteillages du long week-end avaient déjà commencé : Anne n'avait pas trouvé de taxi et avait dû revenir à pied du palais de justice, ce qui, sur des talons aiguilles, constituait une torture unanimement réprouvée par les organisations humanitaires.

Anne s'en débarrassa la porte à peine franchie et s'approcha pieds nus du comptoir d'accueil inoccupé. La réceptionniste n'était pas la seule à avoir quitté les lieux plus tôt que d'habitude, car tous les bureaux étaient vides. Le silence régnait partout, sauf au bout du couloir d'où provenaient des éclats de rire. Anne comprit de qui il s'agissait.

Un coup d'œil à la feuille de présence lui tira un soupir de soulagement : Bennie Rosato était notée absente jusqu'à la fin de la journée. Anne aurait donc le week-end devant elle pour réfléchir aux explications qu'elle allait devoir fournir à sa patronne sur sa brillante opération « Homme nu ».

Le téléphone sonna ; elle décrocha machinalement le poste de la réception et annonça :

— Rosato & Associées.

— Ici le *Daily News*, fit une voix d'homme. Anne Murphy est-elle au bureau ? Nous aimerions lui poser quelques questions sur…

— Désolée, je ne suis pas là.

Elle raccrocha, feignit de ne pas entendre la sonnerie qui retentit aussitôt, feuilleta la liasse des messages reçus au standard pendant l'absence des intéressées, prit son courrier sur le rayon où était inscrit son nom et se dirigea vers son bureau.

Le soleil qui se déversait par la fenêtre, derrière son fauteuil, projetait une lumière crue, éblouissante, sur le plan de travail en désordre. Au-dessus du bureau, appuyées au mur de gauche, des étagères en bois contenaient, outre des ouvrages de droit et des codes de procédure, quelques romans policiers et un vieux catalogue de grand magasin de luxe illustré de robes et d'accessoires qu'elle aurait mérités, mais n'avait jamais eu les moyens de s'offrir. Aucune photo personnelle, aucun portrait n'ornait les murs de la pièce où ne figuraient que ses diplômes de l'UCLA et de Stanford.

Anne posa le sac et le cartable sur une chaise, le courrier sur son bureau avant de s'asseoir dans son fauteuil. Les rires résonnaient plus fort maintenant qu'elle était plus proche de leurs sources, c'est-à-dire Mary DiNunzio et Judy Carrier, les deux plus anciennes du cabinet. Pour elles, le bureau de Mary faisait office de club.

Anne jeta un coup d'œil à ses messages et à son courrier, mais le cœur n'y était pas. Malgré la fatigue due à sa longue marche, elle ne tenait pas en place. Sa victoire lui donnait des fourmis dans les jambes. Elle avait appelé Gil sur son portable en sortant du palais de justice, mais avait dû se contenter de lui laisser un message. Elle avait omis, par prudence, de l'avertir de l'intervention du strip-teaseur, de manière qu'il puisse, sans se parjurer, nier en avoir été informé si elle avait été condamnée à une peine de prison. Mais maintenant qu'elle avait gagné, elle n'avait plus à s'en cacher.

Elle avait envie de fêter sa victoire. Les rires qu'elle entendait fuser du bureau voisin la mettaient encore de meilleure humeur. Et si elle invitait Mary et Judy à boire un verre ? Ce serait la première fois, mais il faut un début à tout. Elle n'avait rien d'autre à faire ce soir, à part sa séance habituelle de gym dont elle se serait volontiers passée. Au lieu d'apaiser ses tensions, ces exercices physiques intensifs ne parvenaient qu'à la stresser davantage.

Toujours nu-pieds, Anne se leva et alla au bout du couloir, vers les rires dont la gaieté communicative la faisait sourire malgré elle. La porte de Mary était ouverte. Anne passa la tête à l'intérieur :

— Qu'est-ce qu'il y a de si drôle, les filles ?

Les rires cessèrent aussi subitement que si elle avait appuyé sur un interrupteur pour couper le courant.

— Oh, rien de particulier, répondit Judy.

Elle en avait pourtant les larmes aux yeux, et le sourire ne s'était pas encore effacé de ses lèvres.

— Désolée pour tout ce bruit, dit Mary. Nous t'avons dérangée ?

— Non, pas du tout.

Anne sentit le feu lui monter aux joues. Elle aurait dû se douter que cela tournerait ainsi. L'ambiance du bureau était pire que ses plus affreux souvenirs d'école. Elle avait toujours l'impression d'être une intruse.

— Comment s'est passée ton audience ? demanda Mary.

Si cette collègue avait entendu parler de l'intervention du strip-teaseur, elle n'en laissait rien paraître. Son expression ne reflétait qu'un intérêt poli, sans plus. Ses cheveux châtain clair étaient noués en un chignon sévère, et elle portait le tailleur pantalon kaki qui était son signe distinctif. Judy, au contraire, arborait une salopette en denim sur un tee-shirt blanc et avait noué un foulard rouge sur sa tête. Elles étaient si différentes qu'Anne n'avait jamais compris comment elles pouvaient être aussi intimes.

— Bien, répondit-elle avec un sourire impersonnel. J'ai gagné.

Mary lui donnait un coup de main occasionnel sur le dossier Chipster.com. Anne sentait par moments qu'il s'en serait fallu de peu pour qu'elles deviennent amies, mais en d'autres circonstances ou dans un cadre différent. Sur une planète lointaine, par exemple, où les femmes n'étaient pas systématiquement garces entre elles.

— Tu as gagné ? Félicitations ! Comment as-tu fait ? C'était pourtant dur à défendre.

— Hoffmeier est tombé d'accord avec mes conclusions, voilà tout, se borna-t-elle à répondre.

— La jurisprudence était pourtant maigre.

— Il a quand même accepté mes arguments. Bon, il faut que j'y aille, je suis déjà en retard. J'étais juste venue vous dire au revoir. Bon 4 Juillet, dit-elle en reculant dans le couloir. Amusez-vous bien.

— Tu as des projets pour le week-end ? demanda Mary.

— Oui. À plus tard, les filles.

— Ce soir aussi ? insista Mary. Parce que je…

— Oui, surtout ce soir. Il faut que j'y aille.

— Amuse-toi bien, se décida enfin à lancer Judy.

Anne était déjà à l'autre bout du couloir.

Une heure après, en tee-shirt, short et baskets, elle était au club de gym devant la machine pompeusement baptisée « Life Fitness », conçue pour faire courir les gens que rebute l'effort inutile. CHOIX PROGRAMME, affichait l'écran de contrôle. Une flèche clignotante rouge pointait avec insistance vers le bouton DÉPART.

Anne tourna la molette, passa outre à RÉDUCTION GRAISSE, CARDIO et MANUEL pour sélectionner le mode ALÉATOIRE, qui jetterait sans préavis sur son chemin des collines abruptes et autres épreuves la forçant à aller au bout de ses forces – la vie, en somme. Puis elle agrippa les barres d'appui et se mit à trotter. À part un culturiste narcissique sur la machine à développer les muscles des jambes, elle était seule dans la salle. Alors, les yeux fixés sur la batterie d'écrans de télévision montés sur le mur en face d'elle et un baladeur Sony sur les oreilles, elle s'isola du monde extérieur. Les piles du baladeur étaient mortes depuis longtemps, mais c'était un moyen pratique d'ignorer les importuns éventuels. Le cœur battant de plus en plus vite, elle s'efforça de faire taire son dégoût de la télévision, du sport et de tout ce qui dans sa vie ne marchait pas comme il aurait fallu.

Aujourd'hui, après tout, elle n'avait pas de raison d'en vouloir au monde entier. Elle avait gagné !

Cette dernière pensée la fit sourire. Une pente douce s'amorça, qu'elle gravit à petites foulées sans quitter la télévision des yeux.

— Bonjour, Anne, fit une voix à côté d'elle.

Une fille s'installait sur la machine voisine. Anne la reconnut vaguement et s'étonna qu'elle ait choisi le programme RÉDUCTION GRAISSE alors qu'elle paraissait maigre comme un clou.

— Salut, répondit-elle en se creusant la cervelle pour retrouver le nom de la fille.

Il lui revint au bout d'une minute : Willa Hansen. Une artiste du genre évaporé qui changeait de couleur de cheveux deux fois par semaine. Ce soir, au moins, ils étaient d'une teinte à peu près normale, et même d'une nuance auburn proche de celle d'Anne.

— Ta nouvelle couleur me plaît, Willa, reprit-elle.

Pourquoi engageait-elle la conversation avec cette fille qu'elle connaissait à peine et qui lui était indifférente ? Peut-être pour lui prouver qu'elle n'avait pas oublié son nom. Il est inutile, en effet, de se rappeler le nom des gens si on ne le leur fait pas savoir.

— Merci, répondit Willa.

— Comment as-tu fait pour enlever ta teinture bleue ?

Anne s'en voulut aussitôt de cette question. Elle avait toujours eu plus de mal à parler aux femmes qu'aux hommes. Avec les hommes, il suffisait d'écouter.

— Avec un détergent, c'est facile.

Ne sachant trop que dire, Anne marcha un moment en silence. Ses expériences avec les teintures et les shampooings étaient nettement plus conventionnelles.

— Cette teinte est très jolie, répéta-t-elle pour dire quelque chose.

— Je me suis rincée au henné, précisa Willa. C'est ce qui donne les reflets cuivrés.

La conversation s'annonçait mal. Anne gravit une nouvelle colline. Son compteur individuel progressait à une lenteur désespérante. Celui de Willa, sur lequel elle coula un regard en coin, était vierge.

— Que comptes-tu faire pendant le week-end, Anne ?

— Rester enfermée chez moi, travailler. J'ai un gros procès à préparer pour mardi.

— Ah, oui ! C'est vrai, tu es avocate.

Anne eut presque envie de lui raconter sa victoire de l'après-midi, mais à quoi bon ? Willa et elle n'avaient parlé que deux ou trois fois de leur vie personnelle ou plutôt de leur absence de vie personnelle. Comme elle, Willa vivait seule et n'était pas de Philadelphie. Là s'arrêtaient leurs points communs. Anne croyait savoir que Willa avait des revenus, un héritage sans doute, suffisamment importants pour qu'elle n'ait pas besoin de gagner sa vie.

— Et toi, tu as des projets ?

— Non, plus maintenant. Je devais garder les chiens d'un couple, mais ils se sont séparés.

— Le couple ?

— Non, les chiens.

Anne préféra ne pas insister.

— Je ne savais pas que tu gardais des chiens.

— Je le fais quelquefois pour le plaisir, j'adore les chiens. Pendant que je les garde, j'en profite pour les dessiner. Mais il y aura sûrement bien d'autres choses à dessiner pendant le week-end. Il doit y avoir une grande fête sur Parkway, je crois, et un feu d'artifice lundi soir devant le musée.

27

— Ah non ! J'habite juste à côté de Parkway. Comment vais-je faire pour travailler, avec tout ce bruit ?

Comme c'était la première fois qu'elle était à Philadelphie au moment de la fête nationale, elle n'avait pas prévu l'ampleur et le lieu des réjouissances populaires. Le cadran de la machine lui annonçait une pente qui tenait de l'Himalaya et du Kilimandjaro. Encore un mauvais tour du programme ALÉATOIRE.

— Tu n'as pas de bureau ? s'étonna Willa.

— Si, mais…

Elle n'avait aucune envie d'y tomber sur Mary et Judy. Ou, bien pire, sur Bennie. Le travail, ce serait très bien sans les collègues.

— Le bureau ne te dit rien, si j'ai bien compris.

— Rien du tout.

— Eh bien, pourquoi ne pas aller ailleurs ?

— Ailleurs ?

— Tu vis seule, n'est-ce pas ?

— Oui, tout à fait.

— Va donc à la plage dans le New Jersey. Je suis allée au cap May, c'est tranquille comme tout. J'ai pu dessiner tant que je voulais.

Tout Philadelphie passait ses week-ends et ses vacances sur les plages du New Jersey.

— La plage… Ma foi, pourquoi pas ?

Anne fut aussitôt séduite par l'idée de s'évader pendant le week-end. Quelle meilleure façon de fêter sa victoire ? Elle n'avait pas de voiture, mais elle louait toujours la même, la plupart du temps pour faire ses courses du samedi. Le directeur de l'agence Hertz locale lui réservait une Mustang rouge, qu'elle avait plus ou moins l'intention d'acheter quand elle aurait fini de payer ses dettes, c'est-à-dire dans un avenir qui s'annonçait lointain.

— Oui, pourquoi pas ? répéta-t-elle. Rien ne m'empêche de partir. Je vais appeler une agence immobilière. Avec un peu de

28

chance, il peut rester une location encore libre. Un désistement de dernière minute…

C'est alors qu'Anne se rappela l'existence de Mel.

— Mais j'ai un chat ! Je ne peux pas le laisser seul.

— Si tu veux, je te le garderai, proposa Willa. J'aime aussi beaucoup les chats. Je le dessinerai.

Anne hésita. Depuis ses mésaventures avec Kevin, il ne lui plaisait guère de faire entrer des étrangers chez elle. Mais Willa était une femme, elle avait l'air honnête et, surtout, saine d'esprit. Alors que l'idée d'aller à la plage ne lui était pas même venue cinq minutes plus tôt, Anne brûlait maintenant d'impatience de partir. Elle pourrait travailler au calme et elle n'avait encore jamais vu l'Atlantique.

— Tu accepterais vraiment de garder mon chat ce week-end, Willa ?

— Bien sûr, je ferai son portrait et je dessinerai peut-être même le feu d'artifice. Si tu habites près du Parkway, on doit avoir une belle vue de chez toi. Pars donc tout de suite pour éviter les embouteillages. Je termine mon cycle de jogging pendant que tu rentres te préparer et je prendrai ma douche à ton appartement.

— C'est parfait, merci ! Au diable cette maudite machine, dit Anne en pressant le bouton d'arrêt. Je courrai demain sur la plage en respirant l'air pur de l'océan. Ou peut-être pas. Je suis libre, après tout !

En arrivant chez elle, Anne avait déjà réussi à réserver de son portable sa Mustang habituelle et un studio à la plage. Elle habitait le quartier de Fairmount, proche du centre des affaires, où des musées, le tribunal des affaires familiales et la bibliothèque publique ponctuaient un tissu urbain constitué de maisons anciennes restaurées avec soin et d'immeubles d'un bon standing. Bennie Rosato y résidait aussi. Le quartier était calme et sûr, ce qui avait motivé le choix d'Anne à son arrivée à Philadelphie. Qu'il soit particulièrement difficile d'y stationner lui importait peu.

Anne louait une maison de deux étages sur rez-de-chaussée qui, à raison d'une seule pièce par niveau, n'était en réalité rien de plus qu'un douillet petit appartement de trois pièces. Elle s'engouffra dans le vestibule exigu, sans un regard pour la boîte aux lettres débordant de factures et de prospectus, referma et verrouilla la porte, jeta son cartable et son sac par terre dans le living et grimpa l'escalier en criant à son chat : « Mel ! Mel ! On a gagné ! » – ce qui lui confirma qu'elle vivait seule depuis beaucoup trop longtemps.

Sa bruyante irruption dans la chambre réveilla en sursaut le gros matou tigré, paisiblement assoupi au milieu du lit défait. Dressé sur ses pattes, le dos rond, les oreilles aplaties et les babines retroussées, il lui fallut une seconde pour se rendre compte qu'il s'agissait de sa maîtresse et muer son feulement en un ronron amical. Anne s'assit sur le lit, prit le chat dans ses bras et posa un baiser sur son nez.

— La bonne nouvelle, mon beau minou, c'est que nous avons gagné. La mauvaise, c'est que je vais partir ce week-end. Mais ne t'inquiète pas, tu seras bien soigné. Tu vas rencontrer une fille très gentille qui fera ton portrait. D'accord ?

Le ronron cessa, ce qui signifiait que Mel n'était pas du tout rassuré d'être laissé trois jours seul aux soins d'une inconnue.

Sur un dernier baiser, qui parut laisser le chat indifférent, Anne farfouilla dans les tiroirs de sa commode et fourra quelques vêtements dans un sac de toile avant d'aller à la salle de bains prendre ses affaires de toilette.

— Je m'en vais, Mel ! lança-t-elle en revenant dans la chambre.

Mais le chat, ulcéré d'être abandonné, s'était déjà rendormi et ne daigna même pas ouvrir un œil pendant qu'Anne refermait son sac. Il ne se réveilla pas davantage au bruit de la sonnette. Comprenant que ce devait être Willa, Anne prit son sac d'une main et, de l'autre, empoigna le chat qui se laissa docilement emporter.

— J'arrive ! cria-t-elle en arrivant dans le vestibule.

Par réflexe, elle regarda par l'œilleton de la porte, bien que ce soit devenu inutile puisque Kevin était en prison à des milliers de kilomètres de là. Elle redoutait ce qui se passerait à sa sortie, mais il restait encore un an et, d'ici là, elle aviserait.

En tenue de gym, Willa Hansen se tenait sur le seuil, toute haletante d'avoir couru.

— Entre ! dit Anne en ouvrant la porte.

À peine eut-elle vu Mel que Willa roucoula.

— Oh ! Qu'il est mignon ! Bonjour, beau minou.

Anne et lui comprirent alors que tout irait bien.

Berlines, coupés, monospaces, camping-cars rampaient sur trois files à perte de vue. Encore un méchant tour du mode ALÉATOIRE, pensa Anne. Capote rabattue, la Mustang restait engluée dans le flot des véhicules immobiles. Résignée à ne pas arriver à la mer avant la nuit, Anne se détendit, la nuque contre le repose-tête. La brise du soir était fraîche et, pour une fois, dépourvue d'humidité. Le ciel qui s'assombrissait formait une voûte de saphir où les étoiles scintillaient comme des pointes de diamant de plus en plus brillantes.

Anne regarda distraitement un monospace bleu bloqué à côté d'elle. Il y avait des vélos sanglés sur le hayon, des bagages et des sacs à provisions, entassés jusqu'au plafond du compartiment arrière, qui écrasaient contre une vitre une grosse bouée gonflable. On devinait les silhouettes des parents à l'avant et la présence d'enfants énervés qui sautaient sur place en faisant tanguer la carrosserie. Elle se détourna, alluma la radio, mais, n'entendant rien de plus excitant que des succès aussi vieux qu'elle ou des résultats sportifs, l'éteignit au bout de deux minutes. Le silence retomba dans la nuit, seulement troublé par le ralenti de trois mille moteurs qui empoisonnaient l'atmosphère. Anne pêcha une canette de Coca dans le vide-poches et la leva en portant un toast : « Au monoxyde de carbone et à moi ! » Mais le Coca était tiède, et elle le reposa au bout d'une gorgée.

Elle avait gagné une partie plus que hasardeuse, et il n'y avait personne au monde à qui elle pouvait le dire.

Sauf une.

Sans se demander pourquoi l'idée lui était venue, sans prendre pour la première fois depuis très longtemps le temps de s'étudier en train de s'observer elle-même, elle décida de passer à l'acte.

Anne saisit son téléphone portable et son petit carnet d'adresses rouge au fond de son sac. Elle l'ouvrit à la lettre M, le leva pour lire à la lumière des codes de la voiture qui la suivait, trouva le numéro cherché. Il y en avait cinq avant celui-ci, tous raturés, et elle ignorait si le dernier en date était encore bon, mais elle le composa quand même puisqu'elle n'en avait pas d'autre.

À Los Angeles, il devait être l'heure du dîner. Malgré le Coca qu'elle venait de boire, Anne avait la gorge sèche en entendant la sonnerie. À la sixième, il y eut un déclic et une voix désincarnée annonça : « Le numéro que vous avez demandé n'est plus en service. Veuillez consulter l'annuaire ou les renseignements téléphoniques. »

Anne sentit son cœur se serrer, réaction qu'elle regretta aussitôt et qui la fit grincer des dents. Elle ne voulait plus être une victime.

Alors, tandis que l'enregistrement continuait à dévider son message en boucle, elle lança dans le vide ce qu'elle avait voulu dire :

— Bonsoir, comment vas-tu ? Tu seras peut-être contente d'apprendre que j'ai gagné une importante décision aujourd'hui en cour fédérale. Je l'avais préparée par mes propres moyens, ce n'était pas très conventionnel, mais ça a marché. À part ça, je vais bien, sincèrement, ne t'inquiète pas à mon sujet. Je t'aime aussi, maman, ajouta-t-elle après une courte pause.

Et elle referma le volet du portable.

3

Des mouettes se chamaillaient autour d'une poubelle, des pigeons arpentaient les planches d'une démarche saccadée de jouets mécaniques. La journée du samedi s'était levée, chaude et ensoleillée ; Anne découvrait que l'Atlantique ressemblait à s'y méprendre au Pacifique : l'un et l'autre étaient vastes et agités.

Elle terminait son jogging matinal après avoir maudit chaque mètre des quatre kilomètres courus sur les planches bordant la plage venteuse. Si elle était loin d'avoir accompli une performance olympique, elle était couverte d'une sueur honorable et haletait comme une athlète digne de ce nom – sauf que cet essoufflement était imputable à son soutien-gorge qui lui coupait la respiration.

Elle attendit que son souffle reprenne un rythme normal, puis s'essuya les yeux sous ses lunettes noires et tordit en queue-de-cheval ses cheveux moites de sueur. L'épaisse couche de crème solaire qui lui protégeait la lèvre supérieure commençait à fondre. Il y avait sur les planches beaucoup plus de monde qu'au moment où elle avait commencé à courir. Des joggers des deux sexes passaient devant elle à des allures qui lui paraissaient fulgurantes. Elle remarquait aussi que des mâles solitaires ralentissaient pour la jauger du regard, ce qui la décida à regagner son appartement et à se mettre au travail.

La brise ne parvenant pas à la rafraîchir, elle s'arrêta à un kiosque pour acheter une bouteille d'eau minérale et un journal de Philadelphie. Elle allait dévisser le bouchon de la bouteille quand son regard tomba sur la une du journal. Elle en resta paralysée de stupeur.

AVOCATE ASSASSINÉE, clamait la manchette. Au-dessous s'étalait une photo d'elle à la faculté de droit. L'encre d'imprimerie lui donnait des yeux d'un vert bonbon acidulé et des cheveux orange. Le cliché était encadré de noir et la légende, d'une louable sobriété, se bornait à citer son nom, Anne Murphy.

Elle ne put retenir un éclat de rire nerveux. À l'évidence, il était question de sa mort. Pourtant, elle n'était pas morte. Morte de fatigue, peut-être, mais pas décédée. Il y avait manifestement une erreur quelque part. Une monstrueuse erreur.

En se débattant contre le vent qui s'obstinait à lui arracher le journal des mains, elle réussit à le déplier et à lire l'article :

Anne Murphy, 28 ans, avocate de la société Chipster.com, a été découverte morte hier soir à son domicile. Selon la police, la mort a été provoquée par des coups de feu tirés à faible distance. Le décès a été déclaré à l'hôpital universitaire Temple, vendredi, à 23 h 48.

La police a été appelée au domicile de Me Murphy, 2257 Waltin Street, par un voisin qui avait entendu les détonations. La porte ne portait pas de traces d'effraction et, à ce stade de l'enquête, la police ne dispose encore d'aucun suspect.

Anne enleva ses lunettes noires pour relire l'article. Sa première réaction d'incrédulité amusée s'était évanouie. Cauchemar ou plaisanterie macabre ? C'était absurde ! Elle vérifia l'adresse : 2257 Waltin Street, c'était exact. Mais elle n'était pas morte ! Elle n'était même pas chez elle la veille au soir.

Mais alors…, pensa-t-elle, la gorge nouée. Elle comprit soudain ce qui s'était passé : c'était le corps de Willa que la police avait trouvé sans vie. Était-ce vrai, ou même vraisemblable ? Willa, morte ? Des larmes lui brouillèrent la vue et elle rabaissa ses lunettes noires d'une main tremblante.

Un flot d'adrénaline se déversa dans ses veines. Elle se débattit pour échapper aux mains en criant des mots qu'elle n'entendait pas. Stupéfaits, les hommes reculèrent tandis qu'elle se relevait, la bouche pleine de bile, en fixant l'horizon jusqu'à ce qu'il se redresse. Le soleil reprit sa place, les nuages aussi. Anne se tint debout sans vaciller, les hommes qui l'entouraient redevinrent nets, leurs paroles audibles.

— N'essayez pas de vous lever, vous avez eu une attaque !
— Êtes-vous diabétique ?
— J'appelle un docteur sur mon portable !
— Votre nom, mademoiselle !
— Elle est déshydratée, je vous dis, il faut la faire boire !
— Venez, je vais vous aider à marcher !
— Mais non, il faut appeler une ambulance !
Kevin est sorti de prison. Kevin est en liberté.

La peur lui éclaircit la tête, chassa la nausée et lui rendit ses jambes avec l'instinct le plus vieux de l'espèce humaine. Elle partit en courant, sans un mot de remerciement. Ces braves gens lui pardonneraient ses mauvaises manières. Elle fuyait devant la mort.

Ses pieds martelaient les planches, l'effort brutal crispait les muscles de ses cuisses, sa respiration haletait en bouffées rauques. La rambarde métallique du parapet formait une ligne continue, l'Atlantique une surface bleue hachée de moutons blancs. Anne dévala les marches qui menaient à la plage, la traversa pour atteindre l'océan. Chacune de ses foulées soulevait un geyser de sable chaud, l'air marin lui brûlait les poumons. Elle courait si vite qu'elle avait l'impression de voler. Au bout de quelques minutes, elle accéléra sans effort, elle respira sans peine. Son cœur battait à un rythme régulier, son corps fonctionnait seul, son cerveau ne le commandait plus. Jamais encore elle n'avait couru aussi vite, car c'était la peur qui la poussait.

Sur le sable dur, à la limite du ressac, le sel lui piqua les yeux. Ses semelles écrasaient des coquillages, l'écume rejaillissait sur ses mollets, ses cuisses. Ses baskets, ses chaussettes étaient trempées. Elle évita de justesse une bouteille cassée, à demi enfoncée dans le sable. Mais rien ne pouvait la ralentir. Elle courait le long de la plage comme si elle avait voulu rattraper la ligne d'horizon.

Le soleil était brûlant lorsque Anne arriva au petit immeuble en bois où elle avait loué un appartement. Elle escalada les marches en laissant derrière elle un sillage d'eau et de sable et ne s'arrêta qu'à la porte, haletante comme un soufflet de forge, la chemise et le short aussi trempés de sueur que si elle avait nagé tout habillée.

D'une main tremblante, elle fouilla la poche de son short pour y prendre la clef. Derrière elle montaient les voix insouciantes, les rires des vacanciers qui se rendaient à la plage, chargés de parasols et de serviettes multicolores ou de sièges pliants, suivis d'enfants balançant à bout de bras des seaux en plastique ou des bouées gonflables. Anne parvint enfin à manœuvrer la serrure et enleva ses lunettes de soleil avant d'être aveuglée par le passage subit dans la pénombre.

L'appartement comportait un living et une chambre. Des filets de pêche, des étoiles de mer séchées et un crabe en plastique décoraient les murs. L'ameublement se composait d'un canapé, de chaises en vannerie, de tables en verre. Anne courut au téléphone. Toujours incrédule quant à la mort de Willa, elle composa son numéro en espérant qu'elle aurait une réponse.

À la quatrième sonnerie, ce fut le répondeur qui décrocha. Elle raccrocha aussitôt pour ne pas entendre sa propre voix. Willa était-elle vraiment morte ? Avait-elle une autre raison de ne pas décrocher ? Était-elle simplement sortie faire des courses ? Aucune explication ne lui venait et seule sa respiration haletante troublait le silence. Deux minutes plus tard, Anne composa de nouveau son numéro.

Décroche, Willa ! Décroche !

Une fois encore, ce fut la machine qui répondit.

Elle s'efforça de réfléchir. Que faire maintenant ? Qui pourrait lui dire où était Willa ? Sa famille ? Elle n'avait aucune idée de l'endroit où elle se trouvait. Elle ne connaissait même pas l'adresse de Willa. Peut-être s'était-elle absentée quelques instants. Peut-être n'était-elle pas morte. Elle ne *pouvait* pas être morte !

Malgré ses efforts, ses pensées s'entrechoquaient dans la plus grande confusion. Elle ignorait où était Willa, soit. Mais elle devait au moins faire savoir qu'elle était bien vivante, elle ! Sa famille lui effleura à peine l'esprit. Sa mère était injoignable et elle n'avait jamais connu son père, un musicien de cinéma qui avait disparu avant sa naissance. Mais les autres, il fallait qu'elle leur parle.

Chipster.com, d'abord. Gil devait savoir qu'elle n'était pas morte et qu'elle plaiderait mardi comme prévu. L'entreprise courait un trop gros risque ; une condamnation tuerait à coup sûr son introduction en Bourse, déjà compromise par la plainte. Anne décrocha, composa le numéro du portable de Gil, tomba sur la boîte vocale, entendit le message d'accueil et l'annonce qui l'avisait que la boîte était saturée. Frustrée, elle raccrocha. Elle avait encore bien d'autres appels à lancer.

Elle composa ensuite le numéro du bureau. Il y aurait sûrement quelqu'un, d'autant plus que Mary devait recueillir à sa place la déposition d'un témoin dans l'affaire Chipster.com. La communication s'établit aussitôt : « Merci d'avoir appelé le cabinet juridique Rosato & Associées. Nos bureaux sont fermés jusqu'au mardi 5 juillet inclus afin d'honorer la mémoire de notre collaboratrice, Anne Murphy, tragiquement décédée. Veuillez laisser votre nom et votre numéro, nous vous rappellerons dès que possible. »

Anne en resta effarée. Les bureaux fermés en son honneur ? Personne ne lui avait jamais manifesté autant de sympathie ! Elle songea à appeler Mary sur son portable. Elle ne se rappelait pas le numéro, mais il était dans la mémoire de son portable à elle.

Elle raccrocha le téléphone du living et alla dans la chambre où elle avait établi son quartier général. Sur le lit transformé en plan de travail, elle avait disposé son ordinateur, ses dossiers, son téléphone qui brillait sous un rayon de soleil. Elle le prit, l'alluma. L'écran resta noir et opaque. La batterie était morte ! Dans sa hâte, la veille au soir, elle avait oublié de recharger l'appareil sur l'allume-cigares de la voiture. Avec un juron, elle le jeta sur le lit.

Kevin est sorti de prison. Kevin est libre. C'est lui qui l'a fait.

Cette seule idée la paralysa une longue minute. Un an plus tôt, elle avait déménagé à l'autre bout du pays pour s'éloigner le plus possible de Kevin Satorno. Quand ils avaient fait connaissance au supermarché de son quartier, à Los Angeles, il lui avait dit qu'il préparait une maîtrise d'histoire à l'UCLA. Elle était sortie une fois avec lui, un dîner tranquille qui s'était conclu par un chaste petit baiser. Mais cette unique soirée avait bouleversé sa vie.

À la suite de ce dîner, Kevin lui téléphonait plusieurs fois par jour, parlait mariage et enfants, lui envoyait des cadeaux et des roses rouges, car il s'était mis dans la tête qu'elle était amoureuse de lui. Au début, Anne regrettait de lui en avoir donné l'impression sans le vouloir. Elle commença à avoir peur quand il se mit à venir la voir à son bureau à l'improviste, et quand sa dizaine de coups de téléphone quotidiens passa à plus de trente. Bientôt, il la suivait partout, la harcelait, la traquait comme un chasseur traque son gibier.

Elle avait porté plainte et appris, à cette occasion, que Kevin était sans doute affecté d'un trouble mental, le syndrome de Clérambault, et de ce fait s'imaginait jusqu'à l'obsession être l'objet d'un amour passionné. Elle avait alors obtenu un contrôle judiciaire à l'encontre de Kevin, mais cette mesure ne lui avait été d'aucune utilité lorsqu'il l'avait attaquée un soir, à sa porte, et menacée d'une arme. Par miracle, un passant l'avait entendue crier et Kevin s'était retrouvé en prison, mais pour deux ans seulement. Depuis, Anne avait mis un continent entier entre elle et lui, dans l'espoir de recommencer sa vie sur de nouvelles bases et de retrouver la paix. Apparemment, cela n'avait pas suffi et Willa était peut-être morte à cause d'elle.

Anne ferma les yeux avec accablement, mais c'est avec rage qu'elle les rouvrit un instant après. Si elle devait prévenir la police qu'elle était en vie, elle voulait d'abord savoir si Kevin avait bénéficié d'une libération conditionnelle. Elle demanda aux renseignements de Los Angeles le numéro du procureur ayant requis contre Kevin. Peut-être serait-il au courant de ce qu'il était devenu. Mais quand elle obtint la communication, elle tomba une fois de plus sur un répondeur qui l'informa que le procureur Alvarez était absent jusqu'au 15 juillet.

Elle se concentra pour se rappeler les personnes ayant participé au procès pour l'accusation. Il lui fut pénible de revivre cette audience, son témoignage contre Kevin qui avait bondi vers elle, furieux, avant d'être maîtrisé par les gardes du palais. Malgré la chaleur, elle ne put réprimer un frisson.

Mais elle se remémora soudain le nom de l'expert psychiatre désigné par la cour, le Dr Marc Goldberger. Il avait examiné Kevin et expliqué aux jurés la nature du désordre mental de l'accusé et la gravité des menaces qui pesaient sur Anne. Car ces malades, souvent intelligents et éduqués, sont assez résolus et ingénieux pour retrouver et poursuivre, des années durant, l'objet de leur obsession.

Elle rappela les renseignements de Los Angeles, qui lui indiquèrent le numéro du cabinet du médecin. Il n'y était pas, bien entendu, mais son répondeur donnait un numéro d'urgence, sans doute celui de son domicile, qu'elle composa aussitôt. Un instant plus tard, elle reconnut la voix chaude et amicale du psychiatre.

— Docteur Goldberger ?

— Oui. Qui est à l'appareil ?

Anne allait se nommer et se ravisa de justesse. Le médecin pourrait invoquer le secret médical ou refuser de lui parler s'il savait à qui il avait affaire.

— Je suis Cindy Sherwood, une des journalistes qui couvraient le procès Satorno, si vous vous en souvenez.

— Non, je regrette. Mais il est très tôt, madame, et nous sommes une veille de fête. De toute façon, je n'ai pas pour habitude de parler aux journalistes et je ne me rappelle pas que vous m'ayez interviewé au cours de ce procès.

— Juste quelques mots, docteur, je vous en prie. Je me demandais si vous aviez par hasard une idée de l'endroit où se trouve actuellement M. Satorno, sur qui je voudrais écrire un article.

— M. Satorno est encore en prison, autant que je sache. Si vous voulez en savoir davantage, je vous conseille de vous adresser au procureur, M. Alvarez.

— S'il vous arrivait d'apprendre quelque chose en ce qui le concerne, auriez-vous l'obligeance de me le communiquer ? J'habite maintenant Philadelphie, où je me suis mariée.

Anne lui indiqua son numéro de portable, qu'il eut la bonne grâce de noter avant de raccrocher.

Elle se força à réfléchir en gardant la tête froide. Si elle perdait encore le contrôle d'elle-même, elle allait se retrouver à fuir éperdument comme sur la plage, talonnée par la terreur. En fait, elle n'avait jamais cessé de se conduire ainsi depuis que Kevin Satorno s'était imposé dans sa vie, et elle ne pouvait plus se permettre de continuer à fuir. Elle devait faire mieux. Elle devait se battre.

Pleine de détermination, elle se leva, prit son cartable, son sac et commença à remballer ses affaires. Pour la première fois depuis qu'elle avait lu le journal du matin, sa lucidité lui était revenue et son programme était désormais tracé. Elle allait rentrer à Philadelphie, découvrir si Willa était vraiment morte et, dans ce cas, qui l'avait tuée. Et pour y parvenir, il n'existait qu'une méthode.

Puisque tout le monde la croyait défunte, eh bien, elle le resterait. Pour le moment, c'était le seul moyen de survivre.

4

Une demi-heure plus tard, Anne avait rendu les clefs de l'appartement à un agent immobilier visiblement perplexe et pointé le capot de la Mustang en direction de l'autoroute. Une casquette de base-ball à la visière rabattue sur le front dissimulait à la fois son visage et ses cheveux relevés en chignon. Derrière ses lunettes noires, ses yeux étaient encore bouffis des larmes versées sous la douche. Elle avait le pressentiment que ce ne seraient pas les dernières.

Les mains serrées sur l'épais volant gainé de similicuir, elle roulait vite. L'aiguille du compteur oscillait autour de cent quarante, mais la circulation était presque nulle car tout le monde allait en sens inverse pour profiter du beau temps à la mer. Anne alluma la radio, la régla sur la station d'information continue. Après la litanie des bulletins météo et des températures de l'eau en divers points du littoral, les vraies nouvelles arrivèrent enfin sur les ondes et elle augmenta le volume.

« La police ne dispose encore ni de suspect ni de mobile pour le meurtre, la nuit dernière, de l'avocate Anne Murphy, du cabinet juridique Rosato & Associées. »

Anne se mordit les lèvres. C'était à la fois atroce et irréel. Sa prétendue mort avait la vedette de l'information, tandis que la pauvre Willa restait anonyme et ignorée.

« Rosato & Associées offre une récompense de cinquante mille dollars pour toute information susceptible d'aider à

43

l'arrestation de la ou des personnes impliquées dans ce meurtre. Tout détenteur de renseignements utiles peut contacter la brigade criminelle au numéro... »

Cette annonce prit Anne par surprise. Elle n'avait pas pensé à une récompense, mais que le cabinet le fasse la stupéfiait.

« Restez à l'écoute, nous vous communiquerons les éléments nouveaux à mesure des progrès de l'enquête. Pour une couverture complète, branchez-vous sur notre site Internet... »

Anne éteignit la radio. Elle dépassa un autocar puis brancha son portable sur la prise de l'allume-cigares et composa son numéro. Toujours pas de réponse. Elle réessaya celui de Mary, sans plus de succès. Plutôt que de laisser un message du genre « Salut, je suis en vie ! » elle coupa la communication et décida de recommencer un peu plus tard.

Une heure après, toujours incapable de joindre Mary, elle arriva à Philadelphie, quitta l'autoroute à la 22e Rue et tourna à droite vers Benjamin Franklin Parkway. Le large boulevard à six voies, décoré de drapeaux et d'emblèmes patriotiques, était fermé par des barrières, et la circulation déviée. Anne dut s'arrêter au premier carrefour, où un agent faisait traverser les piétons. Ne pouvant se permettre d'être reconnue, elle abaissa la visière de sa casquette et regarda autour d'elle. Des familles allaient vers le musée des Beaux-Arts, où étaient dressés une tente et des gradins. Des joggers couraient le long de la Schuylkill, des enfants jouaient au Frisbee ou au ballon. Des marchands de hot dogs arboraient des drapeaux, des chapeaux d'Oncle Sam, des tee-shirts à l'image de la cloche de la Liberté.

Ce retour en ville mettait Anne mal à l'aise. Son quartier débutait à quelques rues de là, elle ne comptait plus le nombre de fois où elle avait traversé ce carrefour en allant ou en revenant du travail. Pourtant, plus rien ne lui semblait familier, tout lui paraissait altéré. Si Kevin était en liberté, elle avait perdu l'espoir de se refaire une vie normale. Mais cette perte n'était rien par rapport à celle de Willa, si elle était vraiment morte à sa place.

L'agent fit signe aux voitures de rouler, et Anne baissa la tête en passant devant lui. Le vent du fleuve qui s'engouffrait dans le large boulevard faisait claquer les étendards et vibrer les drisses sur leurs mâts avec des cliquetis métalliques. Un homme qui s'apprêtait à traverser la rue regarda Anne avec insistance. Elle s'arrêta un peu plus loin pour relever la capote de la Mustang et se sentit plus en sûreté sous cette mince protection qui la dissimulait.

Une fois franchie la limite du quartier de Fairmount, elle passa deux rues, Green et Wallace, tourna dans Waltin, la sienne, et s'arrêta au bout d'une file de voitures d'une longueur inhabituelle, qui envahissait sa rue à cause des déviations et roulait au pas sur la chaussée étroite. Kevin était-il parmi ces étrangers venus en ville pour les fêtes ? Anne les observa de son mieux sous la visière de sa casquette, mais aucun de ceux qu'elle pouvait voir ne lui ressemblait – jusqu'à présent, du moins. L'estomac noué, elle stoppa avec le flot de voitures derrière un coupé blanc.

Elle voyait maintenant sa rue avec un regard différent. Les fenêtres étaient pavoisées, tout paraissait normal, même si les places de stationnement étaient occupées par des voitures dont très peu arboraient le macaron de résident sur leur pare-brise. Les trottoirs grouillaient de piétons, mais Anne ne put distinguer s'ils étaient du quartier : elle connaissait à peine ses voisins.

Un homme promenait son chien, un corniaud fauve à la queue en panache. Anne le regarda passer avec un serrement de cœur en pensant à Mel. Mais elle avait beau scruter la rue, elle ne voyait le chat nulle part. Elle arriva bientôt en vue de sa maison. La façade en briques avait été récemment ravalée, et la porte d'entrée débarrassée de sa peinture vert bouteille pour dégager la teinte naturelle du bois. Ce spectacle, qui lui plaisait tant d'habitude, la laissa froide.

La file de voitures se remit lentement en marche. Les quelques mètres qu'Anne parcourut ainsi lui permirent de se rapprocher de la maison et de mieux la regarder. Un lambeau de ruban en plastique jaune restait accroché au montant de la porte. Anne se tassa sur son siège : un ruban de « scène de crime » ! Willa était donc bien morte. Elle ne pouvait plus se nourrir d'illusions. Et c'est chez elle que le crime avait été perpétré.

Anne ravala tant bien que mal ses larmes. Il fallait qu'elle sache si c'était Kevin le criminel ou, sinon, qui l'était. Elle avait eu l'occasion d'examiner quelques scènes de crime depuis qu'elle était chez Rosato & Associées ; elle traiterait celle-ci comme une autre, même s'il s'agissait de son domicile officiel, qu'elle en payait le loyer et que Willa y avait perdu la vie à sa place.

Elle continua d'avancer sans quitter la maison des yeux. Il n'y avait pas de policier en faction devant la porte pour écarter les curieux et ne laisser entrer que les personnes autorisées, afin d'éviter la détérioration de preuves ou d'indices. Cette absence indiquait que la police avait terminé son travail sur place, ce qui l'étonna car une scène de crime est rarement libérée avant le deuxième, voire le troisième jour.

Anne remarqua autre chose qui l'intrigua. Des passants ralentissaient devant chez elle et, quand ils s'éloignaient, des bouquets avaient surgi devant sa porte. Ces fleurs étaient pour elle alors qu'elle ne se connaissait pas autant d'amis. Les yeux plissés pour mieux voir derrière ses lunettes noires, elle tenta en vain de déchiffrer les cartes agrafées aux bouquets. Y en avait-il une de Matt ? se demanda-t-elle. La croyait-il morte, lui aussi ? En avait-il du chagrin ?

Un coup d'avertisseur impatient derrière elle la tira de sa rêverie, et elle parcourut quelques mètres de plus. Il fallait qu'elle entre dans la maison, mais il y avait trop de monde, elle ne pouvait pas risquer d'être reconnue. Après une brève réflexion, une idée lui vint.

Un quart d'heure plus tard, Oncle Sam en personne tourna le coin de Waltin Street. Il arborait un chapeau en forme de tuyau de poêle aux couleurs de la bannière étoilée, une fausse barbe en épais coton, des lunettes de soleil de fantaisie à l'énorme monture de plastique bleue et un tee-shirt sur lequel était imprimé UNE FEMME INDÉPENDANTE VOUS SOUHAITE BONNE FÊTE DE L'INDÉPENDANCE ! Le déguisement était parfaitement ridicule, mais les marchands ambulants du secteur ne vendaient rien d'autre et les accoutrements des touristes en goguette ne valaient pas mieux. Depuis qu'elle l'avait acheté, Anne avait d'ailleurs croisé quatre autres filles en tenue d'Oncle Sam.

Elle s'arrêta devant les bouquets entassés contre sa porte et reconnut l'écriture de Matt sur la carte accompagnant une douzaine de roses blanches. Elle allait se pencher pour les prendre quand elle retint son geste : ce n'était pas le moment. Elle poursuivit donc son chemin jusqu'à l'étroite allée derrière la rangée de maisons, ralentit, jeta un œil : la voie était libre.

Anne se coula dans l'allée qui longeait les jardinets des maisons de la rue. Personne ne l'utilisait jamais, aussi quelques résidents avaient-ils fait circuler une pétition suggérant que tous se cotisent pour faire poser, par mesure de sécurité, une barrière à chaque extrémité, mais nul n'avait pris la peine d'y donner suite. Il est difficile d'intéresser les habitants de Philadelphie à d'autres sujets que l'équipe de base-ball.

En courant, elle glissa sur la brique moussue du caniveau central, se rattrapa de justesse à la barrière d'un jardin et dut redresser sa barbe. Courbée pour que son chapeau ne dépasse pas des murs, elle arriva près de chez elle sans avoir vu son chat. Mel n'était jamais sorti et, même s'il était assez gras pour jeûner quelques jours sans dommage, l'idée qu'il se soit aventuré seul dans la circulation la faisait frémir. Elle pressa le pas en entendant un chien aboyer et atteignit enfin le mur de parpaings, haut de près de deux mètres, qui entourait son minuscule jardin.

Elle agrippa le mur à deux mains, sauta deux ou trois fois sur place pour prendre de l'élan, réussit à se hisser jusqu'en haut, mais pour y rester bloquée comme un sac de farine. Elle serra les dents, opéra un rétablissement laborieux, lâcha tout et atterrit lourdement sur les dalles de la cour. Un rapide examen de sa personne lui ayant donné la preuve qu'elle ne s'était rien foulé ni cassé, pas même un ongle, elle se releva, s'épousseta d'un revers de main et traversa la cour en trois enjambées. S'introduire dans la maison, pensa-t-elle, serait sûrement plus facile qu'escalader le mur.

Alors, après une profonde inspiration pour se donner du courage, Anne sortit la clef de sa poche.

5

L'odeur forte à l'arrière-goût vaguement métallique qui cueillit Anne quand elle ouvrit la porte de la cuisine lui donna la chair de poule. Elle se demanda si elle serait capable de conserver son sang-froid professionnel en pensant à Willa. Elle enleva les lunettes de son déguisement, en glissa une branche dans l'échancrure de son tee-shirt et s'efforça d'examiner la pièce avec objectivité.

Exiguë, la cuisine avait été aménagée dans un coin de la pièce unique qui occupait auparavant toute la surface du rez-de-chaussée. Des placards en bois verni en occupaient trois côtés. La propreté de l'évier en inox était surtout due au fait qu'Anne ne s'en était pour ainsi dire jamais servie depuis son arrivée, faute de temps et d'envie de cuisiner. Remarquant un placard entrebâillé, elle y jeta un coup d'œil. Elle n'avait pas l'habitude de laisser une porte de placard ouverte de peur de se cogner la tête en se relevant. C'était donc Willa qui s'en était servie. Il y manquait en effet un gobelet publicitaire en faïence, introuvable. Qu'en avait-elle fait ? L'absence du gobelet avait-elle une quelconque importance ?

On ne voyait aucune trace de lutte ni de désordre, pas plus que de poudre à relever les empreintes digitales. Si la police n'avait pas eu besoin d'examiner la cuisine, le crime avait été commis ailleurs dans la maison. Malgré l'odeur et la peur, Anne poursuivit sa visite. Il fallait qu'elle sache ce qui s'était passé.

Une ouverture à droite donnait accès à la salle à manger, aussi minuscule que la cuisine. Sur la table de pin naturel s'accumulaient, dans des enveloppes non décachetées, factures, relevés de carte de crédit et mises en demeure de créanciers impatients, ainsi qu'une demi-douzaine de crayons à bille qu'Anne savait inutilisables. Tout était dans l'état où elle l'avait laissé. Là non plus, aucune trace de poudre à empreintes, ni sur la table ni sur les deux chaises. Sur la moquette, près d'un pied de la table, gisait une fausse souris dont la fourrure grise prouvait qu'elle avait souvent servi de jouet au chat.

— Mel ! appela Anne à mi-voix pour ne pas être entendue par les voisins. Mel, tu es là ?

D'habitude, il accourait dès qu'il reconnaissait la voix d'Anne. Elle s'en voulut de penser à son chat en pareilles circonstances, mais elle l'appela encore une ou deux fois, sans plus de succès. S'était-il enfui de la maison ? Kevin l'avait-il tué ou emporté pour se venger ? Inquiète, elle franchit la porte ouvrant sur le living. Exposé au nord, il y faisait plus sombre que dans la cuisine et la salle à manger. Anne fut tentée d'allumer, mais elle ne pouvait pas risquer que des voisins ou des passants surprennent Oncle Sam en pleine effraction.

En face du canapé placé sous la fenêtre, la télé, la stéréo et une petite bibliothèque. Encore une fois, pas de traces de lutte, tout était en ordre. Mais les bords de la table basse devant le canapé étaient couverts de poussière grise où apparaissaient des empreintes et un cercle, sans doute la trace du gobelet disparu de la cuisine, emporté par la police comme pièce à conviction. Anne reconstitua la scène sans difficulté : Willa devait être en train de regarder la télévision en buvant quelque chose et s'était sans doute levée pour aller ouvrir la porte d'entrée. Elle n'était donc pas morte ici.

Dans le living, l'odeur était plus forte. Anne se tourna vers le vestibule, séparé du living par une porte vitrée restée entrebâillée. Il était sombre. Anne s'approcha, regarda. Et ce qu'elle découvrit lui mit le cœur au bord des lèvres.

Le vestibule était une boucherie. Il y avait du sang partout sur les murs et une horrible tache rouge, virant au marron, imprégnait la moquette. La porte d'entrée était elle aussi couverte de sang, qui avait dégouliné avant de sécher. Dans la pénombre, on devinait des lambeaux de chair collés à la porte vitrée et au mur du fond. L'un d'eux portait encore une touffe de cheveux.

Anne refoula tant bien que mal sa nausée et se força à examiner les lieux avec une objectivité professionnelle. En baissant les yeux vers la moquette, elle vit le contour du corps tracé à la craie. Les jambes – *celles de Willa* – étaient légèrement écartées, et les pieds près de la porte d'entrée. Elle avait donc été abattue dès qu'elle avait ouvert.

Mon Dieu, la pauvre fille ! La pauvre Willa...

Au prix d'un effort, Anne regarda de nouveau le sang sur la moquette. La plus grande partie se trouvait du côté de la tête, ce qui signifiait sans doute que Willa avait reçu la décharge en pleine figure quand elle avait ouvert. Anne baissa encore une fois les yeux et remarqua alors quelque chose.

Elle s'approcha, se pencha en essayant de ne pas respirer l'abominable odeur de sang séché. À côté du corps de Willa, il y avait un autre contour tracé à la craie. Celui d'un objet étroit, long d'environ un mètre. Un fusil ou une carabine. Bennie lui avait dit une fois que la police traçait toujours le contour d'une arme trouvée sur le lieu d'un crime. L'assassin aurait donc abandonné son arme ? Le journal n'en avait rien dit, mais les journaux s'abstiennent le plus souvent de rapporter les détails de ce genre, susceptibles de gêner l'enquête.

Elle s'agenouilla en retenant sa respiration et en se couvrant le nez à l'aide de sa fausse barbe. L'arme était tombée à gauche du corps, donc à la droite du tueur. La crosse était proche de la porte, le canon semblait anormalement court.

Ce contour était celui d'un fusil à canon scié. Anne ne put retenir un gémissement d'horreur.

L'arme préférée de Kevin.

C'était avec un fusil de ce type qu'il l'avait attaquée devant chez elle. Il le lui avait posé sur la tempe et, malgré cela, le procureur n'avait même pas ajouté la tentative de meurtre à l'acte d'accusation puisqu'il n'avait pas fait feu. Anne maîtrisa son accès de colère rétrospectif pour se concentrer sur la mort de Willa. Le meurtrier ne pouvait être que Kevin. Il était droitier et assez futé pour abandonner son arme plutôt que de courir le risque d'être appréhendé en sa possession.

Elle repensa à l'article du journal lu le matin même. Il y était question de « coups de feu », au pluriel, tirés à « faible distance ». Si Kevin s'était servi d'un fusil à canon scié et avait fait feu plusieurs fois, le visage de Willa, l'ensemble même de ses traits distinctifs, avait été anéanti par ces décharges tirées presque à bout portant, compte tenu de la position du corps tout proche de la porte.

Anne sentait son estomac se révolter, mais elle parvint à se dominer. Une blessure d'une telle gravité rendait plausible l'erreur d'identification de la victime. De plus, les circonstances du drame concordaient pour désigner Anne comme victime. La maison était la sienne, personne ne savait qu'elle s'était absentée. Willa et elle avaient à peu près la même couleur de cheveux, la même taille, le même poids et Willa portait son tee-shirt ROSATO & ASSOCIÉES. Pourtant, Anne ne comprenait toujours pas qu'une telle erreur ait pu être commise. Qui avait identifié le corps ? Une personne du bureau ?

Il lui manquait surtout un morceau essentiel du puzzle : pourquoi Kevin aurait-il tué une femme en sachant que ce n'était pas elle ?

S'efforçant de ne pas voir le sang répandu partout, elle regarda autour d'elle en quête d'un élément de réponse. Ses yeux se posèrent sur le lustre au plafond, un modèle bon marché en verre dépoli de faux style victorien. Comme elle ne recevait pas de visites, elle ne se rappelait pas l'avoir jamais allumé.

Elle tendit la main, actionna l'interrupteur : pas de lumière. L'ampoule devait être grillée... Non ! Elle ne se souvenait même pas d'y avoir mis une ampoule quand elle avait emménagé, un an auparavant. Elle n'était pas assez grande pour

51

l'atteindre et, depuis, ne s'était jamais donné la peine de trouver une échelle.

S'il n'y avait pas de lumière dans le vestibule, Willa n'était donc pas directement éclairée quand elle était allée ouvrir la porte. La seule source lumineuse provenait du living, puisqu'il faisait nuit et que Willa y regardait la télévision. Willa était donc éclairée par-derrière et on ne pouvait voir, au mieux, que sa silhouette en ombre chinoise. Une silhouette presque identique à celle d'Anne et revêtue de son tee-shirt.

Anne reconstitua la scène par la pensée, le cœur serré. Tout s'expliquait, désormais. Kevin avait tué Willa en croyant tuer Anne et ignorait peut-être encore qu'il s'était trompé de victime. Elle avait donc raison de se faire passer pour morte, pensée qui la soulagea tout en l'horrifiant. Mais comment Kevin était-il sorti de prison ? Et était-il possible qu'il ne soit pas l'assassin ?

Désorientée, elle se releva. Malgré leur confusion, ses réflexions la ramenèrent à Mel. Où pouvait-il bien être ? Kevin l'avait-il emporté ? Elle se rappela alors un endroit où il se cachait quand l'employé du gaz venait relever le compteur.

— Mel ! Mel !

Elle gravit l'escalier en courant, entra dans sa chambre. Le chat n'était pas sur le lit, mais la porte coulissante de la penderie n'était qu'à demi fermée.

— Mel, tu es là ?

Un miaou indigné retentit quand elle fit glisser la porte. Endormi au milieu des chaussures, Mel s'étirait de tout son long. Anne le ramassa, le serra contre son cœur, le caressa, éveillant un gros ronron. Elle savait que son émotion n'était pas entièrement due au fait de l'avoir retrouvé sain et sauf.

— Superchat ! Viens, partons d'ici.

Elle le sentit se raidir quand elle arriva en haut de l'escalier.

— Ne crains rien, mon minou. Tout va bien.

À peine avait-elle fini de parler qu'elle entendit des pas s'approcher et le bruit métallique du bouton de porte.

Quelqu'un venait. Anne s'arrêta net et recula sans bruit, hors de portée de vue, juste au moment où la porte s'ouvrait.

6

Sur le palier, Anne écoutait le bruit des pas au-dessous d'elle en caressant Mel pour le faire taire. Plusieurs personnes entraient, et elle espéra qu'il ne s'agissait pas des techniciens de la police revenus examiner les lieux. Le grondement de la circulation dans la rue montait jusqu'à elle par la porte restée ouverte. Les arrivants devaient donc être dans le vestibule où Willa avait été tuée.

— D'après les éclaboussures apparentes sur le mur est et la porte d'entrée, fit alors une voix d'homme, cela nous a paru évident. C'est la dispersion typique provoquée par une décharge à très faible distance. Vous voyez ici, sur le verre dépoli ? Et là, sur la moquette ?

Merde, un flic ! pensa Anne qui recula d'un pas de plus, Mel serré sur sa poitrine. Si la prudence et le civisme lui dictaient d'aller dire ce qu'elle savait à la police, elle ne le referait sous aucun prétexte. Les forces de l'ordre avaient été incapables de la protéger la première fois, et elle n'oublierait jamais l'image du canon braqué sur elle.

— Mlle Murphy va donc ouvrir la porte, reprit le policier. L'assassin fait feu à deux reprises en plein visage. Elle tombe sur le dos, le tueur jette son arme et disparaît en laissant la porte ouverte. Maintenant, il est quelque part dans la nature.

Anne réprima un malaise et serra Mel plus fort contre elle, pour se réconforter cette fois. Ses déductions se trouvaient avérées, mais elles n'étaient pas moins affreuses à regarder en face. Pauvre Willa…

— Il a abandonné son arme ? fit alors une voix de femme. Cet individu n'est donc pas un imbécile.

Anne sursauta en reconnaissant la voix de Bennie Rosato. Que fait-elle ici ? se demanda-t-elle. Sa patronne ne lui avait jamais rendu visite, bien qu'elle habite à moins de cinq minutes. Anne savait que Bennie inspectait toujours les scènes de crime dans les affaires qu'elle plaidait elle-même. Mais elle assumait presque toujours la défense, c'est pourquoi elle intervenait le plus tôt possible pour trouver de quoi contrer les arguments de l'accusation. Dans ces conditions, pourquoi était-elle venue ?

— Vous avez raison, il est habile, déclara le policier. Le service balistique examinera l'arme, mais il faudra plusieurs jours en cette période de fête. Nous avons déjà eu du mal à trouver quelqu'un chez eux, et j'ai bien peur qu'ils ne découvrent rien.

— Moi aussi, approuva Bennie. Le meurtrier avait bien préparé son coup. L'exécution était parfaite.

— Sans jeu de mots, fit une autre voix d'homme en s'esclaffant.

— Qu'est-ce que vous avez dit ? gronda Bennie.

— Il n'y a pourtant pas de quoi rire, renchérit une autre voix de femme.

Judy Carrier ! Encore une surprise. Elle non plus n'était jamais venue chez Anne de son vivant. Au bureau, elle refusait systématiquement de sortir déjeuner avec elle. Et si Judy était là, Mary y était sûrement aussi, ces deux-là étaient aussi inséparables que des sœurs siamoises. Le côté incongru, pour ne pas dire absurde, de la situation faillit faire pouffer Anne de rire.

Bennie, Judy et Mary chez moi ! Qu'est-ce qui a déclenché ce soudain accès d'intérêt ? Ma mort ?

— Je ne perdrai pas mon temps à vous apprendre les bonnes manières, inspecteur, dit Bennie sèchement, et j'attends vos excuses. Sachez qu'Anne Murphy était ma collaboratrice, donc placée sous ma responsabilité. Elle est venue ici travailler pour moi et elle a été tuée pratiquement sous mes yeux. J'avais promis à sa mère de prendre soin d'elle et j'ai lamentablement échoué.

Promis à ma mère ? Promis quoi ?

La stupeur d'Anne ne cessait de croître. Quand et comment Bennie avait-elle réussi à retrouver sa mère et, plus encore, à lui parler ? Et pour quelles raisons ? Qu'est-ce que tout cela pouvait bien vouloir dire ?

— Je regrette, maître Rosato...

— C'est un peu court ! Écoutez-moi : période de fête ou pas, vous feriez bien de trouver avant moi qui a assassiné Anne Murphy.

Sur le palier, Anne n'en croyait pas ses oreilles. Bennie allait faire *quoi* ? Mener elle-même une enquête ? Pourquoi ? Anne pouvait compter sur les doigts d'une seule main ses conversations avec Bennie Rosato pendant toute l'année où elle avait travaillé pour elle.

— J'espère au moins que vous avez procédé à une enquête de voisinage ? voulut savoir Bennie.

— Oui, hier soir et ce matin. Personne n'a vu qui que ce soit quitter la maison en courant ni rien d'autre de suspect. Ceux qui n'étaient pas aux festivités sur Parkway avaient quitté la ville.

— Pouvez-vous me donner des détails ? exigea Bennie.

Anne entendit des bruits de papier : elle en déduisit que Bennie préparait son bloc et l'inspecteur ses notes. Elle n'arrivait pas encore à digérer ce qu'elle venait d'entendre : Bennie avait promis à sa mère de prendre soin d'elle...

— Voilà, dit l'inspecteur. Au 2255, Rick Monterosso, le voisin du côté est, absent de chez lui. Au 2259, les voisins du côté ouest, Millie et Mort Berman, absents eux aussi. Sharon Arkin et Roger Talbot, les voisins d'en face au 2256, idem. Au 2253, pas de réponse hier soir ni ce matin, sans doute absents. La famille Kopowski au 2254, sortie dîner au restaurant, rentrée après le crime. Au 2258, les Simmons, sortis aux festivités du Parkway, rentrés eux aussi après l'heure du crime.

— Les deux voisins mitoyens étaient absents, soit. Mais alors, qui a appelé la police pour signaler les coups de feu ? La porte était ouverte quand le meurtrier a tiré, vous l'avez établi. Les détonations ont donc dû être entendues jusqu'au bout de la rue, elle n'est pas longue.

— Les gens ont sans doute cru qu'il s'agissait de pétards. Le seul appel provenait d'un certain Bob Dodds, au 2250. Je l'ai interrogé hier soir et il ne sait rien de plus.

— Vous disposez pourtant d'une piste sérieuse, non ? L'homme qui l'avait déjà agressé, Kevin Satorno, s'il est vraiment sorti de prison.

Anne retint de justesse un cri de stupeur.

Quoi ? Comment Bennie était-elle au courant de l'existence de Kevin ?

Elle n'en avait parlé à personne depuis son arrivée à Philadelphie. Elle voulait garder le secret pour mettre ce passé derrière elle. Elle n'avait donc pas soufflé mot de Kevin à Bennie pendant son entretien d'embauche, tant elle désirait décrocher l'emploi sans passer pour une minable réduite à fréquenter des déséquilibrés. Comment Bennie l'avait-elle découvert ? Rien de plus déstabilisant que d'être en vie après sa mort, pensa-t-elle.

— Compte tenu de ce que j'ai lu dans le dossier, reprit Bennie, Satorno est le suspect numéro un s'il est en liberté. Il s'est déjà livré sur elle à une tentative de meurtre. Il s'est peut-être évadé dans l'intention de la tuer. Je vous ai fait porter le dossier. En avez-vous au moins pris connaissance ?

— Bien sûr que je l'ai lu, répondit l'inspecteur, agacé. J'ai appelé le procureur à Los Angeles et j'attends qu'il me rappelle. Mais le 4 Juillet se fête aussi en Californie, maître Rosato. Le procureur est actuellement en congé.

— C'est ce qu'on m'a répondu sans vouloir m'indiquer le numéro auquel on pourrait le joindre à Hawaii. Le connaissez-vous ?

— Je n'ai pas demandé, puisqu'il est en congé et...

— Quelque chose m'échappe, l'interrompit Bennie avec un ricanement sarcastique. Kevin Satorno est détenu en Californie. Ce n'est quand même pas difficile de le retrouver ! Vous êtes censés savoir où il est, vous autres. La plupart du temps, du moins.

Anne reprit courage.

Bravo, Bennie ! Remettez-les à leur place !

Elle s'avança jusqu'à la rampe et regarda en bas, Mel toujours dans ses bras. Bennie était dans le living. Elle reconnut ses longs cheveux blonds, qui cascadaient en désordre sur la chemise en denim qu'elle portait toujours, le week-end, avec un jean délavé coupé aux genoux pour en faire un short et des baskets ayant connu des jours meilleurs. Elle devait ses jambes musclées à l'aviron, qu'elle pratiquait avec une ferveur qui dépassait l'entendement d'Anne. Si elle révisait déjà son opinion sur Bennie, elle n'était pas prête à en faire autant sur le sport.

Le policier était hors de vue, mais Anne l'entendait clairement.

— À tout autre moment que ce week-end, ce serait facile, expliquait-il avec embarras. Nous savons qu'il a été condamné à deux ans de réclusion et a d'abord été incarcéré à la prison du comté de Los Angeles. Mais il a été transféré plusieurs fois depuis, et nous ne savons pas au juste où il se trouve actuellement. Il a aussi pu bénéficier d'une libération conditionnelle.

— S'il s'était évadé ou avait été libéré, vous le sauriez quand même, non ?

— Pas encore. Pour une libération anticipée, nous devons nous adresser aux personnes compétentes et elles sont en congé pour la plupart, au moins pendant ce week-end. S'il s'agit d'une évasion, c'est encore plus difficile.

— Incroyable ! explosa Bennie. Vous ne pouvez même pas vous renseigner pour savoir si un prisonnier s'est évadé ?

— Il faut pourtant le croire, déclara l'inspecteur. Un type qui sort de prison pour n'importe quelle raison dans un État doit être enregistré dans le fichier central à Washington. Personne n'est au courant de rien tant que le nom n'est pas entré dans l'ordinateur, et il faut qu'il le soit par une personne qui a le temps de le faire et qui travaille les jours fériés. Et même si le nom de votre type a été enregistré, nous recevons par fax ou par Télétype un million de noms par jour ou à peu près. Nous ne dépouillons même pas ces listes, parce que nous n'avons pas le temps ou que nous n'avons pas de raisons de le faire.

— Eh bien, maintenant, vous avez une bonne raison !

— J'ai déjà mis une fille dessus. Mais avez-vous seulement idée des quantités de noms dont il est question ? Rien qu'en Pennsylvanie, nous avons plus de soixante-quinze mille individus recherchés pour une raison ou une autre, dont au moins cinquante pour meurtre.

— Quelles autres raisons ? demanda Bennie sèchement.

— Il s'agit surtout de minables qui ne reviennent pas à la fin d'une permission de sortie ou abandonnent leur caution, sans parler de ceux qui ne comparaissent pas à leur procès. Ce Kevin Satorno n'était pas inculpé de meurtre, simplement de voies de fait avec menaces de mort. Par rapport aux autres, il n'existe pas. Et ce n'est même pas un de nos minables, puisqu'il est de Californie.

Kevin n'existe pas ?

Sur le palier, Anne sentit son estomac se rebeller. Le passé qu'elle avait voulu laisser derrière elle la rattrapait...

— Alors, quelles mesures prennent vos services pour retrouver Satorno, s'il est sorti de prison ? voulut savoir Bennie. Il avait de toute évidence l'intention de tuer Anne, et seulement de la tuer. Il n'y a aucune trace de vol ni même de viol.

— Nos services ne peuvent pas intervenir sur la simple hypothèse qu'il est en liberté, maître Rosato. C'est un luxe que nous n'avons pas les moyens de nous permettre. Nous disposons d'à peine quarante policiers en tenue dans le district central, vingt dans le sixième et vingt autres dans le neuvième. Avec les fêtes et l'afflux de visiteurs, ils sont débordés, c'est pourquoi nous avons dû libérer la scène du crime plus vite que d'habitude. Je ne peux pas leur donner la consigne de rechercher un individu qui est peut-être encore en prison. Vous ne sauriez pas par hasard, ajouta l'inspecteur après une brève pause, si ce Satorno a pris récemment contact avec la victime ?

— Non. Et vous autres, Carrier, DiNunzio, savez-vous quelque chose ? ajouta-t-elle.

Anne se pencha un peu plus sur la rampe et aperçut Judy. Mel amorça un feulement de protestation. Pour rien au monde il ne voulait descendre dans le vestibule saturé de sang.

— Non, répondit Judy, je ne sais rien. J'ignorais même l'existence de ce Satorno jusqu'à ce que vous m'en ayez parlé ce matin.

Un sanglot retentit soudain. Bennie et Judy se tournèrent aussitôt vers leur droite, où se tenait sans doute Mary. Anne ne put s'empêcher de se pencher davantage sur la rampe, et le spectacle qu'elle découvrit porta à son comble la stupeur qu'elle ressentait depuis cinq minutes.

Effondrée sur le canapé, Mary pleurait, le visage enfoui entre les mains, les épaules secouées par les sanglots. Elle avait les cheveux en désordre et son habituel tailleur kaki était froissé.

Judy alla s'asseoir près d'elle, la prit par les épaules.

— Allons, allons, ne pleure pas, Mary. Ils l'arrêteront, tu verras.

— Je... je ne peux pas y penser, dit Mary d'une voix entrecoupée par les sanglots. Je ne peux pas croire à ce qui s'est passé. C'est affreux qu'elle soit morte... qu'elle ait été tuée de cette façon.

Anne observait la scène, déconcertée par leurs réactions.

Mary DiNunzio, qui ne me connaît même pas, pleure ma mort. Et moi je me sens coupable, je me demande bien pourquoi.

Bennie alla à son tour poser une main réconfortante sur l'épaule de Mary.

— Nous devrions peut-être vous ramener au bureau, Mary.

Ses sanglots s'espacèrent, se calmèrent. Elle appuya ses mains sur ses joues, comme pour les rafraîchir.

— Non, ça va… Mais tout ce sang… *Son* sang…

— Je sais, dit Judy. Veux-tu attendre dehors que nous ayons fini ?

— Pourriez-vous nous laisser seules quelques minutes ? demanda Bennie aux deux policiers.

— Bien sûr, répondirent-ils à l'unisson avec un évident soulagement.

Anne entendit la porte d'entrée s'ouvrir, vit un rectangle de lumière se découper sur la moquette du vestibule. Le bruit de la rue se fit entendre de nouveau. Les policiers ne refermèrent pas complètement la porte derrière eux, de sorte qu'Anne sentit quelques secondes plus tard la fumée de leurs cigarettes.

— Vous ne voyez pas ce que je veux dire, Bennie ? reprit Mary en tendant la main vers le vestibule. Il y a du sang partout et nous sommes là, nous trois, à en parler comme s'il s'agissait d'une affaire quelconque. Mais c'est d'Anne qu'il est question ! Anne Murphy a été tuée ici. Assassinée ! Elle n'est pas un de nos clients, l'auriez-vous oublié ?

Anne retint de justesse une exclamation stupéfaite. Cela ressemblait si peu à Mary de critiquer qui que ce soit, surtout Bennie et Judy ! L'une et l'autre en paraissaient d'ailleurs désarçonnées.

— Nous savons que c'est d'elle qu'il s'agit, Mary, lui dit Judy. Nous ne l'oublions pas. Si nous sommes ici, c'est justement pour essayer de savoir qui l'a tuée et le faire arrêter.

— Et alors ? s'exclama Mary. L'assassin finira par être retrouvé, mais ce n'est pas cela qui fera revenir Anne ! Elle est morte. Et tu veux savoir quoi ? Nous ne savions rien d'elle. Rien ! Nous avons travaillé un an avec elle sans jamais nous donner la peine de la connaître. Je ne suis sortie qu'à peine deux mois avec Jack et j'en sais davantage sur son compte que sur celui d'Anne !

— Nous étions débordées, se défendit Judy. Nous avons d'abord eu le procès Dufferman, le Witco tout de suite après. Je comprends que ta rupture t'ait bouleversée, mais…

— Il ne s'agit pas de ma vie sentimentale, mais de la mort d'Anne ! De Murphy, comme elle voulait qu'on l'appelle.

— Je ne crois pas qu'elle le voulait vraiment, intervint Bennie. Je l'appelais Murphy, et tout le monde a suivi. À son premier entretien, elle s'est présentée sous son prénom, Anne.

— Peu importe ! explosa Mary. C'est de nous que je parle ! Nous ne lui avons pas accordé une minute d'attention ! Nous n'avons pas fait le moindre effort ! Nous avions même oublié son prénom ! Elle nous avait dit qu'elle sortait hier soir. Avec qui ? Avec celui qui l'a tuée ? Nous ne le savons même pas ! Nous apprenons seulement maintenant que cet individu avait déjà essayé de la tuer l'année dernière, qu'elle l'avait poursuivi, fait condamner, et nous n'en savions rien !

— Elle gardait le secret sur cette affaire. Elle était très renfermée.

— Et ses conclusions pour Chipster.com, Judy ? Elle ne cachait pas qu'elle allait amener un strip-teaseur au tribunal et, malgré tout, nous ne l'avons appris que par le journal ! Quand elle est venue nous voir au bureau hier soir, je suis sûre qu'elle voulait nous en parler et nous l'avons reçue comme une intruse ! Nous sommes censées appartenir à un cabinet cent pour cent féminin. Quelle plaisanterie ! Nous ne sommes même pas capables de nous soutenir entre nous. Qu'avons-nous de différent des autres ? Rien. Hommes ou femmes, nous sommes avant tout des avocats.

— Tu culpabilises, Mary.

— Oui, je culpabilise ! Oui, j'ai des remords ! J'ai raison d'en avoir et tu devrais en avoir, toi aussi ! Parce que tu sais quoi, Judy ? dit Mary en pointant un doigt accusateur sur sa meilleure amie assise à côté d'elle. Tu n'as jamais aimé Murphy, Anne, appelle-la comme tu voudras. Elle t'a toujours été antipathique, c'est pour ça que tu n'es pas bouleversée comme je le suis aujourd'hui.

Anne était en état de choc. Elle avait l'impression qu'elle n'aurait pas dû écouter, mais elle ne pouvait pas s'en empêcher, car cette dispute était aussi fascinante que révélatrice. Le fait qu'elle en soit le sujet devenait presque secondaire.

— Je suis bouleversée, protesta Judy.

— Non, tu t'en moques ! cria Mary, déchaînée. Pendant toute la durée de mon congé de convalescence, tu as tout fait pour l'éviter. Tu as refusé toutes ses propositions de sortir déjeuner avec elle. Dès le premier jour, tu ne l'aimais pas. Et tu sais pourquoi ? Parce que tu la trouvais trop belle ! Tu répétais tout le temps qu'elle se mettait trop de rouge à lèvres !

Elles parlent de mon rouge à lèvres ?

Anne n'en croyait pas ses oreilles.

— Je trouvais qu'elle se maquillait trop, je l'admets, se défendit Judy. Mais cela ne veut pas dire que sa mort ne me touche pas.

— Pourquoi nous sommes-nous conduites comme ça avec elle ? C'est biologique, ma parole ! Les femmes se croient toujours obligées de rivaliser entre elles pour plaire aux hommes, même quand il n'y en a aucun en vue. C'est malsain, grotesque ! Serons-nous jamais capables de nous élever au-dessus de ça ?

— Il ne s'agissait pas seulement de son physique…

— Parlons-en ! Parce que tu croyais qu'elle en tirait parti, tu me l'as dit toi-même, Judy, ne proteste pas ! Tu étais persuadée qu'Anne n'aurait jamais eu le dossier Chipster si elle avait été moche !

Sur le palier, Anne ne maîtrisait plus son effarement. Elle n'était pas censée savoir ce qu'elle entendait et n'avait plus aucune envie de l'entendre. Enfin, jusqu'à un certain point…

— Ça au moins, c'est vrai ! protesta Judy. Comment crois-tu qu'une débutante puisse décrocher un dossier de cette importance ? Parce que le client la connaissait depuis la fac de droit ? Ne me prends pas pour une imbécile ! Tu veux qu'on parle franchement, Mary ? Eh bien, parlons franchement. Gil Martin n'aurait jamais engagé Anne si elle n'avait pas eu ce physique. Vous auriez pu vous poser la question vous aussi, Bennie. Pourquoi Martin a-t-il insisté pour engager la plus jeune de nous toutes ? La moins expérimentée ? Combien de dossiers avait-elle plaidés avant celui-là ? Un, deux ?

D'un geste, Bennie leur imposa le silence.

— Calmez-vous, toutes les deux, dit-elle avec sévérité. Mary a raison. Nous aurions dû nous montrer plus accueillantes envers Anne et nous ne l'avons pas été. Nous avions du travail, comme a dit Judy, mais ce n'est pas une excuse. Ce n'est pas non plus en vous jetant des reproches à la tête que vous rendrez service à Anne, poursuivit-elle en posant une main sur l'épaule de Mary. Car ce ne sont pas vos griefs, justifiés ou non, qui ont causé sa mort.

— En êtes-vous si sûre ? demanda Mary qui avait de nouveau les larmes aux yeux. Qui sait si notre attitude n'aurait pas changé le cours des choses ? Si nous lui avions parlé, si nous étions sorties déjeuner avec elle, ne serait-ce qu'une ou deux fois, elle nous aurait peut-être parlé de ce type qui la menaçait. Si nous étions devenues amies, nous aurions peut-être été avec elle hier soir. Elle serait encore en vie.

Mary se remit à pleurer. Judy elle-même parut chagrinée.

— C'est vrai, admit-elle.

Je ne peux plus le supporter, pensa Anne. Elle ne voulait plus les voir battre leur coulpe et se lamenter pour rien. D'abord, parce qu'elle était bien vivante. Ensuite, parce que leur incompréhension mutuelle n'était pas entièrement leur faute. Elle n'avait jamais su s'entendre avec les femmes. Les garçons, oui, elle n'avait que l'embarras du choix, mais elle ne s'était fait aucune amie véritable.

— Je ne donne de leçons à personne, dit Bennie. Nous avons eu des torts envers Anne et nous ferons notre deuil, chacune à notre manière. Pour moi, la meilleure consiste à retrouver son assassin et je vous suggère d'en faire autant. Je vais inspecter l'entrée de derrière. Mary, restez ici. Carrier, tenez-lui compagnie.

— J'ai besoin d'un mouchoir, dit Mary en tenant une main sous son nez qui commençait à couler. Personne n'a vu de Kleenex ?

C'est peut-être le bon moment pour leur signaler que je suis ici, pensa Anne. Mais il fallait attirer leur attention sans se faire remarquer par les policiers, toujours sur le pas de la porte. Anne fit passer Mel de son bras gauche à son bras droit, enleva son chapeau et l'agita le long de la rampe en appelant Mary à mi-voix.

Mais celle-ci était trop préoccupée par son nez qui coulait et Judy par la recherche d'une boîte de mouchoirs pour lever les yeux vers Anne. Quant aux policiers – qui avaient sans doute senti que les larmes et les récriminations avaient pris fin – ils rouvraient déjà la porte en grand pour rentrer.

— Je ne trouve de Kleenex nulle part, dit Judy qui revenait de la cuisine. Il doit y avoir du papier hygiénique dans la salle de bains ; tu pourrais t'en servir. Dans les maisons comme celle-ci, les salles de bains sont généralement à l'étage.

Oui, il y a une salle de bains, avec des Kleenex ! Juste derrière moi.

— Bonne idée, approuva Mary en se dirigeant vers l'escalier.

Alors, sans hésiter ni réfléchir, Anne s'engouffra dans la salle de bains et referma la porte derrière elle.

7

— Oh ! non ! eut le temps d'exhaler Mary avant qu'Anne lui ferme la bouche d'une main énergique en la poussant contre la porte de la salle de bains.

La queue de Mel forma un point d'interrogation noir contre la colonne de porcelaine blanche du lavabo, devant lequel il avait été déposé sans cérémonie. Anne arracha sa barbe d'Oncle Sam :

— Je suis vivante, Mary, chuchota-t-elle. Regarde, c'est moi, Anne. Je ne suis pas morte.

Les yeux écarquillés par la terreur, Mary secouait la tête en poussant des sons inarticulés. Anne serra plus fort.

— Chut ! Tais-toi, il ne faut pas que la police le sache.

— Mmm ! fit entendre Mary.

— Je vais enlever ma main de ta bouche, mais tu ne diras rien, d'accord ? La police ne doit pas encore savoir que je suis ici.

— Mmm ! répéta Mary, passant du rouge au livide.

— N'aie pas peur, tout ira bien. C'est moi, je suis en vie.

À peine Anne eut-elle retiré sa main que Mary se mit à hurler :

— Au secours ! Police !

— Non ! Qu'est-ce que tu fais ? Tais-toi, voyons !

— Je t'ai vue morte, sur la table de la morgue. Tu es un fantôme, un démon ! dit Mary en se signant à une vitesse record.

Anne sentit la panique la gagner. On entendait déjà des exclamations et des bruits de pas dans l'escalier.

— Mary ! criait Judy. Mary, c'est toi qui as appelé ?

— Au secours ! hurla Mary. Judy, les autres, venez vite !

Cette fois, Anne s'affola.

— Mais ferme-la, bon sang ! C'est moi, Anne ! Je suis vivante. C'est la fille qui gardait mon chat qui a été tuée. Tu vois le chat ? dit-elle en montrant Mel, dont la queue affectait cette fois la forme d'un point d'exclamation.

— Mais non, tu es morte, je le sais ! Je t'ai vue morte, tu avais encore ton tee-shirt ! Et tout ce sang, en bas…

— C'est celui de Willa. Elle était venue garder mon chat pendant le week-end et je lui avais prêté mon tee-shirt, dit Anne en secouant Mary par les épaules. Je suis vivante, moi. Je ne suis pas morte.

— DiNunzio, tenez bon, j'arrive ! cria Bennie.

— Mademoiselle DiNunzio, nous sommes là ! déclarèrent les deux policiers avec une mâle assurance.

Ils étaient déjà presque sur le palier.

Anne fut sur le point de s'effondrer. Le mal était fait, elle n'avait plus le temps de réagir. Voyant tourner la poignée de la porte, elle sauta dans la baignoire et tira le rideau de douche juste au moment où la porte s'ouvrait à la volée. Personne ne pourrait la voir, derrière ce rideau en tissu à fleurs doublé d'une épaisse feuille de plastique blanc opaque. Si elle s'en tirait grâce à lui, elle cesserait de regretter le prix abusif qu'il lui avait coûté.

— Mary, qu'est-ce qui ne va pas ? s'enquit Judy avec inquiétude.

— Mademoiselle DiNunzio, que se passe-t-il ? Que vous est-il arrivé ? voulut savoir un inspecteur.

— DiNunzio, ça va ? Pourquoi avez-vous crié ? demanda Bennie à son tour.

Je t'en prie, Mary, je t'en prie ! Ne flanque pas tout par terre.

Anne retenait sa respiration.

— Euh… Je ne sais pas, répondit enfin Mary d'une voix mal assurée.

— Pourtant, nous t'avons entendue hurler, insista Judy. Ah ! je vois. C'est le chat.

— Un chat ? répéta Bennie en riant.

Les inspecteurs pouffèrent à leur tour.

— Le chat vous a fait peur, n'est-ce pas ?

Ils te tendent la perche, Mary. Prends-la.

— Oui, c'est le chat, confirma Mary après une hésitation qui parut interminable à Anne. Quand je suis entrée, il était dans le lavabo et il a sauté par terre. J'ai eu peur, voilà tout.

— Anne avait un chat, c'est vrai, intervint Judy. Sa litière est là, sous le lavabo. Vous voyez ?

— Je m'en souviens maintenant, dit un inspecteur. Nous l'avions remarquée hier soir, mais nous n'avions pas vu le chat. Eh bien maintenant, il est retrouvé.

Puissant raisonnement, inspecteur. Et le prisonnier évadé, où est-il ?

— Tu devrais le prendre, Mary, suggéra Judy. Il ne peut pas rester seul, le pauvre. Tu as assez de place, dans ton appartement.

— Je ne sais pas. Je n'ai pas envie d'avoir un chat.

— Il faut que quelqu'un s'en charge, la rabroua Judy. Bennie et moi avons des chiens. Il me semble pourtant me rappeler que tu avais eu un chat, à un moment.

Prends-le donc, idiote ! Je ne suis pas morte, je m'en occuperai.

— Bon, d'accord, je le prends, soupira Mary. Nous pourrions peut-être partir, maintenant ?

— Merci, DiNunzio, déclara Bennie. C'est gentil à vous. Prenez soin de son chat, c'est peut-être la meilleure chose que vous puissiez faire en mémoire d'Anne.

— Peut-être, admit Mary sans conviction.

Anne vit bouger le rideau de douche quand la petite troupe, composée de trois avocates, de deux policiers et d'un chat désorienté, quitta la salle de bains. Mais elle attendit que la porte d'entrée se soit refermée avant d'écarter le rideau de douche, de sortir de la baignoire et de redescendre au rez-de-chaussée.

Elle était sûre que Mary apprendrait aux autres qu'elle n'était pas morte dès que les policiers auraient tourné les talons. Cela voulait dire qu'Oncle Sam devait se rendre d'urgence au bureau.

Elle chaussa ses lunettes en plastique, coiffa son haut-de-forme tricolore et sortit en hâte.

Anne gara la Mustang le plus près possible du bureau, c'est-à-dire à cinq rues de là, ce qui tenait déjà du miracle. Elle dut donc parcourir à pied plus de la moitié de Locust Street en marchant la tête basse, bien que le fait d'être officiellement morte constitue son meilleur déguisement. De toute façon, les trottoirs grouillaient de piétons coiffés de la couronne de la statue de la Liberté, portant des masques de George W. Bush ou des chapeaux-parapluies bariolés. Elle dénombra même trois autres Oncle Sam le long du parcours.

Comme la plupart des rues du centre historique de Philadelphie, Locust Street avait été conçue pour permettre le passage d'une voiture à cheval et, par conséquent, la circulation s'y effectuait en sens unique. On lui avait ressassé avec une fierté toute patriotique que Benjamin Franklin avait lui-même dessiné les plans de la ville, mais elle en avait vite conclu qu'ils ne valaient rien deux siècles plus tard. Ainsi, devant l'immeuble abritant les bureaux de Rosato & Associées, s'était formé un embouteillage inextricable dû aux camions de régie des divers médias très mal garés. Même de loin, Anne voyait les journalistes, les caméras, les micros et les antennes paraboliques des relais satellites. La présence de la presse avait plus que doublé de volume depuis la veille. Qui aurait pu prévoir que le meurtre d'une jeune et jolie avocate, juste avant un procès pour harcèlement sexuel, soulèverait un tel intérêt ?

Anne rajusta ses fausses lunettes et poursuivit sa marche sans cesser de scruter la rue. Kevin pouvait fort bien y être.

Dans son cerveau malade, il aurait eu envie de se sentir proche d'elle, même en la sachant morte. Il pouvait même désirer voir à quoi ressemblaient Bennie, Judy ou Mary, ce qui serait plus grave. Couraient-elles un danger à cause de lui ? C'était peu probable, mais pas impossible. Anne avait appris à l'occasion du procès que les obsédés transfèrent parfois leur obsession sur une autre personne.

Tout en marchant, elle consulta sa montre. Il était douze heures trente. La déposition des plaignants dans l'affaire Chipster.com était prévue pour treize heures, et elle s'étonnait que la presse en soit informée, car la fuite ne venait certainement pas de Rosato & Associées. Son chapeau d'Oncle Sam enfoncé sur les yeux, elle marchait vite. Personne ne devait la chercher puisqu'on la croyait morte, mais les journalistes l'avaient assez pourchassée auparavant pour être capables de la reconnaître. Elle s'était tellement souciée du danger éventuel présenté par Kevin qu'elle avait négligé celui de la presse.

Elle était maintenant tout près de son immeuble et se frayait un passage dans la foule de plus en plus dense. Les reporters transpiraient sous leur costume cravate et leur maquillage de télévision. Elle repéra une présentatrice qu'elle connaissait et se hâta de baisser la tête en feignant de regarder sa montre. Les touristes et les badauds ajoutaient à la confusion. Il fallait pourtant qu'elle passe.

La sonnerie d'un téléphone portable retentit soudain, et il fallut près d'une minute à Anne pour se rendre compte que c'était le sien. Qui pouvait bien l'appeler ? Le monde entier la croyait morte... Elle ouvrit quand même son sac, mit le contact.

— Oui ? dit-elle à voix basse.

— Madame Sherwood ? Docteur Goldberger.

— Oui, bonjour docteur, répondit-elle, étonnée.

— Je comprends maintenant la raison de votre appel. Vous n'avez pas été très franche avec moi, madame Sherwood – si c'est votre vrai nom.

— Je ne comprends pas…

— Je crois que si, au contraire. Kevin Satorno s'est évadé il y a quelques jours. Le saviez-vous quand vous m'avez appelé ?

— Évadé ? répéta Anne.

Son cœur cessa de battre. Elle l'avait supposé, mais en avoir la confirmation ranima sa terreur.

— Voudriez-vous me faire croire que vous ne le saviez pas ? Que votre appel de ce matin n'était qu'une simple coïncidence ?

Kevin est libre. Kevin s'est évadé…

Hors d'état de répondre, Anne coupa la communication. Elle aurait voulu pouvoir se glisser dans un trou, se cacher. Elle ne savait que faire, sauf résister de son mieux à la panique.

Elle attendit que son cœur reprenne son rythme normal avant de rallumer le téléphone et de composer le numéro de Mary. Celle-ci devait attendre l'appel, car elle répondit à la première sonnerie.

— Au secours ! dit Anne avant de redevenir capable de s'exprimer. Je suis dehors. Fais-moi passer le poste de garde.

— C'est Herb qui est de service. Nous l'avons prévenu que nous attendions une nouvelle coursière qui arriverait déguisée. Tu as toujours ta barbe ?

— Oui.

— Bon, je descends.

Anne referma le portable avec un soupir de soulagement. Mais en s'approchant de la porte de l'immeuble, elle redoubla d'attention. Un blond juste devant elle, les cheveux de la même nuance que ceux de Kevin, coupés ras comme s'il sortait de prison… Elle allait hurler quand le blond prit sa voisine par la taille, et Anne vit un tatouage sur son bras. C'était un *marine*, pas un évadé. Pas Kevin, en tout cas.

Elle réussit enfin à s'extraire de la bousculade et à pousser la porte à tambour pour déboucher dans la fraîcheur climatisée du hall d'entrée. Restait à dépasser le comptoir d'acajou où trônait le garde de sécurité, en face des ascenseurs. Mary l'avait prévenu de son arrivée, mais Herb risquait quand même de la reconnaître. Surtout Herb, qui ne ratait jamais une occasion de lorgner les jolies filles de l'immeuble. Anne avait masqué son visage, mais pas sa poitrine, et c'était là que se concentrait généralement l'intérêt de Herb. Grâce à lui, Rosato & Associées avaient les seins les mieux protégés de Philadelphie.

Lorsqu'elle arriva à hauteur du comptoir, le regard de Herb se fixa comme prévu sur son tee-shirt de « femme libérée ».

— Bonjour ma jolie, dit-il avec un sourire qu'il croyait ravageur. Drôle d'idée de venir à un entretien d'embauche en Oncle Sam.

— Oncle Sam m'a permis de franchir le barrage des journalistes, non ? répondit Anne en baissant la tête pour inscrire sur le registre le nom des bureaux où elle se rendait. Si je suis engagée, je ne veux pas qu'ils me poursuivent partout pour me tirer les vers du nez.

— Maintenant que vous êtes à l'intérieur, vous pouvez enlever votre barbe.

Le timbre de l'ascenseur qui arrivait la dispensa de répondre. La porte coulissante s'ouvrit et Mary accourut, comme la cavalerie arrive à la rescousse des pionniers encerclés par les Indiens.

— Vous êtes Mary DiNunzio, je pense ? dit Anne en lui tendant la main comme si elle la voyait pour la première fois.

Au même moment, un brouhaha se fit entendre à la porte. Elles se retournèrent toutes deux pour en voir la cause. Dans le petit groupe qui poussait la porte à tambour figurait une silhouette bien connue.

Pour la énième fois de la journée, Anne sentit son cœur cesser de battre. Elle ne s'attendait pas à ce risque-là.

8

En voyant Matt Booker entrer dans l'ascenseur avec ses clients – Beth Dietz, son mari Bill et un autre témoin, Jeannine Bonnard –, Anne s'aplatit contre la paroi de la cabine. Malgré son chapeau d'Oncle Sam enfoncé jusqu'aux oreilles, elle priait Dieu d'opérer un miracle pour que Matt ne la reconnaisse pas. Il paraissait cependant si préoccupé qu'il n'aurait pas fait attention à elle même si elle s'était déguisée en gorille.

Anne lui coula un regard en coin. Il avait les yeux cernés, les épaules voûtées, les cheveux en désordre. Toujours si soigné de sa personne, il avait négligé de mettre une cravate. Est-il bouleversé à ce point à cause de moi ? se demanda-t-elle.

— Je suis catastrophé de ce qui est arrivé à Anne, Mary, dit-il d'une voix sourde. En avez-vous appris davantage de la police, depuis notre dernière conversation ? Ils n'ont vraiment aucune piste ?

Anne se sentit coupable de le laisser ainsi dans l'erreur.

— Non, encore rien, répondit Mary. Mais je sais qu'ils font l'impossible.

— Présentez mes condoléances à sa famille, je vous en prie. Si je peux faire quoi que ce soit pour vous être utile, à vous ou à la police, n'hésitez pas à me le dire. Tenez-moi au courant, d'accord ? Je tiens à savoir comment progresse l'enquête.

— Je vous ferai signe, soyez tranquille.

— Je n'arrive pas à imaginer qui a pu commettre un crime pareil. C'est impensable, c'est…

La tête basse, il ne put achever sa phrase.

— Nous non plus, vous savez, répondit Mary.

Elle s'exprimait avec gêne. Anne savait que, pas plus qu'elle, Mary n'aimait mentir.

— Exprimez aussi notre sympathie à sa famille, intervint Beth Dietz, que son mari approuva d'un signe de tête.

— Je n'y manquerai pas. Excusez-moi, je serai un peu en retard pour recueillir vos dépositions, il faut que je mette la nouvelle employée au courant. Pouvez-vous m'accorder une dizaine de minutes ?

— Bien sûr, répondit Matt. Comme je vous l'ai dit au téléphone, j'aurais volontiers ajourné la procédure si vous aviez voulu.

— Merci, mais ce ne sera pas nécessaire.

— Qui plaidera, maintenant qu'Anne est… ?

— Comment savoir ? soupira Mary.

La porte de l'ascenseur s'ouvrit au troisième étage, devant les mots ROSATO & ASSOCIÉES en brillantes lettres de cuivre sur le mur du hall de réception. Anne éprouva l'étrange impression de revenir à une vie antérieure, mais elle ne prit pas le risque de s'attarder dans ce cadre familier. Sortie la dernière de la cabine, elle s'engouffra en hâte dans le couloir en tournant le dos à Matt.

Mary guida l'avocat et ses clients vers une salle de conférences, ouvrit la porte et leur fit signe d'entrer.

— Installez-vous, mettez-vous à votre aise. Les toilettes sont à gauche, le greffier est déjà à son poste. Je n'en aurai pas pour longtemps, dix minutes tout au plus.

— Merci, dit Matt. Nous vous attendrons.

Sur quoi, Mary referma la porte et se précipita dans le couloir derrière Anne.

— Tu es vivante !

Mary serra Anne contre sa poitrine avec une exaltation qui la désarçonna. Le déguisement d'Oncle Sam gisait en tas sur le bureau de Mary, où Mel reniflait la fausse barbe avec circonspection. Le soleil donnait à sa fourrure des reflets soyeux.

— Je ne peux pas y croire ! Je ne peux pas y croire ! répétait Mary en redoublant d'effusions. C'est merveilleux ! Un miracle !

— Lâche-la donc, tu vas l'étouffer, dit Judy en souriant.

À côté d'elle, Bennie arborait un sourire aussi éclatant.

— Je suis si heureuse que tu sois vivante ! reprit Mary en secouant Anne comme pour s'assurer qu'elle tenait debout. Si heureuse !

— Elle est toujours comme ça ? s'enquit Anne en se tournant vers les deux autres.

— Oui, l'informa Bennie. Je lui délègue le soin d'exprimer mes sentiments. Elle parle en mon nom et en celui du barreau de Philadelphie. Cela nous laisse le temps de calculer nos notes d'honoraires.

Mary lâcha enfin Anne et se rapprocha de la porte.

— C'est merveilleux ! s'écria-t-elle, les yeux brillants de joie. Tu vas tout nous raconter ! Je te prenais pour un fantôme.

— Les fantômes n'existent pas, voyons.

— Bien sûr que si ! affirma Mary, le front soudain plissé par la contrariété.

Elle est timbrée, ma parole !

Anne n'insista pas et prit Mel dans ses bras en lui donnant sur le nez un baiser de retrouvailles.

— Dites-nous ce qui s'est passé depuis le début, ordonna Bennie dont le sourire s'effaça. N'oubliez pas que c'est moi qui vous ai identifiée, Murphy. J'ai vu votre cadavre à la morgue. C'était abominable.

— Pourtant, la figure devait être...

— Méconnaissable, enchaîna Bennie. J'ai dû faire un effort pour regarder. Votre, non, son visage était en bouillie, il y avait la bourre de coton d'une cartouche à l'emplacement d'un œil. Nous avons toutes vu le corps, mais c'est moi qui ai signé les papiers. Il ne m'était même pas venu à l'idée d'en douter. Elle avait vos vêtements et les cheveux roux, bien qu'ils aient été couverts de...

Anne l'interrompit d'un geste.

— Je comprends que vous ayez pu commettre cette erreur.

— Dis-nous plutôt ce qui s'est passé en réalité, intervint Judy pour donner à la conversation un tour moins morbide.

Incroyable ! Nous quatre dans le bureau de Mary...

Cela ne s'était encore jamais produit et elles étaient là, comme un quatuor d'amies, alors que la veille Anne y avait été reçue en intruse. Connaissant ses sentiments envers elle, Anne avait du mal à regarder Judy dans les yeux. Mais elle domina son ressentiment et leur fit un récit complet des événements, depuis ses relations avec Kevin l'année précédente jusqu'au meurtre de Willa. Elle leur dit aussi comment elle les avait vues arriver chez elle, parla de l'appel téléphonique du Dr Goldberger lui confirmant l'évasion de Kevin. Elle s'abstint toutefois de préciser qu'elle n'avait pas perdu un mot de leurs conversations. Si elles se doutaient d'avoir été entendues, aucune n'en laissa rien paraître.

Quant Anne eut terminé, Mary avait l'air grave. Bennie regardait dans le vague. Ce fut elle qui rompit le silence :

— Je m'interroge sur une de vos hypothèses, Murphy. Vous présumez que Kevin est le coupable et qu'il avait l'intention de vous tuer. Votre raisonnement se comprend car les faits paraissent l'étayer, surtout à la lumière de son évasion, dit-elle en fixant sur Anne le regard perçant de ses yeux bleus. Il demeure cependant une autre possibilité, celle que Kevin ne soit pas l'assassin et que celui-ci, quel qu'il soit, avait l'intention de tuer Willa et pas vous.

— Je ne comprends pas, Bennie, s'étonna Anne. Vous avez dit exactement le contraire aux policiers.

— Parce que je ne savais pas encore que Willa était chez vous, ce qui, pour moi, change radicalement les données du problème et le devrait pour vous aussi. Qui Willa voyait-elle ? Je suppose qu'elle n'était pas mariée puisqu'elle avait accepté de garder votre chat.

— Je suis à peu près sûre qu'elle ne sortait avec aucun homme.

— Quel âge avait-elle ?

— Le mien, à peu de chose près.

— Où travaillait-elle ?

— Chez elle, je crois. Elle était artiste et travaillait seule.

— Elle doit quand même avoir des amis, une famille.

— Sans doute, mais je ne sais pratiquement rien sur son compte, sauf qu'elle avait une rente qui lui fournissait de quoi vivre. Je sais aussi qu'elle n'était pas originaire de la région, elle me l'a dit une fois. Je n'ai aucune idée de l'endroit où habite sa famille ni comment la joindre.

— Il faut retrouver ces gens. Elle était leur fille, leur sœur. Ils ont le droit de savoir qu'elle est morte. Où habitait-elle ?

— Quelque part en ville. Je ne la rencontrais qu'au club de gym.

— Vous devez pouvoir retrouver son adresse, ce n'est pas si difficile. Parlez-moi de votre dernière rencontre avec elle, enchaîna Bennie. Vous avez dit qu'elle était venue en courant du club jusque chez vous. Qu'avait-elle sur elle ? Un sac à main, un sac de sport ? Un trousseau de clefs ? La police n'a trouvé aucune pièce d'identité.

Anne se força à revoir Willa quand elle lui avait ouvert la porte.

— Elle avait les mains vides.

— Devez-vous produire une pièce d'identité ou une carte de membre pour vous servir des installations de votre salle de gym ?

— Oui, répondit Anne, comprenant où Bennie voulait en venir. Willa devait donc avoir son sac et ses pièces d'identité avec elle pour entrer au club, ils y sont peut-être encore. Les armoires vestiaires sont rarement fermées, c'est pourquoi je n'y laisse jamais rien. J'apporte juste mes clefs, ma carte de membre et de quoi acheter une bouteille d'eau minérale.

— Nous le vérifierons. Autre chose : aviez-vous réellement un rendez-vous hier soir ?

Gênée, Anne évita de regarder Mary.

— Non. Je ne suis pas sortie avec un garçon depuis mon arrivée ici. Kevin Satorno était le dernier, poursuivit-elle pour remettre Bennie sur la bonne piste. C'est pourquoi je suis sûre que Willa n'était pas la victime prévue. Elle a eu la malchance d'être au mauvais endroit au mauvais moment. C'est Kevin le meurtrier, et c'est moi qu'il voulait tuer. Il a sans doute suivi ma carrière de sa cellule ; il a même pu être au courant de l'affaire Chipster.com : les journaux de Philadelphie sont publiés sur Internet et les prisons sont équipées d'ordinateurs. Le fusil à canon scié, l'attaque sur le pas de la porte, tout s'est passé exactement comme la première fois, à Los Angeles. Il a même dû surveiller ma maison depuis son évasion.

— Dans ces conditions, s'étonna Bennie, pourquoi ne vous aurait-il pas vue partir pour la plage hier ni Willa arriver juste avant ?

— Peut-être parce qu'il était parti chercher son arme et qu'il ne surveillait pas à ce moment-là. Quand je suis partie, un peu après neuf heures, il faisait presque nuit. J'étais restée un moment avec Willa pour bavarder et pour que Mel s'habitue à elle. Comme elle était venue directement du club de gym, je lui avais prêté un short et un tee-shirt. Sait-on à quelle heure le crime a eu lieu ?

— Vers onze heures du soir. Le plafonnier du vestibule ne marchait pas, avez-vous dit. Comment savez-vous que l'ampoule n'a pas grillé ce matin, quand vous avez essayé de l'allumer ?

— Je ne m'en étais jamais servie, pas une fois. Il n'y avait sans doute même pas d'ampoule dans le lustre, répondit Anne qui s'en voulut de ne pas l'avoir vérifié. Écoutez, Bennie, c'est Kevin qui est venu hier soir dans l'intention de me tuer, comme la première fois, et je suis certaine qu'il croit avoir réussi.

— Pourtant, intervint Judy, Bennie a peut-être raison. Que quelqu'un ait des raisons de vouloir tuer Willa est une hypothèse tout à fait logique. Nous ne savons rien d'elle, pour ainsi dire.

— Non, je crois qu'Anne a raison, la rabroua Mary. Elle a déjà subi une tentative de meurtre l'année dernière, Kevin en était coupable, il s'est évadé de prison et c'est un obsédé pathologique. Anne est sans aucun doute une victime beaucoup plus vraisemblable que Willa.

77

Une dispute entre les sœurs siamoises ? Anne parvint à ne pas laisser transparaître son étonnement.

— Un instant ! dit Bennie en levant la main. Laissons cette discussion de côté pour le moment. Une autre de vos hypothèses me chiffonne, Murphy. Si l'assassin est bien Kevin, qu'est-ce qui vous fait croire qu'il est encore en ville ? C'est un prisonnier évadé et le suspect numéro un d'un meurtre. Pourquoi n'aurait-il pas déjà pris la fuite ? Il a atteint son but et n'a aucune envie d'être arrêté. N'importe quel criminel se serait déjà mis en lieu sûr.

— Pas un obsédé tel que lui. Ces gens ne raisonnent pas comme les autres. Kevin se croit sentimentalement lié à moi pour toujours. Même si ce lien n'est qu'imaginaire, il n'est pas moins fort. Il voudra voir où je vivais, où je travaillais. Il aura peut-être même envie de vous voir, de près ou de loin. J'espère que ce sera de loin.

— Je suis d'accord, dit Mary en rajustant une mèche de cheveux. Les malades mentaux sont une espèce à part. Vous savez bien, d'ailleurs, que j'ai eu un problème comparable avec... quelqu'un.

— C'est vrai ? s'étonna Anne.

Elle connaissait pourtant les statistiques. À un moment ou à un autre de leur vie, trois femmes sur dix sont victimes d'obsédés sexuels. Ainsi, Mary et elle avaient cela en commun. Elle aurait préféré quelque chose de plus positif.

— Mon cas était différent, je ne m'en rendais pas compte. Mais je sais qu'il faut réagir avec prudence, parce qu'on ne gagne jamais. Si on se plaint à la police, il devient fou furieux. Si on ne fait rien, on reste sans protection.

Quelle joie d'être enfin comprise par quelqu'un qui ne soit pas un expert désigné par la cour !

— C'est pourquoi je n'aurais pas dû obtenir que Kevin soit placé sous contrôle judiciaire. L'illusion qu'il avait de me croire amoureuse de lui n'y a pas résisté. C'était pour lui le plus cruel des rejets, il ne pouvait plus le nier et il l'a considéré comme une déclaration de guerre.

— Tu avais pourtant le droit de demander protection à la justice, observa Judy.

— Et vous avez eu raison de le faire, renchérit Bennie.

— Je sais, mais il est démontré que dix pour cent des femmes en butte aux obsédés de ce genre sont tuées peu après avoir demandé un contrôle judiciaire. L'une d'elles a été retrouvée à New York avec, sur la poitrine, le jugement cloué d'un coup de poignard, dit-elle en frémissant à cette affreuse image. Ces malades ne sont pas des criminels ordinaires, si tant est qu'il y en ait. C'est pourquoi je crains que Kevin ne veuille rester en ville. Il voudra voir les lieux où je vivais, passer dans les rues où je passais, rester proche de moi, même dans la mort.

À son tour, Mary ne put retenir un frisson.

— Je parierais que cet individu ne quittera pas Philadelphie avant ton enterrement.

Anne n'avait pas encore envisagé de service funèbre.

— C'est probable, répondit-elle. Mais c'est le corps de Willa qui est à la morgue, pas le mien. Que vont-ils faire ?

Elles se tournèrent toutes trois vers Bennie, car Bennie avait toujours réponse à tout.

— Le médecin légiste ne lâchera sans doute pas le corps avant deux ou trois semaines, compte tenu des fêtes et de l'arriéré.

— L'arriéré ? répéta Anne.

Le terme s'appliquait aux factures ou aux loyers impayés plutôt qu'aux cadavres.

— Dans Philadelphie, étymologiquement « Cité de l'amour fraternel », le 4 Juillet se classe parmi les catastrophes naturelles. La médecine légale ne dispose pas de beaucoup de personnel. Ils feront des examens de sang, des tests ADN, mais les résultats ne tomberont pas avant une huitaine de jours puisque l'identité de la victime est censée être connue. Si nous ne disons rien, ils rendront le corps pour l'inhumation en pensant que c'est le vôtre.

Un silence suivit, que Bennie ne rompit qu'au bout d'une longue minute :

— Pour Willa, nous ne pouvons pas laisser faire ça. Il faut retrouver sa famille et prévenir la police, Murphy. Vous leur direz que Satorno s'est évadé, que vous êtes en vie et qu'il y a erreur sur la personne de la victime.

79

— Non, je ne veux absolument rien dire à la police ! Mais je suis d'accord avec vous en ce qui concerne la famille de Willa. Nous la retrouverons et nous pourrons peut-être même l'amener à collaborer avec nous pour retrouver l'assassin.

— Non, la situation ne serait pas tenable. Écoutez-moi. Kevin est dangereux, la police a les moyens de le retrouver plus vite que nous. Ils peuvent diffuser son portrait, contacter le FBI, travailler en liaison avec leurs collègues de Californie.

— Mais vous avez entendu ce que disait l'inspecteur ! Ils ont à peine une quarantaine de policiers pour tout le district central. Ils n'ont même pas les moyens de surveiller ma maison. De plus, j'ai fait une fois confiance à la police pour me protéger et j'ai failli me faire tuer. Ils n'ont même pas été capables d'accuser Kevin de tentative de meurtre, c'est pourquoi il s'en est tiré avec une peine aussi légère. Je ne ferai plus jamais confiance au système judiciaire. À cause de lui, j'y ai presque laissé ma peau.

— Vous courez un sérieux danger, Murphy, déclara Bennie d'un ton sévère. Ce n'est pas un travail pour des amateurs comme nous.

— Pas question de prévenir la police !

— Je ne suis pas d'accord.

— Ce n'est pas votre vie qui est en jeu !

Bennie resta impassible.

— Ne vous méprenez pas, Murphy. Je suis la patronne de ce cabinet et vous êtes mon employée. Je suis garante de vos actes, c'est-à-dire responsable de tout ce qui se passe ici et de toutes vos initiatives, comme exhiber un homme nu au tribunal, dit-elle sans l'ombre d'un sourire. Je n'ai pas le droit de détenir une information de cette importance sans la communiquer à la police, ce serait un refus de coopérer avec la justice. La police enquête sur un meurtre dont la victime a une fausse identité, et nous avons de fortes présomptions sur l'endroit où se trouverait encore le suspect. J'ai le devoir de parler.

Bennie croisa les bras, Anne en fit autant. Mary et Judy observèrent avec effarement les deux femmes se défier du regard.

— Si vous parlez, Bennie, je sors d'ici.

— Si vous partez, ma petite, vous êtes renvoyée. Et, de toute façon, je parlerai à la police.

Anne réprima une grimace de douleur. Elle devait trouver mieux que de se croiser les bras si elle voulait se sortir de cette situation.

— Attendez, j'ai une idée ! Coupons la poire en deux. Dites à la police que Kevin s'est évadé, mais pas que je suis vivante. Si on me croit morte, il me sera plus facile de le chercher. La police le cherchera de son côté, et nous aurons deux fois plus de chances de le retrouver.

Pour la première fois, Bennie marqua une légère hésitation.

— Non, ce serait trop dangereux, répondit-elle. Laissons les gens du métier rechercher Satorno. Ils savent ce qu'ils font, eux.

— Ils ne sont même pas capables de le retrouver en prison ! protesta Anne. Pour la police de Philadelphie, il n'existe même pas ! Vous avez entendu ce que disait l'inspecteur.

— Comme disait Anne, intervint Mary, aucune de nous n'a le droit de la juger tant que nous ne sommes pas à sa place. Même moi, je ne peux pas savoir ce qu'elle ressent. C'est sa vie qui est en jeu. Par conséquent, nous devons agir à sa manière ou chercher un compromis.

— Je suis d'accord, déclara Judy. Informons la police de l'évasion de Satorno et poursuivons l'enquête de notre côté. Ce ne serait pas la première fois, d'ailleurs, nous le faisons dans toutes les affaires criminelles dont nous sommes chargées. Nous en avons l'habitude.

Anne lui lança un coup d'œil étonné, mais s'abstint de tout commentaire. L'opinion de Judy parut ébranler Bennie, qui regarda ses trois collaboratrices d'un air excédé.

— Et qu'est-ce que je vais dire aux flics, les filles ? Comment aurais-je appris que Satorno s'est évadé si Murphy est censée être morte ? C'est elle qui a reçu le coup de téléphone du psy, pas moi.

— Vous vous arrangerez, répondit Anne. Vous avez bien su trouver ma mère, n'est-ce pas ? Allez-y, appelez la police, mais laissez-moi rester morte au moins jusqu'à mardi matin.

— Pourquoi mardi matin ?

— Parce que je plaide mardi pour Chipster.

Bennie faillit s'en étrangler :

— QUOI ? Il n'est pas question de plaider mardi ! Avec tout ce qui se passe, vous ne serez jamais prête ! Et il faudrait un miracle pour que la police retrouve Satorno aussi vite. Plaider un dossier de cette importance au civil ne s'improvise pas, Murphy. Il faut reporter.

— Je ne peux pas. Gil veut absolument en finir au plus vite pour ne pas compromettre son introduction en Bourse. En ce moment, tout le monde cherche des capitaux. À la moindre anicroche, les investisseurs se dérobent, c'est pourquoi nous avons refusé un règlement amiable. Gil tenait à être complètement blanchi aux yeux de ses administrateurs et des investisseurs. Si nous reportons le procès, il sera hors d'état d'introduire ses actions en Bourse, et ce sera la mort de Chipster.

— Eh bien, ne reportez pas, mais ne plaidez surtout pas avec tout ce qui vous arrive. Un peu de bon sens, Murphy ! Satorno est encore à vos trousses. Je m'arrangerai pour plaider à votre place.

— Merci, mais je plaiderai moi-même ! déclara Anne avec une force dont elle s'étonna intérieurement. Kevin Satorno m'en a déjà trop pris : une nouvelle amie, ma maison, ma tranquillité, ma sécurité. Cela suffit, il ne me prendra pas mon métier en plus du reste. C'est mon client, mon dossier. C'est à moi de décider.

— D'accord, dit Bennie avec un soupir résigné. C'est vous qui avez amené le client, je vous laisse la décision. Et maintenant, poursuivit-elle en consultant sa montre, remuons-nous. Je vais appeler la police. DiNunzio, allez recueillir les dépositions, le greffier doit déjà menacer de partir, depuis le temps que vous le faites attendre. Murphy, restez ici pour que personne ne vous voie.

— Merci, Bennie, dit Anne. Mary, tu sais quoi faire, n'est-ce pas ? Interroge Bonnard sur l'incident de mai dernier. Elle prétend que Martin l'a draguée pendant un séminaire. Gil affirme qu'elle était furieuse qu'il lui ait refusé une augmentation, nous le prouverons par les e-mails qu'elle lui avait envoyés. Insiste sur les détails pour que nous puissions prévoir comment elle témoignera à l'audience.

Mary se leva, ramassa ses notes et son dossier.

— C'est vu. Je n'en aurai pas pour longtemps. Fais comme chez toi, mais ne sors pas du bureau au moins jusqu'à ce qu'ils soient partis.

— Une dernière chose, dit Bennie, une main sur la poignée de la porte. J'ai parlé à Gil hier soir. Il était dans tous ses états en apprenant votre mort, sa femme aussi. Comment allez-vous vous y prendre avec eux ? Comptez-vous leur dire que vous êtes en vie ?

— Bien sûr. Je fais confiance à Gil, il gardera le secret.

Anne sentit le regard de Judy derrière elle. Qu'est-ce qu'elle avait dit, déjà ?

Martin n'aurait jamais engagé Anne si elle avait été moche...

Bennie ouvrit la porte pour laisser sortir Mary, mais elle s'attarda un instant sur le seuil.

— Puis-je vous faire une suggestion ? reprit-elle. Attendez avant de parler à votre client. Vous devez rester discrète, et puisqu'il croit que c'est moi qui reprends le dossier, laissons les choses en l'état pour le moment. Pensez-y, d'accord ? Et essayez d'en savoir plus sur Willa. Il faut que nous prévenions sa famille, et je ne suis pas convaincue que ce n'était pas elle la victime désignée. Je compte sur vous.

Bennie n'est pas convaincue...

Anne eut un instant de découragement quand la porte se referma. Judy et elle restèrent seules dans le bureau. Elles se regardèrent, détournèrent les yeux en même temps. Consciente qu'il n'y avait guère de sympathie entre elles, Anne ne savait comment relancer la conversation.

— Merci de m'avoir soutenue contre Bennie, dit-elle enfin.

— C'est normal.

Allons, jette-toi à l'eau...

— Tu n'as pas besoin de me tenir compagnie, Judy. Tu as sûrement du travail.

— Non, je suis à jour. C'est l'été, mes dossiers en cours sont au point mort pour le moment.

— Alors, pourquoi rester au bureau ? Tu dois avoir mieux à faire pendant le week-end. Tu as un ami, je crois ?

— Oui, Frank Lucia. J'avais défendu son grand-père. Tu l'as rencontré à ce moment-là, je crois ?

Aucun souvenir...

— Oui, bien sûr.

— Il est parti pêcher en mer avec des amis pendant le week-end. J'étais seule chez moi en train de peindre quand la nouvelle est arrivée. J'aime autant rester te tenir compagnie.

De grâce, va-t'en ! Fiche-moi la paix !

— Comme tu voudras.

Le silence retomba. On n'entendit plus que le brouhaha dans la rue. Judy fit un geste en montrant la fenêtre.

— Ils sont bruyants.

— Les journalistes le sont toujours.

— Si on leur lançait des bombes à eau ?

Judy alla regarder par la fenêtre, mais Anne ne bougea pas. Elle était furieuse que Judy fasse des efforts pour être gentille avec elle. Certains sentiments ne tiennent pas debout, pensa-t-elle.

— Viens donc voir ! dit Judy en se tournant vers elle. Un vrai zoo.

Anne s'approcha des vitres fumées. La foule qui ondoyait devant l'immeuble avait presque doublé depuis son arrivée. En plus des journalistes brandissant micros, magnétophones et blocs-notes, des photographes et des cameramen, on voyait des marchands de hot dogs, et un jeune Noir qui distribuait des prospectus. Parmi les badauds, Anne dénombra trois Oncle Sam et un policier en uniforme.

Les yeux plissés pour se protéger du soleil, elle essaya de repérer Kevin en regrettant de ne pas pouvoir se lancer tout de suite sur sa piste. Il était peut-être là, en bas, cela n'aurait rien eu d'impossible. Le temps passait, le week-end finirait aussi. Elle avait perdu trop de temps dans sa vie à cause de ce misérable crétin – et il avait tué Willa. Il fallait le trouver, elle le devait. Lui faire payer son crime et retrouver enfin la sécurité.

— Tu le cherches, n'est-ce pas ? demanda Judy.

Anne fut agacée qu'elle ait deviné ses pensées.

— Oui.

— À quoi ressemble-t-il ?

— Pourquoi ?

— Je peux chercher, moi aussi. Deux paires d'yeux valent mieux qu'une. Cela en fait quatre, c'est beaucoup d'yeux, dit-elle en riant.

Anne ne trouva pas la plaisanterie amusante.

— Pour un fou, il n'est pas vilain garçon. Il a les cheveux blonds, très clairs. Les yeux bleus. Son nez est plutôt long, un peu crochu...

— Attends !

Judy fouilla dans les papiers sur le bureau de Mary jusqu'à ce qu'elle trouve un bloc et un crayon.

— Qu'est-ce que tu fais ? s'étonna Anne.

— Je vais le dessiner.

— Pourquoi ?

— Je comprends mieux les choses quand je les dessine.

Elle est dingue, elle aussi ! Je ne perdais rien à ne pas les fréquenter, en fin de compte...

— Recommence, dit Judy, le crayon levé. Les yeux d'abord.

Anne entreprit une description détaillée de Kevin, étonnée d'en savoir autant sur son compte. Elle avait lu dans les traités de psychiatrie que les victimes des maniaques deviennent parfois obsédées par leur persécuteur ; elle pensait simplement qu'il est impossible d'oublier les traits de celui qui vous a dévisagé avec l'intention de vous tuer.

— Et le menton un peu fuyant, conclut-elle.

— Je crois que je le tiens, dit Judy.

Elle continua à crayonner, posa encore quelques questions. Au bout d'une dizaine de minutes, elle tendit le bloc à Anne.

— C'est ressemblant ?

Horrifiée, Anne vit le portrait quasi photographique de Kevin.

— Il ne te plaît pas ? s'enquit Judy, déçue.

— Non, je veux dire, si ! C'est lui que je hais, pas le portrait. C'est lui, exactement lui ! Tu es incroyable !

Judy regarda son dessin, étonnée d'avoir si bien réussi.

— Je n'avais encore jamais dessiné d'après une description verbale. D'habitude, je dessine ou je peins sur le motif ou d'après une photo.

Anne alla regarder le dessin par-dessus l'épaule de Judy.

— C'est aussi précis qu'un portrait-robot ! La police n'aurait pas fait mieux. Tu veux bien me le donner ?

— Bien sûr. Pourquoi ?

— Tu veux vraiment le savoir ?

— Oui.

— Euh… C'est un secret.

— Je sais garder les secrets.

Anne hésita. Elle ne savait pas si elle pouvait se fier à Judy ni même si elle le voulait. Judy pourrait tenter de s'interposer, en parler à Bennie ou prendre des mesures dictées par le bon sens. Anne n'avait d'ailleurs jamais fait de confidences à une femme pour laquelle elle avait de la sympathie, et à plus forte raison dans le cas contraire.

— Alors, tu vas me le dire ? insista Judy en faisant tinter ses longues boucles d'oreilles en argent.

Toujours couché sur le bureau, Mel lui-même parut intéressé et leva la tête d'un air interrogateur.

Anne comprit que toute résistance devenait inutile.

9

Un quart d'heure plus tard, Oncle Sam apparut dans le hall de l'immeuble, une grande enveloppe sous le bras. Herb le fit sortir par la porte de service, qu'il ouvrit lui-même pour s'assurer que sa poitrine ne subissait aucun dommage.

— Alors, vous avez eu le job ? Félicitations. Au fait, ma jolie, c'est quoi votre nom ? J'ai regardé le registre, mais je n'ai pas pu déchiffrer votre écriture.

— Samantha. Je reviendrai dans dix minutes. Vous voudrez bien me rouvrir la porte ?

— Bien sûr. Frappez, je vous entendrai.

L'allée de service débouchait dans une rue perpendiculaire, près de l'entrée de l'immeuble. Les touristes qui s'arrêtaient quelques instants avant de poursuivre leur chemin en direction du Parkway et de ses attractions croisaient les journalistes venus en renfort ou prendre la relève de leurs collègues, toujours agglutinés devant les bureaux de Rosato & Associées.

Anne attendit que la foule soit encore plus dense pour y glisser son personnage d'Oncle Sam, barbe au vent et grosses lunettes sur le nez. En dépit des arguments de Judy qui tentait de l'en dissuader, elle avait tenu à effectuer elle-même la livraison. Puisqu'elle prétendait être la nouvelle coursière, ce travail lui incombait. Voulant surtout se mêler à la cohue dans l'espoir d'y repérer Kevin, elle scrutait avec attention chaque blond qu'elle croisait. Sans succès, d'ailleurs, mais elle restait persuadée qu'il était dans les parages.

Au coin de Locust Street, elle tendit le cou pour voir si le jeune distributeur de prospectus était toujours au travail. Elle eut la satisfaction de constater qu'il y était et que son stock touchait à sa fin, ce qui témoignait de son ardeur à distribuer ses paperasses au public. Il avait le front couvert de sueur et paraissait plus jeune que vu du haut de la fenêtre, seize ans tout au plus. Il arborait un tee-shirt vantant les mérites d'un snack du quartier, celui qui faisait l'objet de la prose publicitaire qu'il distribuait. Les études de droit, pensa-t-elle, sont inutiles à qui gagne son pain à la sueur de son front.

Elle attendit que la foule s'éclaircisse, puis s'approcha de lui et ouvrit une main pour lui montrer le billet de cent dollars qu'elle avait pris dans la caisse du bureau.

— Tu veux bien distribuer mes prospectus ?

— Tope là, Oncle Sam !

Il empocha les dollars, ouvrit l'enveloppe et regarda un spécimen de ce qu'elle contenait. Anne lut par-dessus son épaule.

Grâce à la photocopieuse du bureau, Judy et elle avaient imprimé sur du papier rouge le portrait-robot de Kevin et le texte suivant :

À L'ATTENTION DE TOUS LES REPORTERS !
VOILÀ CE QUE LA POLICE CACHE AUX MÉDIAS !

Vous voulez le scoop le plus brûlant au sujet du meurtre d'Anne Murphy ? Trouvez l'homme de ce portrait-robot ! Il s'appelle Kevin Satorno. Il est le suspect numéro un, mais la police ne vous a encore rien dit. Il est Blanc, âgé de 29 ans, mesure environ 1,80 mètre et pèse 80 kilos. Il a les cheveux blonds et les yeux bleus. Il s'est récemment évadé d'un pénitencier de Californie où il était incarcéré depuis un an pour tentative de meurtre sur la personne d'Anne Murphy. Celui qui le trouvera battra les concurrents au poteau !

Anne était très fière de son idée. Agressive par nature, la presse était aussi opiniâtre que la police et disposait de moyens considérables. Pourquoi ne pas en tirer parti en confiant aux journalistes un travail utile, pour une fois ? les faire coopérer au lieu de jouer chacun pour soi, comme d'habitude ?

— Qu'est-ce que c'est ? voulut savoir le jeune.

— Un prospectus. Tu en donnes à tous les reporters que tu verras : télé, journaux, radio. Tous ceux qui ont une caméra ou un micro. Tu as compris ?

— Celle-là aussi ? demanda-t-il en montrant une jolie fille. Elle est chouette.

— Bien sûr. Donnes-en à tout le monde, joli ou moche, grand ou petit, gros ou maigre. Défonce-toi, je te surveillerai. Et si tu fais du bon travail, je t'en apporterai d'autres.

— C'est parti.

Anne le regarda opérer. Au bout de quelques minutes, elle vit des papiers rouges éclore dans la foule comme des coquelicots dans un champ de blé. Une présentatrice de télévision, couverte de maquillage orange, interrompit sa prise de vues pour lire. Un photographe donna son exemplaire à un cameraman. Des reporters se penchaient en groupe sur une feuille, et Anne saisit quelques bribes de ce qui se disait autour d'elle : « Tu crois que c'est vrai ? » « Je suis prêt à parier que non. » « La 6 va se mettre sur le coup, ils ont les moyens. » « Merde, il faut que ça tombe aujourd'hui ! J'avais promis à ma femme que je rentrerais tôt pour le match du gosse, elle va me tuer ! »

Sentant son espoir renaître, Anne s'apprêta à regagner le bureau comme convenu quand elle vit... Kevin ?

Elle stoppa net, le souffle coupé. Un homme blond lisait le prospectus, la tête baissée. Il ressemblait à Kevin, il avait les cheveux très courts, la taille de Kevin, de larges épaules musclées. Il se tenait en face de l'entrée de l'immeuble, bien qu'il n'ait pas l'allure d'un journaliste. Anne attendit qu'il relève la tête pour voir son visage, mais il se détourna aussitôt et elle n'en eut qu'un bref aperçu.

C'est lui ! C'est lui, j'en suis sûre !

Le blond se déplaça dans la foule. Il avait la démarche de Kevin, lente, assurée. Personne ne remarquait donc que c'était lui, l'homme du portrait-robot ? L'était-il vraiment ? Dressée sur la pointe des pieds, Anne le suivit des yeux.

Il s'en va ! Il s'éloigne !

Il se dégageait en effet de la foule, descendait posément Locust Street en direction de Broad Street. Anne ne voyait que le haut de son corps, mais il faisait ce qu'aurait fait Kevin après avoir lu ce tract, c'est-à-dire qu'il s'éloignait sans attirer l'attention. Anne fut tentée de crier, mais elle s'en abstint pour ne pas se griller elle-même, surtout au beau milieu des journalistes. Elle n'était pas assez certaine qu'il s'agissait de Kevin pour lancer les autres sur sa piste, mais elle ne pouvait pas non plus le laisser partir sans rien faire.

Poursuis-le. Traque-le comme il te traquait.

Elle se lança sur la piste de l'homme blond, laissant derrière elle la foule des journalistes pour se mêler à celle des touristes. Des enfants agitaient des drapeaux, des femmes en robes de l'époque coloniale guidaient de petits groupes auxquels elles débitaient l'histoire de la ville dans un mégaphone. Anne dépassa la nouvelle salle de l'orchestre philharmonique, évita l'objectif des pères de famille photographiant leur progéniture sur le trottoir. Le cœur battant, elle ne quittait pas des yeux l'homme blond qui avançait sans hâte, du même pas égal, comme s'il avait une destination précise.

Au coin de Locust et de Broad Street, Anne put se rapprocher de lui. On entendait la musique d'un orphéon et les coups sourds d'une grosse caisse. Une parade qui défilait dans Broad Street bloquait la circulation des voitures et des piétons. Anne voyait l'homme blond de dos. Il paraissait plus musclé que le Kevin dont elle gardait le souvenir, mais il avait peut-être fait de l'exercice en prison.

Le cortège arriva enfin, et la foule applaudit les arlequins en costumes bariolés. Seul l'homme blond ne joignit pas ses applaudissements et ses encouragements à ceux des autres, car il profitait de la confusion pour se frayer un passage vers le bord du trottoir. Anne s'efforça de s'en rapprocher elle aussi sans perdre sa cible de vue.

Dès que la foule fut autorisée à traverser la rue, il fut le premier sur la chaussée. Anne s'élança à sa suite, mais se trouva engluée dans la bousculade des piétons qui se croisaient, jouaient des coudes et la repoussaient en dépit de ses efforts et de ses cris de protestation. Quand elle arriva enfin sur l'autre trottoir, elle l'avait perdu de vue.

Désemparée, elle regarda autour d'elle et poursuivit sa course dans la direction qu'elle pensait l'avoir vu prendre. De temps en temps, elle s'arrêtait pour sauter sur place afin de voir par-dessus la foule. Quelques sauts et plusieurs dizaines de foulées plus tard, ses efforts furent récompensés : il était là, devant !

Mais il avait pris de l'avance sur elle, et Anne eut à peine le temps de le voir tourner à gauche dans une rue transversale. Cette fois, elle n'hésita plus et se mit à courir puisqu'il ne pouvait plus la voir. Dans sa hâte, elle bouscula un homme, s'excusa d'un mot lancé par-dessus son épaule, arriva au coin de la rue, tourna... Kevin avait disparu.

La rue était calme, presque déserte. Elle vit une jeune femme venir dans sa direction, qui devait être sur le même trottoir quand Kevin s'y était engagé. Anne redressa ses lunettes et alla à sa rencontre :

— Excusez-moi, je cherche mon ami, nous nous sommes perdus dans la foule. Avez-vous vu passer un grand blond aux cheveux très courts ? Je suis à peu près sûre de l'avoir vu tourner dans cette rue.

— Il avait un tee-shirt blanc ?

— Oui. Vous l'avez vu ?

La femme lui montra, au bout de la rue, une boutique dont la devanture aveugle ne paraissait pas dissuader la clientèle, car des groupes compacts y entraient et en sortaient. Des ballons multicolores étaient accrochés à une enseigne au-dessus de la porte.

— Il est là ? reprit Anne.

— Oui, du moins je crois l'y avoir vu entrer.

— Merci.

Elle l'aurait embrassée si elle n'avait pas incarné Oncle Sam. Les effusions contre nature sont plutôt mal vues dans la Cité de l'amour fraternel...

Anne reprit sa respiration et partit en courant vers la boutique.

10

Les mots FRANKIE & JOHNNY'S s'étalaient sur l'enseigne en grosses capitales noires. Les vitrines recouvertes de contreplaqué peint en noir encadraient une large porte, noire elle aussi. Anne prit place dans la file d'attente, derrière un homme qui lui rendit son sourire.

Une musique techno assourdissante s'échappait de l'intérieur plongé dans l'obscurité. De lourdes odeurs de sueur et de fumée assaillaient les narines. Quand sa vision se fut un peu accommodée à la pénombre, Anne constata que l'endroit était bondé de corps s'agitant en mesure et que ces corps, à une ou deux exceptions près, étaient tous masculins. Elle se retourna vers la porte. Ceux qui attendaient étaient eux aussi des hommes. Hésitant à s'aventurer plus avant, elle resta figée sur place. Pour la première fois de sa vie, elle se trouvait dans une boîte gay et ne savait comment se comporter.

Elle se ressaisit au bout d'un instant et s'efforça de repérer Kevin dans la foule. Il y avait des roux, des bruns et des blonds, des chevelus, des crânes rasés et des chauves mais, à cause de l'obscurité, elle ne distinguait rien nettement. La seule lumière venait de spots multicolores qui balayaient la salle en clignotant au rythme de la musique. Les danseurs tournaient et se déplaçaient au hasard de leur caprice ou de la bousculade, il était donc presque impossible d'en suivre un en particulier. L'épais nuage de fumée brouillait la vision d'Anne, sans parler de ses lunettes qui n'arrangeaient rien. Et d'abord, qu'est-ce que Kevin faisait dans une boîte d'homosexuels ? Il n'était pas gay, à sa connaissance du moins. S'il l'avait été, cela aurait mieux valu pour elle.

Elle ne savait où se tourner. La devanture n'était pas large, mais l'intérieur paraissait immense, avec un haut plafond, une mezzanine qui accueillait d'autres danseurs et une scène au fond de la salle. Derrière le bar qui en occupait tout un côté, elle vit un immense miroir dont elle essaya de se servir pour repérer Kevin, mais elle n'y vit rien de plus qu'une masse confuse d'hommes qui dansaient.

Il devait y avoir un videur à la porte, mais tous ceux qu'elle voyait étaient bâtis comme des videurs. À force de regarder, elle vit près du bar un costaud en débardeur blanc, portant le logo du club, et s'en approcha dans des vapeurs de gin et de parfums musqués.

— Excusez-moi ! le héla-t-elle en criant pour se faire entendre dans le vacarme. Avez-vous vu entrer, il y a moins de cinq minutes, un grand blond en tee-shirt blanc, musclé et le crâne rasé ?

— Oui, des tas ! Pourquoi ? Il est mineur ?

— Non, mais il faut que je le trouve…

Une lame de fond de danseurs l'éloigna du videur avant qu'elle ait pu terminer. Kevin avait dû passer devant lui de la même manière qu'elle, sans même qu'il le remarque. Quelqu'un d'autre l'aurait-il vu ? Anne se fraya un passage de l'autre côté de la salle, vers une rangée d'écrans de télévision diffusant des clips sans le son, et s'approcha de deux hommes en jean et débardeur blanc.

— Excusez-moi ! leur cria-t-elle.

Ils se tournèrent vers elle sans cesser de se trémousser.

— Auriez-vous vu entrer, il y a cinq minutes, un grand blond musclé d'environ trente ans ?

— J'aurais bien voulu ! répondit l'un des deux en éclatant de rire.

Anne posa la même question à un deuxième groupe près de l'entrée, qui n'avait rien vu non plus, de même que le troisième auquel elle s'adressa. Les membres du quatrième groupe lui demandèrent si elle cherchait des partenaires, un du cinquième déclara que ses lunettes étaient *too much*.

Elle regarda de nouveau autour d'elle. La seule personne qu'elle voyait à peu près clairement était le barman, lui aussi en débardeur blanc portant le logo du club, qui secouait un shaker près de la caisse éclairée par un spot. Elle parvint à se frayer un passage entre les hommes alignés le long du bar et à attirer son attention.

— J'essaie de retrouver un grand blond en tee-shirt blanc. C'est très important.

— Vous avez demandé à une de nos « reines du muscle » ?

— Qui ça ?

— Un agent de sécurité.

— Je n'en ai pas vu, j'ai juste parlé à un videur.

— C'est pareil. Allez donc voir le boss, dans le bureau du fond. Il pourra peut-être vous renseigner.

Le barman la congédia d'un geste pour satisfaire les assoiffés qui le sollicitaient à grands cris. Anne contourna la piste de danse et trouva, près des toilettes, une porte marquée « Bureau ». Elle frappa et ne put s'empêcher d'éclater de rire quand elle ouvrit. Le directeur était lui aussi costumé en Oncle Sam, sauf que sa tenue était d'une qualité visiblement supérieure à celle qu'elle portait.

— Je suis jalouse de votre veste en satin !

— Et moi de vos lunettes.

— Elles sont *too much*, m'a-t-on reproché de façon vexante.

— C'est ce qui en fait le charme.

Avec lui, Anne se sentit en sécurité. Il était peu probable qu'il la reconnaîtrait et il n'essaierait sans doute pas de la draguer.

— Merci. Puis-je vous déranger deux minutes ?

— Bien sûr. Entrez donc.

Il n'était ni grand ni athlétique et grisonnait aux tempes. Les gays ne sont donc pas tous des culturistes narcissiques, constata Anne avec soulagement.

— Comment vous appelez-vous ? demanda-t-il en lui faisant signe de s'asseoir.

— Euh… Sam.

— Quelle coïncidence !

En prenant place, elle jeta un rapide coup d'œil autour d'elle. Un bureau métallique gris, un classeur, un ordinateur, des calculettes et un coffre-fort remplissaient la pièce. Des piles de factures et de relevés d'inventaire encombraient le bureau. Elle remarqua même avec surprise une horloge pointeuse près de la porte. Elle s'était attendue à un décor digne de *La Cage aux folles* et elle découvrait le cadre de travail d'un gestionnaire consciencieux. L'homme lui devint d'emblée suffisamment sympathique pour la décider à ne rien lui cacher – ou presque.

— Je cherche un homme qui est entré ici il y a une dizaine de minutes. Il s'appelle Kevin Satorno et il est dangereux. C'est un tueur qui s'est évadé d'une prison de Californie. Je n'affabule pas, croyez-moi.

— Malheureusement, je vous crois, répondit le directeur sans ciller. Nous recevons souvent des individus qui sortent de prison, légalement ou non. Les bars gays attirent beaucoup de marginaux. C'est un vrai problème, pour nous comme pour la population en général.

— Même ceux qui ne sont pas gays ? Je veux dire, celui que je cherche ne l'est pas, du moins je le pense.

— Personne ne s'en vante, ce qui n'empêche pas l'affaire de tourner ! répondit-il en riant. Ceux qui viennent chez nous et dans les autres boîtes ne sont pas tous homosexuels, ce n'est pas obligatoire. Ils cherchent moins le sexe que l'arnaque. S'ils viennent de sortir de taule, ils sont fauchés, donc ils espèrent trouver à bon compte des cigarettes, un coup à boire, un lit où dormir. Souvent, quand ils tombent sur un bon pigeon, ils vont chez lui et le dévalisent.

— C'est vrai ? s'exclama Anne, aussi offusquée qu'une vraie Philadelphienne.

— Bien sûr. La salle est sombre, et les flics ne sont pas du genre à venir boire un café au bar entre deux rondes. Mes employés connaissent les vertus de la discrétion, ils ne se mêlent pas de la vie privée des clients. Tant qu'ils ont de quoi payer, on ne leur demande rien. Vous êtes sûre que votre type est ici, au thé dansant ?

Thé dansant ?

Anne retint de justesse une exclamation étonnée. Elle n'avait ni vu ni senti beaucoup de thé du côté du bar…

— Presque certaine. Une femme qui passait dans la rue m'a dit l'avoir vu entrer.

— À quoi il ressemble, ce type ?

Anne regretta de n'avoir pas gardé un des portraits-robots, mais elle n'avait pas compté repérer Kevin. Elle en donna donc une description aussi précise que possible. Elle n'avait pas terminé quand le directeur l'interrompit, l'air inquiet.

— Attendez ! Blond très clair, presque platine ? Et rasé ?

— Oui. Vous l'avez vu ?

— Non, mais j'en ai entendu parler. Un de mes amis, qui dirige une autre boîte dans le quartier, m'a dit qu'un cinglé a tabassé hier soir un de ses clients et lui a cassé le nez.

Hier soir ? Le soir de l'assassinat de Willa ?

— À quelle heure cela s'est-il passé ? demanda Anne, dont le cœur battit plus vite.

— Après minuit. Un beau grand blond est entré dans le bar et tout le monde l'a remarqué, parce qu'il était nouveau. Un homo qui a un faible pour les blonds en ce moment lui a fait servir des verres. Mais quand il est allé au bar pour l'emballer, l'autre est devenu fou. Il l'a traité de sale pédé et lui a collé son poing dans la gueule.

Était-ce vraiment Kevin ? Oui. À peine une heure après avoir commis le meurtre, il devait être encore remonté, violent.

— Pas possible ! Ont-ils appelé la police ?

— Bien sûr que non. Les videurs l'ont jeté dehors, mon ami et ses employés ont soigné l'autre, et c'est tout.

— Mais pourquoi n'avoir rien fait ? Un client agressé…

— Aucun patron de bar n'appelle la police dans un cas pareil, l'interrompit-il. Sûrement pas nous, en tout cas. Nous faisons notre police nous-mêmes. Surtout un week-end comme celui-ci, c'est de l'or en barre pour nous autres. Rien que le thé dansant paie le loyer du mois. Tout à l'heure, on fermera, on fera le ménage et on rouvrira ce soir. Attendez, j'ai peut-être quelque chose.

Il se leva pour aller vers une étagère où Anne avait remarqué des appareils électroniques et un petit moniteur de télévision. Ses espoirs revinrent au beau fixe.

— Vous avez des caméras de surveillance ?

— Il faut bien. Trois dans la salle et une à la porte.

L'écran du moniteur était divisé en quatre fenêtres, chacune comportant la date et l'heure incrustées dans le coin en haut à droite. Malgré le flou des images grises, Anne reconnut l'entrée du bar dans celle du bas à droite. On ne pouvait pas distinguer les véritables couleurs des vêtements et des cheveux, mais les traits étaient assez nets pour permettre d'identifier les hommes.

— Vous enregistrez les prises de vues ?

— Regardez. Vous avez dit qu'il est entré il y a dix minutes ?

Il pressa le bouton de rembobinage, et les personnages sortirent du bar en courant à reculons tandis que les chiffres de l'horloge défilaient eux aussi à l'envers.

— Voilà, je repasse en avant.

Dans un silence tendu, Anne observa les groupes qui recommençaient à franchir l'entrée.

— Il portait un tee-shirt blanc.

— Comme plus de la moitié de mes clients. Regardez bien et dites-moi si vous le voyez.

Anne se pencha vers l'écran en se mordant nerveusement les lèvres. Elle vit tout à coup entrer un groupe de quatre hommes en tee-shirts et débardeurs blancs, suivis à quelques pas d'un cinquième dont la chevelure fit une tache blanche sur l'écran. Elle sentit son cœur cesser de battre.

— C'est lui ! s'écria-t-elle. Là, celui-ci, c'est lui !

— Une seconde, dit le directeur en stoppant l'image. Lequel ?

Anne lui montra le visage sur l'écran. C'était Kevin, elle ne pouvait plus avoir aucun doute. Elle l'avait retrouvé ! Pendant quelques secondes, elle fut hors d'état de parler, tandis que le directeur repassait la bande au ralenti et s'arrêtait sur l'image la plus nette.

— C'est bien celui-ci, n'est-ce pas ?

— Oui. C'est lui, j'en suis sûre.

— Il doit faire la tournée des boîtes pour trouver une planque. Pas question que je le laisse cogner sur mes clients, cet énergumène !

Tout en parlant, il prit un talkie-walkie accroché à sa ceinture, l'activa et donna une description précise de Kevin.

— Vous avez compris, Mike, Julio, Barry ? Appelez-moi dès que vous aurez mis la main dessus. Terminé.

Anne se leva.

— Allons le chercher, dit-elle en faisant un pas vers la porte.

— Non, nous restons ici. Mes agents de sécurité le coinceront.

— Je n'en ai vu aucun dans la salle.

— Ils y sont pourtant et ils savent ce qu'ils font. Ils sont formés pour affronter des situations comme celle-ci.

— Bien sûr, et moi je n'y connais rien ! Et pendant ce temps, je suis censée attendre en me tournant les pouces ? Pas question !

Tenant son chapeau d'une main, Anne ouvrit la porte et jaillit du bureau avant que le directeur puisse l'en empêcher.

— Attendez ! cria-t-il. Qu'est-ce que vous faites ? Où allez-vous ? Je ne vous permets pas de faire le cirque dans mon établissement pendant le thé dansant !

Anne avait déjà plongé dans la pénombre, mais le directeur la rattrapa et lui agrippa une main de manière beaucoup moins amicale que la première fois. Les deux Oncle Sam luttèrent, jusqu'à ce que le patron abandonne pour ne pas faire un esclandre. Il ne lui lâcha cependant pas la main pour explorer la salle, dans laquelle il guida Anne avec une expérience et une sûreté qu'elle apprécia à leur juste valeur. Tout en dévisageant le maximum de gens, le patron ne cessait de correspondre avec ses vigiles.

Dans la salle, l'activité avait changé pendant qu'Anne s'en était absentée. Il y avait toujours autant de monde sur la piste, mais personne ne dansait plus. Tous les hommes étaient tournés vers la scène au fond de la pièce, où une pancarte sur un chevalet annonçait le concours du « plus beau cul ». Une douzaine d'hommes en slip ou en string offraient leurs charmes à l'appréciation du public. Un travesti en robe rouge à paillettes présentait les concurrents et animait le spectacle, un micro à la main.

— Un grand bravo pour la paire numéro un ! clama-t-il en donnant un coup de micro sur un postérieur vêtu d'un slip imprimé léopard, salué par un tonnerre d'applaudissements et de sifflements flatteurs.

Pendant ce temps, Anne et le directeur continuaient à chercher Kevin dans la foule. Les agents de sécurité en tee-shirts noirs sillonnaient la salle, eux aussi.

— Et voici la paire numéro deux ! annonça le maître de cérémonie en désignant un slip aux couleurs de la bannière étoilée.

Anne nota distraitement que l'emblème patriotique recueillait une ovation sensiblement plus enthousiaste que le léopard. Mais où diable était passé Kevin ?

Le directeur s'arrêta tout à coup.

— À l'entrée, vite !

— Vous le tenez ? voulut-elle savoir.

Sans répondre, le patron l'entraîna vers la porte en se frayant un passage dans la foule. Le videur qu'Anne avait interrogé en premier était à son poste. Le directeur lui fit signe de s'approcher.

— Tu l'as vu ?

— Je crois, oui. J'ai dit à Julio qu'il me semblait l'avoir vu sortir il y a à peu près cinq minutes.

— Tu *crois* ? Tu l'as vu ou tu ne l'as pas vu ?

— Oui, oui, je l'ai vu.

— Ne le laisse jamais plus entrer, tu comprends ? Sous aucun prétexte. Et si jamais il se présente à la porte, tu me préviens immédiatement. Désolé, ajouta-t-il en se tournant vers Anne. Il a filé.

— Mais votre portier n'en est pas certain ! protesta-t-elle. Il a pu se tromper. Je lui ai parlé en arrivant, il m'a dit qu'il n'avait pas remarqué de blond et nous sommes maintenant sûrs que c'est faux !

— C'était avant que j'aie eu son signalement exact, se défendit le videur.

— Ma petite, dit le directeur en posant une lourde main sur son épaule, mon portier connaît son métier. Vous pouvez le croire.

— Retournons à votre bureau et regardons les bandes. Comme ça, nous saurons s'il est réellement sorti.

— Nous ne saurons rien du tout. Il a dû sortir quand nous sommes revenus en arrière pour passer l'enregistrement, et la machine n'enregistre pas pendant qu'on visionne. Nous ne pouvons plus rien pour vous, il est temps de vous en aller, conclut-il en poussant Anne vers la porte avec douceur mais fermeté.

Elle était prête à protester quand elle entendit la sonnerie de son portable. Éblouie par son soudain retour à la lumière, elle pêcha le téléphone au fond de sa poche en clignant des yeux, sans pouvoir déchiffrer, à cause du soleil, le numéro apparu sur l'écran.

— Anne ! fit la voix de Judy. Où es-tu ?

— Euh… dehors.

— Ne quitte pas.

Il y eut un bref silence, suivi d'une voix tonitruante :

— MURPHY ! QU'EST-CE QUE VOUS FOUTEZ DEHORS ?

Bennie Rosato… Anne ne répondit pas, mais Bennie parut ne pas s'en apercevoir.

— Je vous interdis de sortir, Murphy ! Vous êtes complètement folle ! Je n'arrive pas à croire que Carrier et vous ayez eu l'idée de pondre ces prospectus ! Êtes-vous cinglées, toutes les deux ? Rentrez au bureau, c'est un ordre ! Et passez par la porte de service. Immédiatement ! Compris ?

Anne jura entre ses dents. Elle ne pouvait pas laisser tomber sa traque de Kevin et elle ne pouvait pas non plus désobéir à Bennie.

C'est alors qu'une idée germa dans son cerveau.

11

Un quart d'heure plus tard, moteur au ralenti, la Mustang rouge était embusquée devant le bar gay, sur une aire de stationnement interdit. À l'intérieur, quatre femmes novices dans l'art de la planque : Anne et Mary sur la banquette arrière, Judy en vigie, qui avait donné le volant à Bennie après avoir récupéré la voiture d'Anne et fait le plein d'essence. Le thé dansant s'était terminé sans que Kevin se soit manifesté, et le bar était en train de fermer. Anne avait tout raconté aux autres, mais elle refusait de s'éloigner avant d'être certaine que Kevin n'était pas resté jusqu'à la fin.

— Je crois que je ne vous flanquerai pas à la porte cette fois-ci, Murphy, déclara Bennie. Vous non plus, Carrier. La peine de mort au lieu de la perpétuité, ce serait trop facile, et je suis opposée à la peine capitale. Vous voyez ce que je veux dire, les filles ?

— Vous voulez nous faire souffrir ? hasarda Anne.

— Exactement. Surtout vous.

Les quatre femmes ne quittaient pas des yeux l'entrée du bar. La porte était grande ouverte afin de laisser sortir les clients. Les uns se dispersaient aussitôt dans la rue ou hélaient des taxis, mais la plupart s'attardaient en petits groupes et riaient, bavardaient, fumaient sur le trottoir, à l'ombre des buildings. Elles avaient vu plus de deux cents hommes défiler ainsi ; Anne n'aurait jamais cru que le local ait pu contenir autant de monde.

— Il n'y a qu'une seule règle en vigueur chez Rosato & Associées, reprit Bennie. La patronne, c'est moi, Bennie Rosato. Compris ?

Anne acquiesça d'un signe. Toujours pas de Kevin en vue.

— J'ai déjà tenté de vous expliquer, Murphy, que je suis responsable de vos actes. Il s'ensuit que rien ne se passe dans mon cabinet sans mon approbation. Aucune de mes employées ne doit rien faire, surtout si c'est une folie, sans m'en avoir informée au préalable. Cela découle du fait que c'est moi seule qui paie les salaires et les dépenses telles que le loyer, l'éclairage, l'eau, les ouvrages de droit, les stylos et le café. Cette liste n'est pas limitative.

Anne perdait espoir. Les trottoirs étaient encombrés de débardeurs, de tee-shirts ou de torses nus, de jeans ou de shorts, mais nulle part elle ne voyait trace du tee-shirt blanc et du jean de Kevin.

— J'essayais de joindre l'inspecteur Rafferty quand j'ai appris que ma plus jeune collaboratrice était dans une boîte gay, déguisée en Oncle Sam, sur la piste d'un tueur psychopathe. Imaginez ma surprise ! Car non seulement vous étiez censée vous informer sur Willa Hansen, mais, mieux encore, vous deviez être morte. J'en ai donc déduit que vous n'aviez rien compris à mon précédent sermon. Comme je vous l'ai dit, Murphy, c'est moi qui ai identifié votre cadavre.

La voix de Bennie se brisa sur ces derniers mots, et le silence qui suivit commanda l'attention de son auditoire. Dans le rétroviseur, Anne vit Bennie cligner des yeux avec une expression de douleur. Judy avait le regard dans le vague et Mary la tête basse.

— Mais la question n'est pas là, reprit Bennie après s'être éclairci la voix. Ce que j'ai vu, ce que nous avons toutes vu dans l'acier inoxydable de ce tiroir glacé, c'est ce dont Kevin Satorno est capable, si c'est lui l'assassin. Il ne voulait pas simplement vous tuer, Murphy, il voulait vous détruire. Vous anéantir. Il a visé votre joli visage dans le but de le réduire en bouillie. Et si l'occasion se représente, il recommencera.

Anne déglutit avec peine. Bennie se souciait d'elle. S'intéressait à elle. C'était nouveau, sinon inattendu.

— Je suis désolée, dit-elle avec sincérité.

— Tant mieux.

Bennie consulta sa montre, Anne et Judy se remirent à surveiller la porte du bar. Au bout d'une minute, se rendant compte que Mary baissait toujours la tête, Anne fit ce qu'elle n'avait jamais fait avec aucune autre femme : elle prit la main de Mary dans la sienne.

Quelques secondes plus tard, le haut-de-forme d'Oncle Sam apparut à la porte au milieu d'un groupe de traînards.

— C'est le directeur, expliqua Anne.

Elles le virent sortir un trousseau de clefs de sa poche et pousser tout le monde dehors avant de rentrer boucler la porte. Comme il l'avait dit à Anne dans son bureau, le bar fermait quelques heures avant sa réouverture pour la soirée.

— Kevin se cache peut-être encore à l'intérieur, dit Anne sans conviction.

Judy avait l'air aussi déçue qu'elle. Depuis le portrait-robot, Anne la trouvait presque sympathique.

— Non, ils font sûrement sortir tout le monde avant de fermer, dit Judy. Nous l'avons perdu, Anne. Pour le moment, du moins.

Mary leva son poing serré :

— Ne nous laissons pas décourager ! Nous le trouverons et nous lui ferons sentir ce qu'est la fureur des femmes.

Le portable à l'oreille, Bennie leur imposa le silence.

— L'inspecteur Rafferty est-il de retour ? demanda-t-elle quand elle eut la communication.

Anne pensait déjà à la suite. Mary lui avait donné une idée quand elles étaient toutes réunies dans son bureau. Elle décida de la mettre à exécution dès qu'elle y serait de retour.

Dans une salle de conférences, Bennie et Judy donnaient aux inspecteurs une version expurgée du repérage de Kevin au bar gay. Mary était sortie écumer le quartier d'Anne à la recherche d'éventuels témoins des événements de la veille au soir. Assise à son bureau avec Mel, Anne finissait de passer les coups de téléphone nécessaires à la mise au point de son plan. Cela n'avait pas été très facile, mais elle était désormais à peu près sûre de pouvoir coincer Kevin, surtout depuis qu'elle le savait dans les parages. Elle devait en parler aux autres, même à Bennie, parce qu'elle aurait besoin de leur collaboration, mais aussi parce qu'elle avait décidé de jouer franc jeu.

Le silence retomba, seulement troublé par le chuintement de l'imprimante qui débitait les copies indispensables à l'exécution du plan. Anne voyait son reflet dans les vitres fumées de la fenêtre. Comme il n'était pas question qu'elle continue à se déguiser en Oncle Sam, elle allait se couper les cheveux et les teindre en châtain foncé, limite qu'elle s'imposait pour ne pas devenir carrément brune. Elle caressa Mel, assis sur une pile de dossiers, qui manifesta son approbation par un ronron sonore. Elle se sentait mieux, plus fraîche en tout cas, car elle avait pris une douche et puisé dans la garde-robe de vêtements de rechange à la disposition des collaboratrices de Rosato & Associées en cas d'urgence. Son accoutrement d'Oncle Sam était remplacé par une jupe kaki et un tee-shirt blanc d'une louable sobriété.

Maintenant que son plan était presque en place, Anne devait localiser la famille de Willa pour l'informer de sa mort. Mais par où commencer ? Sur une dernière gorgée de café refroidi, elle se tourna de nouveau vers l'ordinateur, se brancha sur l'annuaire *on-line*, tapa les mots « Willa Hansen » et « Philadelphie ». Quelques secondes plus tard, la réponse s'afficha sur l'écran : « Il n'y a pas d'abonné à ce nom », ce qui voulait dire que Willa était sur liste rouge.

Du coup, Anne sentit son énergie renaître. Puisqu'elle ignorait dans quelle ville vivait la famille de Willa, il était inutile de lancer une nouvelle recherche sous le nom de Hansen. Une autre idée lui vint alors. Délaissant l'ordinateur, elle décrocha le téléphone et appela le club de gym où Willa et elle étaient inscrites. Un jeune homme répondit, et elle prit la voix acidulée qu'elle jugea correspondre au personnage :

— Salut ! Je suis Jenny, la nouvelle masseuse à domicile.

— Jenny ? Ah, oui, j'ai entendu parler de toi. Moi, je suis Marc. Tu veux venir me masser à domicile ?

— Salut, Marc, répondit-elle en parvenant à pouffer de rire de manière assez convaincante. Je t'appelle parce que je suis en route pour allez chez une cliente et je m'aperçois que j'ai perdu la feuille avec son adresse et son téléphone. Elle s'appelle Willa Hansen. Tu peux me retrouver sa fiche de membre ?

— Facile, répondit l'obligeant Marc.

Anne entendit cliqueter un clavier d'ordinateur.

— Voilà, reprit Marc quelques secondes plus tard. Willa Hansen habite au 2689 Keeley Street. Son téléphone est sur liste rouge, mais elle l'avait indiqué sur sa demande d'inscription. Tu le veux ?

— Je veux bien, oui.

Anne inscrivit le numéro que Marc lui dicta. L'adresse se trouvait à l'autre bout de la ville, près de Fitler Square. Elle connaissait le quartier pour y être allée deux ou trois fois chez un coiffeur.

— As-tu autre chose sur elle dans l'ordinateur ? Tout ce qu'il y a me rendra service, il faut que je me renseigne sur ma clientèle et je n'avais presque rien sur ma feuille de route.

— Je n'ai pas grand-chose, Jenny. Elle est membre depuis deux ans, mais elle ne s'est inscrite dans aucune des classes de danse ou de yoga. Elle n'a d'ailleurs pas le profil type de nos membres. Elle est célibataire, mais elle n'est jamais venue à nos soirées de rencontres. Si tu veux mon avis, elle n'a pas l'air très sympa.

Le profil « pas très sympa » de Willa aurait pu être le sien, pensa Anne qui s'abstint de tout commentaire.

— Ça ne va pas loin, tu as raison. Vraiment rien de plus ?

— Voyons… Elle est locataire de son logement et n'a pas d'emploi salarié. Elle n'a pas indiqué le montant de ses revenus annuels sur le formulaire d'inscription, mais ce n'était pas obligatoire. Elle est souvent en retard dans le paiement de ses cotisations. C'est curieux, je regarde sa photo sur sa fiche et je ne me souviens pas de l'avoir jamais vue. Pourtant, je travaille ici depuis trois ans.

— C'est parfait, Marc. Merci. J'y vais, je suis en retard.

— Dis donc, Jenny, je donne une petite soirée entre copains lundi soir, pour les feux d'artifice. Si tu…

— Merci, Marc, mais je suis déjà prise lundi soir.

Anne raccrocha sans lui laisser le temps d'insister. Il fallait qu'elle aille au 2689 Keeley Street. Il y avait sûrement, quelque part dans la maison, un indice qui la renseignerait sur la famille de Willa et le moyen de prendre contact avec elle. Elle le dirait à Bennie aussitôt qu'elle aurait fini de parler aux policiers. Si le renseignement ferait plaisir à Bennie, il avait sur Anne l'effet inverse. C'était à cause d'elle que Willa était morte.

— Miaou ! fit Mel, las d'être dédaigné et marchant de long en large sur les dossiers de l'affaire Chipster.com.

Cette diversion rappela Anne à la réalité immédiate. Elle devait à tout prix relire les dépositions des plaignants et des témoins avant le procès du mardi suivant. Cela lui ferait sans doute du bien de se remettre au travail et de ne plus penser à Willa. Ni à Kevin.

Elle poussa Mel à l'écart du dossier qu'elle ouvrit sur la déposition de la plaignante, Beth Dietz. Anne se souvenait d'elle comme d'une personne plutôt froide, avec la mine hautaine de l'ingénieur conscient de sa supériorité sur le commun des mortels malgré ses sourires mielleux et ses tenues de hippie attardée. Beth était assez intelligente et retorse pour avoir bâti son affaire de toutes pièces avec le concours de son mari. Les tribunaux devenaient-ils le cadre d'une nouvelle série de *Qui veut gagner des millions ?* Tout le monde semblait le croire, au vu des procès intentés pour les motifs les plus invraisemblables.

Anne commença à lire :

Question (Me Murphy) : Madame Dietz, vous soutenez dans votre plainte que Gil Martin vous a forcée à avoir avec lui des rapports sexuels le 15 septembre de l'année dernière. Pouvez-vous me décrire en détail ce qui s'est passé au cours de cette rencontre ?

Réponse (plaignante) : Je suis entrée dans son bureau à environ vingt heures quinze ce soir-là. C'était un vendredi. Il m'a demandé de m'asseoir sur le canapé qui se trouve le long du mur. J'ai trouvé cela bizarre, car son ordinateur était sur son bureau, et on ne peut pas travailler sur la préparation d'un site Internet sans ordinateur.

Q : Je vois. Que s'est-il passé ensuite ?

R : Je me suis assise et il m'a presque immédiatement prise par la taille et posé la main près de la poitrine. Il l'a ensuite glissée dans ma chemise et l'a posée sur mes seins. Je me suis aussitôt reculée et j'ai repoussé sa main.

Anne savait qu'il n'y avait pas un mot de vrai dans tout cela. Jamais Gil n'aurait tenté de culbuter une de ses employées sur le canapé de son bureau, surtout avec son conseil d'administration encore en séance dans la pièce d'à côté et une augmentation de capital de cinquante-cinq millions de dollars en jeu. Anne connaissait Gil depuis la faculté de droit. Beau, intelligent, doté d'un esprit aussi aiguisé pour le droit que pour les techniques de pointe, il avait toujours eu de hautes ambitions qu'il avait en grande partie réalisées. Aussi ne s'était-elle pas étonnée qu'il ait quitté la faculté au bout de deux ans pour fonder Chipster.com et devenir un des pionniers du spectaculaire développement de la Toile. Entre-temps, il avait épousé Jamie, son amour de jeunesse. Si l'affaire Dietz contre Chipster devait se juger selon la crédibilité des parties, Anne était certaine que Gil disait la vérité. Elle se devait de le prouver.

Q : Vous a-t-il dit autre chose ou est-ce tout ?

R : Il m'a dit qu'il n'arrêtait pas de penser à moi, qu'il voulait que j'accepte de faire l'amour avec lui et que je ne pouvais pas refuser parce qu'il était le patron.

Q : C'est textuellement ce qu'il vous a dit ?

R : Textuellement : « je suis le patron ».

Le mot « patron » retint l'attention d'Anne. Elle avait peine à imaginer dans la bouche de Gil cette expression tellement démodée que personne ne s'en servait plus. Ou presque, pensa-t-elle en se rappelant ce que Bennie avait dit dans la Mustang : « La patronne, c'est moi. » On disait ce genre de choses à quarante, cinquante ans, pas à vingt ou trente. Mais cela avait-il une quelconque importance ?

Anne reprit sa lecture :

Q : Que s'est-il passé ensuite ?

R : Il m'a forcée à faire l'amour.

Q : Là, dans son bureau, sur le canapé ?

(M. Dietz se lève) : Ça suffit ! Elle vient de vous répondre. Pourquoi voulez-vous lui faire répéter cent fois la même chose ?

(Me Murphy) : Maître Booker, veuillez dire à M. Dietz de se rasseoir et de garder le silence, je vous prie.

(Me Booker) : Rasseyez-vous, monsieur Dietz. Je vous en prie !

(M. Dietz) : C'est invraisemblable ! Il l'a violée ! Il l'a forcée à baiser pour garder son job ! C'est pourtant clair, non ? Il faut vraiment que vous le lui fassiez répéter avec tous les détails ?

(Me Booker) : Je vous en prie, Bill, calmez-vous !

(M. Dietz) : Ça l'amuse d'entendre des cochonneries ! Elle ne veut pas manquer un détail obscène pour pouvoir en faire des gorges chaudes avec ce salopard de Martin !

(Mme Dietz) : Je t'en prie, Bill, arrête ! Je ne suis pas en sucre.

Anne se rappela comment Bill Dietz était passé sans transition du personnage de baba cool à celui de forcené, hurlant dans la salle de conférences. Les phrases transcrites sur le papier ne pouvaient pas rendre compte de la manière dont il s'était levé d'un bond et penché sur la table, de ses deux mètres de haut, en pointant sur Anne un index menaçant. Sur le moment, elle avait trouvé l'intermède grotesque, sinon risible. Pourquoi la troublait-il maintenant à ce point ?

À cause de Kevin ? Oui, sans aucun doute.

Anne considérait maintenant Bill Dietz et son catogan avec un autre regard. Les hommes se transformaient-ils tous en sauvages ? Elle ouvrit un autre dossier contenant la déposition de Bill Dietz. Elle l'avait interrogé au sujet de sa plainte personnelle, car il poursuivait Chipster en dommages-intérêts pour préjudice moral. Il prétendait que le harcèlement subi par sa femme avait nui à leur vie privée. Au cours de cet interrogatoire, il avait gardé son calme et répondu aux questions, même les plus personnelles, avec ce qu'Anne avait pris, sur le moment, pour de la bonne volonté.

Q : Êtes-vous salarié actuellement ?

R : Je travaille à Chipster.com, une société spécialisée dans les applications du réseau Internet.

Q : Quelles fonctions exercez-vous ?

R : J'écris les codes de diverses applications. Je suis un spécialiste de Cold Fusion, un langage informatique.

Q : Depuis combien de temps êtes-vous employé par Chipster ?

R : Cinq ans, depuis sa création. Je fais partie de la poignée de programmeurs qui ont démarré l'entreprise avec Gil Martin, dans son garage. Nous n'étions que six en tout, lui y compris.

Q : À ce titre – et ici, j'anticipe – avez-vous reçu des stock-options en complément ou partie de votre salaire ?

R : Non, aucune.

Q : D'autres programmeurs en ont-ils bénéficié ?

R : Oui, les trois que Gil connaissait depuis sa jeunesse. Il a toujours préféré les gens qu'il connaît bien. Mon autre collègue et moi-même étions donc exclus du cercle de ses intimes.

Le ton de cette réponse déplut à Anne. Elle avait l'impression, en la relisant, que Dietz nourrissait une rancune contre Gil alors que, sur le moment, il lui avait paru exposer un fait avec objectivité. Il devait pourtant ressentir une certaine rancœur en sachant que les détenteurs de ces stock-options deviendraient millionnaires quand les actions de Chipster seraient introduites en Bourse. Devait-elle en tenir compte ? Était-ce en rapport avec la plainte factice des époux Dietz pour harcèlement sexuel ? En était-ce même le véritable motif ? Anne ne s'était pas sérieusement penchée sur le cas de Bill Dietz tellement son argumentation lui avait paru absurde. Elle l'avait même fait rejeter par la cour, mais pas avant d'avoir recueilli sa déposition afin d'y puiser des éléments susceptibles d'éclairer la plainte de sa femme.

Elle reprit la transcription, la feuilleta pour arriver au passage le plus important.

Q : Vous soutenez, monsieur Dietz, que le harcèlement sexuel dont a été victime votre épouse Beth a provoqué des troubles dans votre vie conjugale. Est-ce exact ?

R : Oui.

Q : À partir de quand se sont-ils manifestés ?

R : Dès le 15 septembre.

Q : Et combien de temps ont-ils duré ?

R : Nous commençons à peine à nous en remettre. Les conséquences du harcèlement sexuel sont similaires à celles du viol. La victime met du temps à les surmonter et à faire de nouveau confiance aux hommes, même à son mari. De plus, Beth se sent coupable de ce qui lui est arrivé, bien qu'elle n'ait aucune raison de l'être.

Q : Quels sont au juste les problèmes que vous avez rencontrés dans votre vie conjugale par suite de ce harcèlement ?

R : Beth s'est éloignée de moi. Elle s'est repliée sur elle-même, elle a sombré dans la dépression, perdu le sommeil, perdu du poids. Elle passait de plus en plus de temps sur Internet, jusqu'à quatre ou six heures la nuit et pratiquement tous les week-ends. Elle participait à des forums bizarres ou jouait à des jeux idiots.

Q : Pouvez-vous plus précisément me dire comment en était affectée votre vie sexuelle ?

R : Beth se désintéressait des rapports sexuels, au point que nous ne faisions plus l'amour qu'une fois par mois, et encore. C'était extrêmement frustrant. Pour nous deux.

Anne parcourut le reste de la déposition sans y trouver rien de plus instructif sur Bill Dietz. Mais elle disposait d'autres éléments relatifs à son statut de salarié de Chipster.com. Une question lui sauta tout de suite aux yeux :

Q : Avez-vous jamais été condamné pour un crime ou un délit ?

R : Non.

La signature de Dietz était censée attester la véracité de sa réponse, mais il n'aurait pas été le premier à mentir sur ce point. De même, s'il avait perdu son self-control au cours de la déposition, l'avait-il déjà perdu en d'autres circonstances ? Pour en avoir le cœur net, Anne se tourna de nouveau vers l'ordinateur et se connecta sur un des nombreux sites, théoriquement illégaux mais largement utilisés par les organismes de crédit et les employeurs potentiels, répertoriant les condamnations, saisies sur salaires et autres renseignements confidentiels. Elle tapa le nom de William Dietz et n'attendit pas deux secondes pour voir la réponse s'afficher : « Votre recherche révèle qu'il existe 3 680 personnes du nom de William Dietz titulaires de condamnations pénales. »

Anne ne s'en étonna pas, le nom était répandu. Elle ne pouvait pas prendre connaissance de tous les dossiers, il lui faudrait au moins jusqu'au mardi. Elle restreignit donc la recherche à l'État de Pennsylvanie, où Bill Dietz vivait depuis qu'il travaillait pour Chipster.com, c'est-à-dire depuis cinq ans.

La réponse lui indiqua le chiffre de 427 William Dietz titulaires de condamnations diverses.

Anne consulta sa montre : dix-sept heures dix. Il était tard. À quoi bon insister ? se demanda-t-elle. Elle avait déjà tant à faire, cette recherche était une perte de temps. Elle ne savait même pas pourquoi elle l'avait entreprise. Bill Dietz était coléreux, il avait peut-être eu des démêlés avec la justice. Soit. Et alors ? Anne ne pouvait quand même pas chasser de sa mémoire l'expression de rage qu'il avait eue pendant la déposition de sa femme. Elle plaça donc le pointeur sur les cinq premiers dossiers et les ouvrit d'un clic de souris.

Quatre-vingt-deux dossiers plus tard, Anne n'avait toujours rien trouvé de compromettant sur Bill Dietz. Ce qu'elle faisait était idiot et ne la menait nulle part. Il était maintenant plus de dix-huit heures. Bennie était-elle encore avec les policiers ? Qu'est-ce qui lui prenait aussi longtemps ? Tendue, frustrée, Anne s'étira, se frotta les yeux. Elle allait se décider à abandonner ou, au moins, à faire une pause quand la porte de son bureau s'ouvrit. Bennie passa la tête par l'entrebâillement avec une expression soucieuse.

— On vous demande dans la salle de conférences D. Tout de suite.

— Les policiers ? Il y a un problème ?

Bennie entra, referma la porte derrière elle.

— Non, ils sont dans la salle C. Qu'y a-t-il de pire que la police ?

— Avoir les cheveux noirs.

— Pensez à l'argent.

— Mon relevé de carte de crédit.

— Pensez en avocate, pas en femme !

Anne était déjà debout.

12

— Qu'est-il encore arrivé ?

— Gil Martin est ici. Carrier lui tient compagnie.

— Quoi ? Gil ici ? Pourquoi ?

— Depuis votre mort, il paraît douter de mes capacités à plaider son affaire et il est venu nous signifier qu'il change de défenseur. Apparemment, il ne me juge pas à la hauteur.

Anne eut presque envie de rire : Bennie avait plaidé des milliers de dossiers, elle n'en comptait qu'une dizaine à son actif. Et encore ne les avait-elle plaidés qu'à Los Angeles, où la justice s'exerce d'une manière parfois assez éloignée de la stricte orthodoxie.

— Alors, que lui avez-vous répondu ?

— Qu'il ne s'inquiète pas, que j'étais au courant. Que nous travaillons en équipe et que nous formons une vraie famille.

— Le truc de la famille ne prend jamais, lâcha Anne sans réfléchir. Tout le monde le dit, mais personne n'y croit.

Bennie eut l'air peinée.

— J'y crois, moi. Sincèrement.

— Moi aussi, mais les autres pas.

Bennie avait toujours l'air aussi peinée. Anne voulut rattraper son impair.

— Cela dépend de la personne qui le dit, concéda-t-elle.

— En tout cas, votre jeune ami Gil fait partie des sceptiques. Il a déjà pris contact avec des concurrents. Il a des relations chez Crawford, Wilson & Ryan et il a aussi consulté Ballard & Spahr. Tous juristes de premier ordre. En ce moment même, ils sont en train de vérifier les éventuels conflits d'intérêts, et vous savez aussi bien que moi ce qu'ils vont répondre.

— Alors, que dois-je faire, à votre avis ?

— Martin est votre client, répondit Bennie sans acrimonie. À vous de décider.

— Je ne voulais même pas que vous plaidiez à ma place, ce n'est pas pour laisser prendre l'affaire par des gens qui ne font pas partie de la famille, répondit Anne avec un sourire que Bennie lui rendit. Pas question que j'abandonne. Je vais lui dire que je suis toujours en vie et lui faire jurer le secret. Ce dossier, j'y tiens.

— Je comprends, mais je ne suis pas disposée à vous laisser assassiner pour garder un client. Même si ce n'est pas Kevin qui a tué Willa, nous savons qu'il rôde dans les parages. Pouvez-vous vraiment faire confiance à Gil pour garder le secret sur votre résurrection ?

— Il ne dira rien, j'en réponds.

Bennie entrouvrit la porte, passa la tête au-dehors.

— D'accord. Mais je dois d'abord aller rejoindre les inspecteurs pour qu'ils restent dans la salle C. Votre client est dans la D.

— Merci. Au fait, j'ai trouvé l'adresse de Willa.

— Bon travail.

Bennie se retira. Anne attendit une minute avant de sortir à son tour pour se hâter vers la salle de conférences D, dont elle referma aussitôt la porte derrière elle. Vêtu avec élégance d'un blazer bleu marine, d'un pantalon kaki et de mocassins Gucci, Gil faisait nerveusement les cent pas. Son visage encore juvénile, légèrement hâlé, portait des signes évidents de stress. Ne voulant pas jouer avec ses émotions, Anne s'avança vers lui et le regarda dans les yeux.

— Bonjour, Gil. C'est moi, Anne.

Il la dévisagea un moment sans paraître la reconnaître. Le front plissé par la perplexité, le regard incrédule, il se passa une main dans les cheveux. Anne lui fit un sourire encourageant.

— C'est vraiment moi, Gil. Je suis vivante. C'était une erreur.

Il réagit enfin par un rire nerveux qui sonna comme un hoquet.

— C'est… c'est une blague ?

Elle lui fit signe de s'asseoir, mais il s'était déjà écroulé sur une chaise sans quitter Anne des yeux, avec une telle expression de désarroi qu'elle dut insister pour le ramener à la réalité.

— Je suis désolée, Gil, il s'agit d'un affreux malentendu. Ce n'est pas moi qui ai été tuée la nuit dernière, mais une autre femme.

— Je ne peux pas y croire. Je n'y crois pas. Tu es vraiment Anne Murphy ? Dans ce cas, dis-moi quelque chose que nous serions seuls à savoir, toi et moi.

— Soit. Nous avons fait connaissance au premier cours de droit commercial. Nous étions assis l'un à côté de l'autre par ordre alphabétique, Martin et Murphy. Pendant que j'apprenais par cœur les conditions de validité d'un contrat, tu améliorais un jeu de Game Boy.

— C'est vraiment toi ? Je n'arrive pas à y croire. Mais… aux nouvelles, à la télé, ils ont dit que…

— Ils se trompaient. Il y a erreur sur la personne. Celle qui a été tuée était venue chez moi garder mon chat. La police ne sait même pas que je suis vivante. Nous sommes ici les seules à le savoir. Maintenant, tu le sais aussi. Et nous devons en rester là. Tu as compris ? Veux-tu boire quelque chose pour te remettre ?

Anne tendit la main vers la carafe d'eau isotherme posée en permanence sur les tables, mais elle était vide car personne ne l'avait remplie à cause des jours de congé.

— Tu as du scotch ? s'enquit Gil avec un sourire qu'Anne ne put s'empêcher de lui rendre.

Judy se leva pour aller chercher à boire. Gil était tellement effaré qu'il ne s'en aperçut même pas. Anne comprit qu'il fallait le ramener sur terre au plus vite si elle ne voulait pas qu'il perde confiance en elle et donne l'affaire à des concurrents.

— Écoute, Gil, la police sait qui a tué la fille qui gardait mon chat. Deux inspecteurs sont en ce moment même avec Bennie dans une autre salle de conférences, l'arrestation du coupable est une question de jours. Mais la question n'est pas là, poursuivit-elle en se penchant vers lui pour le forcer à la regarder dans les yeux. Ça fait beaucoup à avaler d'un coup, je sais. Mais ce qui compte pour moi autant que pour toi, c'est Chipster.com et j'ai bien l'intention de te défendre, toi et ton entreprise, mardi prochain comme prévu. Tu ne peux pas changer d'avocat à la dernière minute. Ce serait d'ailleurs inutile.

Il l'avait écoutée sans cesser de se passer une main dans les cheveux en hochant la tête avec incrédulité.

— Tu es vraiment vivante ? C'est tellement... incroyable.

— Mardi, nous avouerons tout à la police. Mais il faut me promettre de garder le secret pendant le week-end. Tu ne diras rien à personne, pas même à Jamie. Compris ? À personne.

— Je n'arrive pas à m'y faire. C'est... c'est inimaginable.

Anne devait à tout prix désamorcer la situation.

— Pourtant, c'est vrai. Maintenant, écoute. Mardi, nous devrons sélectionner les jurés, je sais lesquels récuser et lesquels accepter. J'ai préparé mon contre-interrogatoire de Beth, car c'est elle qui témoignera en premier. En fait, j'étais en train de relire ses dépositions...

— Où étais-tu hier soir ?

— J'étais partie travailler au calme. Tu sais mieux que moi ce qui se passe en ville le 4 Juillet. Je voulais réfléchir tranquillement.

— Tu n'as prévenu personne ? Pas même moi ? Et si j'avais eu besoin de te parler ?

Elle ne comprenait pas pourquoi il la bombardait de questions. Était-il encore en état de choc ?

—Je ne pensais pas que tu le ferais et, d'ailleurs, tu ne m'as pas appelée, se défendit Anne. En plus, tu m'avais dit que tu étais invité hier soir à un dîner aux environs.

—Oui, j'y suis allé. Tu sais, ajouta-t-il avec un rire malaisé, le plus bizarre dans tout ça, c'est que nous t'avons envoyé des fleurs. Jamie les a choisies, une douzaine de lis blancs. Elle était bouleversée en apprenant ta mort à la télé. Je te l'ai déjà dit ?

Son malaise était si évident que, d'instinct, Anne lui prit la main.

—Je suis navrée que Jamie et toi ayez eu de la peine.

Modèle des femmes au foyer, Jamie avait un cœur d'or.

—Tu dis que les flics savent qui c'est ?

—Oui. Mais je voudrais te poser une question qui te paraîtra un peu bizarre. À ton avis, quels rapports Bennie a-t-elle avec moi ?

Gil fronça les sourcils.

—Qui ?

—Bennie Rosato.

—Non, je voulais dire, qui a fait ça ? Qui t'a tuée, enfin, l'autre femme ? Elle était chez toi ?

Comment l'empêcher de dérailler ? se demanda-t-elle.

—C'est une longue histoire qui n'a rien à voir avec ce qui nous intéresse.

—Mais le tueur est encore libre ? Il se promène dans les rues ?

—N'y pense plus, Gil. La police s'en occupe, c'est son métier.

—Parlons-en ! dit-il avec un rire sarcastique. Dis-moi pourquoi ces brillants professionnels n'ont pas encore été fichus de découvrir que tu es non seulement en vie, mais de l'autre côté du couloir ?

Judy revint avec une carafe d'eau dont elle remplit un verre qu'elle tendit à Gil. Anne la remercia pour lui en remarquant combien le comportement de Judy avait changé. Leur rédaction commune de l'avis de recherche avait scellé entre elles un traité de paix. Elles n'en étaient pas encore à échanger des recettes de cuisine ou des sous-vêtements, mais il y avait un mieux sensible.

Anne reprit la parole pendant que Gil buvait avec avidité :

— N'imagine surtout pas que nous ne sommes pas parfaitement au point sur ton dossier. Mary DiNunzio, que tu connais déjà, s'est chargée des dépositions d'aujourd'hui et Judy nous apporte une aide précieuse. Bennie en sait mille fois plus que je n'en saurai jamais sur toutes les astuces de procédure et la manière de conduire une plaidoirie. Chipster et toi êtes en bonnes mains depuis le début, tu n'as aucune raison d'aller voir ailleurs. Rappelle donc Ballard et Crawford, dis-leur que tu n'as pas besoin d'eux, et qu'ils feraient bien d'apprendre à savoir comment s'y prendre pour gagner un procès.

Gil rendit à Anne le sourire dont elle accompagna sa péroraison.

— Tu sais bien que je n'avais pas réellement l'intention de changer de cabinet juridique. Je t'avais confié l'affaire pour de bonnes raisons. D'abord, parce que nous nous connaissons depuis longtemps. Et puis, tu as toujours été si… si brillante, ajouta-t-il comme s'il cherchait le mot le mieux approprié.

— Merci.

— Je savais que tu te défoncerais pour me faire gagner et puis, franchement, je tenais à être représenté par une femme. J'estimais que ce serait un atout pour convaincre le jury dans un procès de cette nature. Que le fait que tu sois belle retiendrait aussi l'attention du jury. Et des médias, ajouta-t-il comme s'il pensait à haute voix.

Anne sentait Judy bouillir à côté d'elle.

Il ne l'aurait jamais engagée si elle avait été moche…

Eh bien, Gil en fournissait lui-même la preuve. Anne espéra qu'elle serait contente d'avoir eu raison.

— Ces mobiles sont toujours valables.

— En fait, reprit Gil, ce que je voulais, c'était mettre toutes les chances de mon côté pour défendre l'entreprise. Puisque j'engageais une avocate, autant la choisir dans un cabinet exclusivement féminin, n'est-ce pas ? Mettre le paquet, quoi.

Jamais Gil n'avait aussi clairement formulé ses motivations. Anne n'était pas naïve et l'avait déjà compris : il entendait tirer parti de la publicité faite autour du procès. Poursuivi pour harcèlement sexuel, il s'en sortait en champion du féminisme ! Mais ce plan ne réussirait que si Anne pouvait emporter du jury un verdict favorable.

— Je comprends. Parlons donc du procès. Mais d'abord, réponds à ma question de tout à l'heure. Comment qualifierais-tu mes rapports avec Bennie ?

Judy eut l'air aussi étonnée que Gil.

— Bennie Rosato ? Elle dirige le cabinet. Elle en est même propriétaire, non ?

— Certes. Mais comment appelle-t-on la personne qui possède une entreprise, commerciale ou autre ?

— Comme moi ? Je ne sais pas. Le propriétaire, le P-DG.

— Pas le patron ?

— Je n'emploie jamais ce mot, il est vieux jeu. Pourquoi ?

Anne avait reçu la réponse qu'elle espérait.

— Une autre question. Maintenant que tu parais remis du choc de m'avoir vue en vie, en quoi puis-je t'être utile ? De quoi voudrais-tu me parler ? Les médias t'ont-ils mené la vie dure ?

Le doute reparut dans le regard qu'il lança à Anne et à Judy.

— C'est plutôt bizarre, tu ne trouves pas ? Tu comptes vraiment prétendre qu'il ne s'est rien passé ? Qu'une femme n'a pas été assassinée et que le meurtrier, quel qu'il soit, est encore en liberté ?

— Je ne prétends rien du tout, Gil, répliqua Anne, vexée. Je gère simplement les deux problèmes à la fois. Il n'y a pas que les ordinateurs qui sont multitâches.

— Il s'agit de mon entreprise, Anne. De ma réputation, ajouta Gil, l'air sombre. Les fonds de placement, les gens du capital-risque me surveillent. Je joue gros. Je dois gagner, je l'ai garanti à mes administrateurs. Je ne peux pas continuer sans être sûr de pouvoir compter sur toi à cent pour cent.

— Je sais, et je te répète que tu le peux.

— Tu es prête à plaider avec cette histoire de meurtre qui te pend au-dessus de la tête ? C'est un sacré handicap ! Et tu me dis en plus que tu dois te cacher de la police…

— Ce sera résolu au moment du procès, Gil.

— Et si ça ne l'est pas ?

— Impossible. Il faut que ça le soit.

Anne sentait qu'elle le perdait de nouveau. Il reculait peu à peu sur sa chaise, comme s'il s'apprêtait à se lever et à détaler.

— Je ne sais pas, dit-il au bout d'un long silence. Je ne sais vraiment pas. Je suis heureux, ravi, enchanté de savoir que tu n'es pas morte, mais la situation est trop… bizarre. Je ne peux pas laisser mes sentiments personnels interférer dans cette affaire.

— Justement, Gil, pensez-y à vos affaires, intervint Judy.

Surpris par la sécheresse de son ton, il se tourna vers elle.

— Que voulez-vous dire ?

— Tout le monde sait que vous êtes représenté par Anne Murphy, de Rosato & Associées. Tout le monde sait aussi qu'Anne a été sauvagement assassinée la nuit dernière. Quel effet croyez-vous que cela fera si vous congédiez les filles quand elles sont dans la peine ? Qu'en diront la presse, vos investisseurs, vos futurs actionnaires ? Sans parler des femmes qui feront partie du jury ?

— La presse et les actionnaires, je m'en charge. Je demanderai à mon avocat de poser la même question aux jurés au moment de leur sélection et d'éliminer ceux ou celles qui pensent comme vous.

— Non, vous ne le pourrez pas, rétorqua Judy. Il ne s'agit pas d'un procès criminel, où les jurés sont strictement filtrés pour garantir leur impartialité. Un procès civil ne se déroule pas selon les mêmes critères, surtout sous la présidence du juge Hoffmeier. Vous nous avez choisies parce que nous sommes des femmes, et c'est la raison pour laquelle vous ne pouvez plus vous dégager.

— C'est du chantage ! protesta Gil.

— Non, une réfutation logique.

— Une minute ! intervint Anne avant qu'ils n'en viennent aux mains. Écoute, Gil, tu découvres que je ne suis pas morte, comme tu le croyais, et que j'ai l'intention de plaider ; tu as de quoi être surpris, j'en conviens volontiers. Alors, passe la nuit dessus, réfléchis, et nous en reparlerons demain. D'accord ?

— Je ne sais pas.

— Donne-moi une journée. Tu me connais depuis long-temps, j'ai fait du bon travail jusqu'à présent, j'ai gagné toutes mes conclusions, à une ou deux exceptions près. Les Dietz sont dans une impasse, ils ont perdu d'avance. Mais si tu ne veux plus de moi demain, dimanche, OK. Je donnerai les dossiers sur-le-champ à qui tu voudras.

— On n'est jamais trop prudent, ajouta Judy d'un ton sentencieux.

Gil les regarda à tour de rôle avec une expression indéchiffrable.

— Je ne sais pas, répéta-t-il.

— Ne te décide pas tout de suite.

Il se leva, lissa le pli de son pantalon.

— Une chose encore, Anne. Je dirai tout à Jamie. Elle m'a suivi depuis le début, elle a tout subi y compris l'humiliation de ce procès. Si je dois réfléchir, je veux en discuter avec elle. Je lui fais confiance pour garder le secret.

— Non, Gil, répliqua Anne avec fermeté. Tu ne diras pas un mot à âme qui vive ou tu me renvoies maintenant.

— D'accord, répondit-il avec un soupir résigné. Je t'appellerai demain matin à neuf heures.

— Essaie plutôt après mon service funèbre.

— Ton... quoi ?

Judy elle-même eut l'air étonnée.

Tel était le plan secret concocté par Anne. Elle organisait son service funèbre, car elle était sûre que Kevin y viendrait et qu'on pourrait le mettre une fois pour toutes hors d'état de nuire.

— Oui, demain à midi, Rosato & Associées offre un service funèbre à ma mémoire au Chestnut Club. J'espère que tu viendras.

— Tu me demandes de venir à ton service funèbre en faisant comme si tu étais morte ? voulut savoir Gil avec un ricanement amer.

— Désolée, nous n'y pouvons rien. Tu peux t'en abstenir, bien entendu. La presse sera présente en force, je suppose.

— Bon sang, Anne...

Il se dirigea vers la porte, marqua une pause.

— Écoute, je ne suis pas un sauvage, je sais que ce procès te tient à cœur. Mais mon entreprise passe en priorité.

— Pour moi aussi.

Sur quoi, il sortit en claquant la porte derrière lui. Anne feignit de ne pas s'en offusquer. Judy avait les yeux étincelants de fureur.

— Je hais ce connard ! gronda-t-elle.

— Pourquoi ?

— Il a osé dire qu'il t'avait engagée parce que tu étais une femme ! Ça ne te scandalise pas ?

Nous y voilà, pensa Anne.

— Je ne suis pas naïve à ce point, Judy. Les sociétés prennent des avocats noirs dans les cas de discrimination raciale, les violeurs se font défendre par des avocates. Et ceux qui cherchent à en imposer engagent des avocats chevronnés, avec des cheveux blancs de préférence.

— Je sais, je sais ! La question que je te pose est de savoir si tu n'en es pas scandalisée. Moi si, même en sachant que cela se fait.

Allons jusqu'au bout...

Anne se prépara à l'affrontement.

— En réalité, Judy, ce n'est pas cela qui te chiffonne, parce que ce n'est pas exactement ce que Gil a dit. Il a dit m'avoir engagée parce que je suis jolie. Franchement, l'aurait-il fait si j'avais été moche ?

Judy rougit.

— Non.

— Et nous le savions déjà, l'une et l'autre. Mais tu sais quoi ? Ça ne me dérange pas, je trouve cela plutôt drôle, au contraire. Parce que moi, je sais ce que ma prétendue beauté a d'artificiel.

— Artificiel ? Qu'est-ce que tu racontes ? Tu es parfaite en tout. Ton visage, ton corps, même ta nouvelle coiffure. Les hommes tombent tous à tes pieds. Tu es mieux qu'un super-top model.

— Je suis née avec un bec-de-lièvre.

Judy parut ne pas comprendre. Anne sentit qu'il fallait lui mettre les points sur les *i*. Elle n'en avait encore jamais parlé en dehors d'un cabinet médical, car c'était un de ses secrets honteux – moins grave, cependant, que le fait d'avoir essuyé deux refus de l'American Express pour obtenir une carte de crédit.

— Ma lèvre supérieure, ici, dit-elle en posant le doigt dessus, était fendue jusqu'au nez. C'est un défaut assez fréquent à la naissance et, dans mon cas, relativement bénin parce que le palais et la gencive n'étaient pas affectés.

— Ça alors...

— Ma mère n'a pas, disons, très bien réagi. Elle était belle, elle voulait un beau bébé dont elle aurait pu faire une star de cinéma. Bref, j'ai dû attendre d'avoir plus de dix ans pour être opérée, et il a fallu sept opérations pour me rendre telle que je suis. À la fin, je me sentais comme un animal de laboratoire. Alors maintenant, si c'est ma beauté qui favorise une rencontre ou un événement inattendus, ça me fait bien rire.

Judy déglutit avec peine :

— Ça a dû être affreux.

— Je ne peux plus modifier ce que je suis, belle ou laide, et je ne le voudrais même pas, répondit Anne avec un hausse-ment d'épaules. Tout ce que je sais, c'est que le monde a changé quand je suis devenue jolie. Et tu as raison, j'ai bénéficié de tas d'avantages immérités. Des clients, des amoureux. Le directeur de l'agence Hertz, qui me réserve toujours ma voiture préférée. Le vendeur de la boutique de vidéo, qui me met de côté les derniers succès. Les gardes du palais de justice, qui me protègent des journalistes. Je sais d'autant mieux à quel point je suis privilégiée que je connais la différence. Je suis le portrait vivant de l'avant et de l'après. Et j'ai éprouvé l'injustice, la rancune, la jalousie que tout ça peut provoquer. Comme toi.

Judy avait une expression plus malheureuse que mortifiée.

— Donc, poursuivit Anne, je ne te reproche pas tes sentiments à mon égard, et tu n'as pas besoin de me les cacher. Je les ressens plus comme toi que comme moi, si tu vois ce que je veux dire.

Le silence qui retomba dans la pièce était tel qu'Anne pouvait entendre sa propre respiration un peu rauque. Elle ne s'était jamais exprimée avec autant de franchise sur un sujet aussi intime, mais elle avait senti qu'il était impératif de purifier l'atmosphère.

— Je dois aussi t'avouer quelque chose, reprit-elle. Je t'ai entendue ce matin chez moi et je n'en ai pas été étonnée. Je savais que tu ne m'aimais pas. Je ne plais à aucune femme et je ne peux quand même pas me faire des amies revolver au poing. J'espère simplement que tu me donneras une chance, maintenant que tu en sais davantage. Quand tu penses aux clients qui me tombent tout rôtis dans le bec, aux hommes qui me courent après, aux DVD que je suis la première à regarder, pense aussi au reste. Comme à Kevin Satorno qui cherche à me tuer. La beauté n'est pas toujours une bénédiction, Judy, tu peux me croire sur parole. C'est souvent une malédiction.

Avant que Judy ait pu répondre, la porte s'ouvrit et Bennie entra, surexcitée.

— Nous sortons, les filles ! Mary vient de m'appeler.

— À quel sujet ? demanda Anne.

— Votre meurtre. En voiture !

13

Anne, coiffée d'une casquette de base-ball blanche, Bennie, Judy et Mary s'entassaient dans la minuscule kitchenette. Aménagée dans un coin de la chambre à coucher, elle contenait avec peine un minifrigo de camping, un évier en inox lilliputien et un réchaud électrique. L'air sentait le désinfectant et la friture, et il régnait une chaleur accablante en dépit de l'heure déjà tardive. Le va-et-vient d'un ventilateur posé sur le comptoir n'y apportait aucun remède.

Assise à la petite table en face de Mme Laetitia Brown, Mary lui tenait la main.

— Je vous présente mes collègues, madame Brown. Elles voudraient vous entendre répéter ce que vous me disiez avoir vu la nuit dernière. Cela ne vous ennuie pas ?

— Pas du tout, j'aime recevoir des visites. Surtout des dames.

Mme Brown avait soixante-dix-sept ans, une peau noire qui tirait étrangement sur le gris et le regard flou derrière des lunettes à triple foyer. Ses rides encadraient un sourire permanent, ses cheveux grisonnants tombaient en mèches rares et frisées, et elle était vêtue d'une robe d'intérieur à fleurs avec des mules en plastique noir. Anne se demanda si elle finirait par s'habiller de la même manière au même âge.

— Alors, l'encouragea Mary, redites-moi ce que vous avez vu hier soir dans la rue.

— Du monde partout, des gens qui allaient et venaient au Parkway et aux feux d'artifice. Toute la journée, il y a eu du monde dans la rue. Il y a beaucoup à voir d'ici, dit Mme Brown en agitant une main un peu tremblante pour montrer sa fenêtre. Oui, il y a plein de choses à voir de cette fenêtre. C'est mieux que la télé. Le jour, je regarde mes histoires et après, je viens regarder par la fenêtre.

— Et la maison dont je vous ai parlé, le numéro 2257 ? Qu'est-ce que vous avez vu ?

— J'ai tout vu, hier soir. J'ai vu tout ce qui s'est passé dans la maison que vous dites.

— Laquelle ? Montrez-la-nous.

— Celle-là, la 2257. Mes yeux ne sont pas si mauvais, je peux même lire le numéro.

Anne s'en assura en suivant la direction vers laquelle Mme Brown pointait un doigt déformé par l'arthrite. C'était bien la sienne, à deux maisons de là, du même côté de la rue. Le petit logement de Mme Brown, au deuxième étage, avait une vue plongeante imprenable, bien que parallèle, sur quiconque venait à la porte d'Anne. Celle-ci n'avait jamais vu Mme Brown, mais la vieille dame, à n'en pas douter, avait souvent dû voir Anne entrer et sortir de chez elle.

— Et que faisiez-vous hier, madame ? demanda Mary.

— Comme toujours, j'étais assise ici à regarder mes photos et mes livres, répondit Mme Brown en montrant fièrement une rangée de photos d'écolières aux cheveux nattés, parmi lesquelles on voyait un garçon un peu plus âgé. Mes petits-enfants, précisa-t-elle.

— Ils sont très mignons.

— Et là, c'est mes livres.

Sur une pile, elle prit un recueil de mots croisés qu'elle ouvrit non sans mal. Toutes les cases étaient remplies de majuscules aux lignes tremblées. Anne regarda malgré elle. Aucune de ces lettres ne formait un mot, mais il y en avait une dans chaque case blanche.

Mary lui lança un coup d'œil lui signifiant de ne rien manifester.

— Sa fille et son gendre habitent en bas avec leurs deux enfants, expliqua-t-elle. Ils étaient sortis hier soir quand la police a fait son enquête de voisinage. Mme Brown était chez elle, mais, comme elle n'a pas bougé, les policiers n'en ont rien su.

Anne acquiesça d'un signe. Elles avaient rencontré le gendre, un jeune homme froid et antipathique qui, à l'évidence, n'aimait pas assez sa belle-mère pour lui apprendre à lire ni même se donner la peine de monter deux étages quand quatre avocates venaient lui rendre visite. Le logement de la famille était climatisé, alors que la vieille Mme Brown ne disposait que d'un petit ventilateur. Comment la fille pouvait-elle laisser sa propre mère vivre dans ces conditions ?

— Nous vous écoutons, madame Brown, reprit Mary.

— J'étais assise là, je regardais ma fille et mon gendre qui sortaient et les feux d'artifice au-dessus des toits. De ma fenêtre, je vois ceux qui montent assez haut. Et puis, il y a eu le bruit. Très, très fort.

— Ce n'étaient pas des pétards ?

— Non, des coups de fusil.

— Vous êtes sûre ? Comment le savez-vous ?

— Je le sais, j'en ai assez entendu dans le temps.

— Et avez-vous vu qui a tiré les coups de feu ?

— Non, je somnolais à ce moment-là. Mais avec le bruit, mes yeux se sont ouverts tout seuls, j'ai regardé dehors et j'ai vu l'homme.

— Comment était-il ? Dites-nous ce que vous avez vu.

— Un Blanc, jeune, blond, bien de sa personne. Il était éclairé par la lumière à l'intérieur de la maison, au 2257. Je l'ai vu qui lâchait son fusil. Oui, pour l'avoir vu, je l'ai vu. Et que Dieu me maudisse si je ne l'ai pas vu qui pleurait, qui pleurait comme un bébé, comme si son cœur allait se briser en miettes. Et il est parti en courant dans la rue et après, je ne l'ai plus vu.

C'était donc bien Kevin. Un instant, Anne en eut le souffle coupé. Elle avait toujours su que c'était lui, mais sa description rendait l'image trop réelle. Au moins, Bennie ne pourrait plus en douter.

— J'ai vu les pieds de la pauvre fille couchée derrière la porte, reprit Mme Brown. Elle avait des baskets. Ils ont tremblé un moment et puis, plus rien.

Les yeux de Mme Brown s'emplirent de larmes. Mary lui serra la main pour la consoler.

— Si je vous montrais un portrait de l'homme au fusil, pourriez-vous dire si c'était bien le même ?

Mary plongeait la main dans son sac à la recherche du portrait-robot quand Bennie l'arrêta d'un geste.

— Non ! Elle risquerait de confondre avec les photos que lui montrera la police. Nous avons ce que nous voulions.

— Merci de nous avoir reçues, madame Brown, dit Mary en remettant le feuillet à sa place. Vous nous avez beaucoup aidées. Maintenant, nous allons appeler la police. Vous voudrez bien répéter aux inspecteurs ce que vous nous avez dit ? Ils veulent attraper cet individu et le mettre en prison.

— Bien sûr, je leur parlerai.

Bennie avait déjà activé son téléphone portable.

— L'inspecteur Rafferty pour Bennie Rosato, annonça-t-elle.

Elle n'eut pas longtemps à attendre.

— Je suis avec un témoin du meurtre d'Anne Murphy, qui nous a donné une description parfaite de Kevin Satorno… Oui, une voisine. Vous venez ou je vous l'amène ?… Bien. Au 2253 Waltin Street, dans dix minutes. Vous deux, poursuivit-elle en se tournant vers Judy et Anne, je reste pour attendre l'inspecteur avec Mary. Allez nous attendre dans la voiture.

— D'accord.

Judy et Anne remercièrent Mme Brown et se préparèrent à partir, mais Anne resta clouée sur place. Elle ne pouvait se résoudre à laisser la vieille dame seule. Elle pensait à la fille qui négligeait sa mère comme si elle n'existait pas. Elle pensait à sa propre mère qui pouvait fort bien, comme Mme Brown, végéter dans un taudis étouffant où elle tuait le temps de son mieux en attendant la mort.

— Qu'est-ce qui ne va pas, ma petite ? demanda Mme Brown.

— Rien, répondit-elle. Rien, merci.

Elle traversa, derrière Judy, l'autre pièce de l'étage, la chambre de Mme Brown où flottait un vague parfum de talc. Elle n'avait pour tout ameublement qu'un lit double avachi surmonté d'un vieux crucifix de bois et une table de chevet, sur laquelle tenaient à peine une lampe à l'abat-jour en faux Tiffany, un réveil et une bible visiblement usagée, dont la vue serra le cœur d'Anne.

Elle s'engagea dans l'escalier, agitée d'émotions et de sentiments qu'elle était hors d'état de reconnaître, encore moins de définir. Lorsque Judy et elle atteignirent le rez-de-chaussée, où régnait la fraîcheur de la climatisation et où flottaient les odeurs de la modernité, Anne fut incapable de saluer le gendre, qu'elle aurait voulu étrangler de ses mains malgré l'arrivée imminente de la police. Elle laissa donc Judy se charger des salutations et ouvrit la porte d'entrée, pour se trouver nez à nez avec un inconnu à peu près de son âge qui avait la main levée pour appuyer sur le bouton de sonnette.

— Bonjour ! dit l'homme avec un large sourire dévoilant deux rangées de dents blanches.

Il arborait un chapeau de brousse australien, un tee-shirt blanc, un jean délavé et des tongs noires.

— Bonjour, répondit Anne, déconcertée.

— Angus Connolly, se présenta l'autre. Désolé de vous déranger pendant les fêtes, mais je me demandais si vous aviez vu cet homme dans le quartier, dit-il en exhibant le portrait-robot imprimé sur papier rouge. Il s'appelle Kevin Satorno.

Anne en resta muette de stupeur.

— Alors, insista l'homme au chapeau australien, l'avez-vous vu ? Cet individu est soupçonné d'avoir assassiné une de vos voisines la nuit dernière. À deux portes d'ici, précisa-t-il en montrant du doigt la porte d'Anne.

— Mais… qui êtes-vous ?

— Je suis reporter au *City Beat*, répondit-il sans produire la carte de presse qu'Anne s'attendait à voir.

— Le *City Beat* ? Jamais entendu parler.

— Normal, nous sommes un journal gratuit et nous ne paraissons que depuis un mois. Vous comprenez pourquoi mes collègues et moi faisons l'impossible pour nous lancer. Nous menons notre enquête sur ce crime et nous interrogeons tous les voisins. Mais… attendez ! Vous habitez bien ici, n'est-ce pas ? ajouta-t-il, saisi d'un doute.

— Non, intervint Judy derrière Anne. Elle n'habite pas ici et elle n'a jamais vu cet homme. Mais je connais quelqu'un qui l'a vu. Elle habite au dernier étage de la maison et s'apprête à donner son témoignage à la police qui va arriver d'une minute à l'autre. On dirait que vous êtes tombé sur le vrai scoop, jeune homme.

— Pas possible ! s'exclama l'autre. C'est vrai ?

Anne sentit dans son dos la main de Judy la pousser fermement à l'écart des problèmes.

— Bien sûr que c'est vrai. Montez, vous y trouverez aussi une de nos collègues et Bennie Rosato. Elles répondront à vos questions.

— Bennie Rosato ? *La* Bennie Rosato ? Oh, ça alors ! bafouilla le journaliste qui sortit un téléphone de sa poche. Il me faut un photographe ! Oui, tout de suite ! Tu notes l'adresse ? ajouta-t-il en se précipitant vers l'escalier.

— File donc ! Qu'est-ce que tu attends ? chuchota Judy à l'oreille d'Anne. Tu veux que les flics et les journalistes te reconnaissent ?

— Non, évidemment.

Elle avait le cœur lourd sans savoir pourquoi. Les larmes lui montaient aux yeux, elle se sentait écrasée de fatigue. Le choc et l'activité frénétique qu'elle s'imposait depuis le matin finissaient sans doute par la rattraper. Elle suivit docilement Judy qui s'éloignait déjà d'un pas rapide, passa devant sa maison où les fleurs enveloppées de Cellophane continuaient à s'accumuler sur les deux marches du petit perron. Elle leur jeta un coup d'œil et s'arrêta à la vue d'un bouquet de marguerites nouées d'un ruban blanc. Il n'y était pas le matin, au moment de son premier passage.

Elle se pencha, le ramassa.

— Qu'est-ce que tu fais ? gronda Judy entre ses dents serrées.

Un couple qui passait sur le trottoir lança à Anne un regard indigné, mais elle ne le remarqua pas plus qu'elle n'était en état de parler.

Sur un bristol rose épinglé au bouquet, elle lut une courte ligne dactylographiée, signe que la commande avait été passée au fleuriste par téléphone : « Avec tout mon amour, Maman. »

14

Bennie se faufilait dans les embouteillages sans cesser de regarder le rétroviseur. Anne la connaissait maintenant assez pour savoir que ce n'étaient pas les éventuels dangers de la circulation qu'elle surveillait ainsi. Assise à l'avant, Judy se retournait régulièrement vers elle, et Mary ne lui lâchait pas la main droite.

— Ne vous inquiétez donc pas autant, vous trois, leur dit Anne. Je vais bien, je vous assure.

Le bouquet de sa mère dans sa main crispée, elle avait pourtant conscience de se conduire de façon puérile.

— Nous n'avons aucune raison de nous inquiéter, déclara Mary en lui serrant la main un peu plus fort. Tout s'arrange mieux que prévu. Mme Brown donnera à la police le signalement de Kevin, et la nouvelle sera reprise par les médias ce soir même. Elle est sans doute déjà sur Internet. Toute la ville va rechercher Kevin Satorno.

— Mais oui, Anne, renchérit Judy. À partir de maintenant, la pression est sur lui. La police lui mettra la main dessus à temps pour nous permettre d'aller toutes ensemble voir le grand feu d'artifice.

— Le problème, commenta Bennie en stoppant à un feu rouge, c'est que cette publicité risque de le dissuader de se manifester au service funèbre, s'il échappe encore à la police à ce moment-là.

— Il y viendra, affirma Anne avec conviction. Il trouvera un moyen d'y assister, j'en suis sûre.

Elle s'étonnait encore de la réaction favorable de Bennie à son idée du service funèbre pour débusquer Kevin.

— Réfléchissons, dit Bennie en pianotant sur le volant. Comment allons-nous nous y prendre ? Parlez, Murphy, l'idée est de vous.

Anne comprit que Bennie cherchait à lui occuper l'esprit, mais elle joua le jeu parce que cela valait mieux que de continuer à ruminer des pensées déprimantes.

— J'ai d'abord cru qu'il chercherait à passer inaperçu en se mêlant aux invités, mais, maintenant que son signalement est diffusé partout, j'ai changé d'avis. Il viendra… autrement.

— C'est-à-dire ? demanda Judy.

— Je ne sais pas. Déguisé en employé, par exemple.

— Eh bien, les filles, un peu de brainstorming, lança Bennie. Comment se déroule un service funèbre ? Il aura lieu au Chestnut Club. Y aura-t-il du personnel ? Lequel ?

Anne avait elle-même fait les démarches par téléphone en se faisant passer pour une cousine de Californie.

— Il n'y aura que la directrice parce que le club est fermé en ce moment. Tout sera donc fourni par l'extérieur. En l'absence du personnel maison, Kevin aura plus de facilités pour s'y introduire.

— Comment cela ? voulut savoir Mary.

— Kevin n'est pas un imbécile, loin de là. Je ne m'étonnerais pas qu'il ait prévu que nous organiserions un service, surtout depuis l'offre de la récompense. J'ai donc passé des annonces dans les journaux du dimanche en précisant que le service serait ouvert au public. Il verra sûrement une de ces annonces et essaiera peut-être de se faire engager par un traiteur ou un autre fournisseur.

— Ou un fleuriste, enchaîna Judy. Il pourrait venir en livreur.

Anne ne put réprimer un frisson.

133

— C'est très possible. Il est obsédé par les roses rouges, il m'en envoyait une tous les jours.

Bennie accéléra en dégageant la Mustang d'un bouchon.

— Voici comment je le vois, déclara-t-elle. Je vous doublerai en cas de besoin, mais chacune aura un travail précis. Carrier, vous surveillerez les fleuristes. DiNunzio, vous vous chargerez des journalistes. Ne les laissez pas entrer, mais vérifiez quand même leurs cartes de presse. Satorno essaiera peut-être de s'introduire de cette manière.

— Compris, approuva Mary.

— Merci à toutes, dit Anne, touchée par leur bonne volonté. Je m'occuperai du buffet. Il sera fourni par Custom Catering, c'était le seul traiteur libre ce week-end.

— Carrier, intervint Bennie, demandez une liste complète du personnel de ce traiteur. Avons-nous tout couvert ?

— Il y aura aussi les chaises pliantes, la sono, ajouta Anne. Je les ai louées au fournisseur habituel du club. Je m'en occuperai également ainsi que des employés.

Bennie tourna dans Broad Street. La parade était terminée, mais la rue grouillait de badauds qui buvaient de la bière en attendant le spectacle laser annoncé au crépuscule.

— Bien, je crois que nous n'avons rien oublié. La police sera là aussi, et j'engagerai des gardes du corps en plus de notre Herb.

— Pour le cas où nos seins auraient besoin de protection ? commenta Anne.

— Soyez plus gentille avec lui, Murphy. Herb est un fin connaisseur, et la disparition de vos attributs lui a causé une peine profonde, dit Bennie en riant. Maintenant, il fait presque nuit. Vous allez rentrer chez vous et vous coucher le plus tôt possible. DiNunzio, je vous dépose d'abord, je raccompagnerai Carrier ensuite. Murphy, vous coucherez chez moi, vous y serez en sûreté.

Anne n'avait pas prévu de position de repli, et l'offre de Bennie la prit au dépourvu. Elle pensa à Mel, seul dans son bureau. À Matt, aussi. Pourrait-elle lui faire savoir qu'elle était toujours vivante ? Elle se demanda comment il passerait la nuit.

— D'accord, Murphy ? insista Bennie.

— Oui, merci. Mais nous avons un arrêt de plus, vous et moi.

— J'y pensais, justement. Vous n'êtes pas trop fatiguée ? Vous avez eu une journée plutôt mouvementée.

— Pas pire que la sienne, répondit Anne à mi-voix.

— De quoi parlez-vous, toutes les deux ? voulut savoir Judy. Où devez-vous encore aller ?

Anne laissa répondre Bennie. Les mots lui faisaient trop mal.

Fitler Square, un des jardins publics du centre historique de Philadelphie, était serti de grilles en fer forgé et de haies de troènes. De beaux bancs de bois entouraient sa fontaine centrale et le pavage de briques avait été restauré. Si Fitler Square ne jouissait pas de la notoriété de Rittenhouse Square, dans la même partie de la ville, Anne lui trouvait plus de charme. Situé à l'écart du quartier des affaires, on y voyait surtout des mères de famille avec des poussettes et des enfants qui dessinaient sur le trottoir avec des craies grasses.

Ce soir-là pourtant, aux yeux d'Anne, le quartier de Willa avait autant changé que le sien et lui parut étrange. Le square aurait été désert sans la présence de deux amoureux sur un banc, qui se tenaient par la taille sous la lumière vacillante des becs de gaz à l'ancienne. Bennie chercha sans succès une place de stationnement et tourna dans Keeley Street, où elle put se garer au bout de la rue.

— Vous avez le sac ? demanda-t-elle en coupant le contact.

— Oui, répondit Anne.

Elle l'avait récupéré au club de gym, dans l'armoire vestiaire de Willa. Un rapide inventaire lui avait permis de constater que Willa, comme elle, n'apportait jamais son portefeuille au club dont les armoires ne fermaient pas à clef. Le sac ne contenait qu'un trousseau de clefs, des lunettes de soleil et une pomme déjà blette.

Des pétards et des feux d'artifice lointains crépitaient dans l'air du soir. Anne emboîta le pas à Bennie en s'efforçant de repousser les assauts de la fatigue et des émotions accumulées depuis le matin. Elle devait à Willa de ne pas y céder avant d'avoir retrouvé ses parents pour leur apprendre l'affreuse nouvelle. Elle s'en voulait déjà assez d'avoir attendu la fin de la journée pour accomplir cette mission.

Les maisons de la rue ressemblaient comme des sœurs à celles du quartier d'Anne. Mêmes façades de briques, même style de l'époque coloniale. Seules les différenciaient la couleur des volets ou, de temps à autre, la présence d'un pot de fleurs en grès sur le perron. En arrivant au 2689, Anne sentit son estomac se nouer. Elle ouvrit le sac de Willa pour y prendre les clefs en ayant l'impression de violer l'intimité d'une morte. Fouiller son sac, s'introduire chez elle…

— Vous voulez attendre dehors ? demanda Bennie.

— Non, c'est à moi de le faire. Merci quand même.

— Ce n'est pas comme ça qu'il faut le prendre, voyons, dit Bennie d'un ton radouci.

Anne ne put voir son expression, car il faisait sombre et le réverbère le plus proche était trop loin. Sa propre rue devait avoir le même aspect la veille au soir quand Willa avait ouvert la porte.

Anne prit le trousseau de clefs, qu'elle introduisit l'une après l'autre dans la serrure jusqu'à ce qu'elle trouve la bonne, poussa la porte et s'avança dans l'obscurité. Elle priait pour que ce ne soit pas un vestibule – le parallèle aurait été insoutenable – quand la lumière s'alluma. Anne sursauta et se retourna. Derrière elle, la main encore sur un interrupteur, Bennie refermait la porte d'entrée.

— Vous êtes sûre de vouloir continuer ?

— Oui, ça ira.

Anne regarda autour d'elle. La lumière venait d'une sphère de parchemin décorée d'idéogrammes chinois à l'encre rouge.

Elles n'étaient pas dans un vestibule, mais dans un petit living qui ne ressemblait à aucun de ceux qu'Anne avait vus jusque-là. Du parquet au plafond, les murs étaient couverts de dessins au fusain ou à la mine de plomb, punaisés les uns contre les autres et se chevauchant par endroits, représentant des paysages urbains : boutiques du marché italien, buildings des quartiers d'affaires, dentelle de béton d'un échangeur d'autoroute, lumières des péniches habitées se reflétant sur les eaux de la Schuylkill.

— Tous ces dessins ! soupira Bennie. Il y en a des centaines.

— Elle avait beaucoup de talent, dit Anne avec amertume.

Kevin allait devoir payer ce crime. Doublement.

— Vous ne remarquez rien d'inhabituel dans ces dessins ?

— Euh... non. Ou alors, si, ils sont tous au crayon noir.

— Certes, mais surtout il n'y a aucun personnage. Pour ma part, j'aime qu'il y ait des gens dans les œuvres d'art.

Anne s'approcha d'un mur et regarda avec attention. Bennie avait raison : la série de dessins de Fitler Square représentait les ombres des réverbères, les arabesques du fer forgé, mais aucune trace de mères de famille, d'enfants en train de jouer. Une étude de Rittenhouse Square comportait ses fameuses statues, mais pas les gens auxquels elles servaient de point de ralliement. Anne se demanda s'il fallait chercher une signification à cette absence de présence humaine.

La pièce ne comportait ni téléviseur ni magnétoscope. Seules concessions au modernisme, une chaîne stéréo et des piles de CD sur un petit meuble *ad hoc*, et un fauteuil blanc à lanières de style années soixante à côté d'un téléphone sans fil. Plus galerie que pièce à vivre, le living ne fournissait aucun indice sur Willa ou sa famille. Anne s'attarda cependant à humer les vagues relents de plombagine qui émanaient des dessins. C'était tout ce qui restait de Willa, à part un cadavre sans nom dans le froid de la morgue.

Bennie décrochait déjà le téléphone.

— Voilà sans doute le moyen de localiser sans délai la famille et les proches. Leurs numéros doivent être en mémoire.

137

Anne s'étonna de n'avoir pas eu cette idée. Elle se sentait inutile, passive, à la traîne.

— C'est moi qui devrais appeler, hasarda-t-elle.

— Non, laissez-moi faire. Quand ma mère vivait encore, j'avais enregistré son numéro sur la touche numéro 1.

Bennie pressa le 1, écouta, fronça les sourcils.

— Pas de numéro sur le 1. Rien non plus sur le 2 et le 3, poursuivit-elle en pressant à mesure les touches indiquées. Willa n'a entré aucun numéro en mémoire, elle n'avait donc pas de correspondants réguliers. C'est curieux.

— Pas vraiment, se défendit Anne, qui, elle non plus, n'avait entré aucun numéro dans la mémoire de son téléphone.

— Peut-être, admit Bennie. Venez, il doit y avoir quelque part quelque chose qui nous serait utile. Des factures, de la correspondance, des cartes de vœux avec l'adresse de l'expéditeur. Au moins un indice sur l'endroit où se trouve sa famille. Quel âge avait-elle ?

— Le mien, à peu près.

— Ses parents sont donc encore trop jeunes pour être morts.

— Sans doute, répondit Anne pour le principe.

Elle était hors d'état de penser aussi clairement. À cause de sa fatigue, peut-être. Ou, plutôt, parce qu'elle ignorait tout de la manière dont les membres d'une famille restent en contact. Elle n'avait jamais reçu de sa mère une carte d'anniversaire, et elle n'aurait même pas reconnu son père si elle l'avait écrasé en voiture. Elle suivit donc docilement Bennie vers l'arrière de la maison.

La disposition était à peu près identique à celle de la maison d'Anne, c'est-à-dire une cuisine-salle à manger aménagée au fond de l'ancienne pièce unique du rez-de-chaussée. D'un coup d'œil, Anne comprit qu'elles n'y trouveraient rien de révélateur sur la famille de Willa. Les murs étaient, ici aussi, couverts de dessins, et la table était nue à l'exception d'un bouquet de fleurs séchées. Le coin-cuisine, équipé des appareils bas de gamme préférés des bailleurs, était d'une propreté rigoureuse. Accrochée au-dessus de la cuisinière électrique, une étagère à épices peinte en rouge constituait le seul objet sortant de l'ordinaire. Anne s'en approcha pour lire les étiquettes des flacons. Ces épices avaient des noms si exotiques qu'elle n'en connaissait pratiquement aucun. Willa devait avoir été une excellente cuisinière, pleine de créativité. Anne eut un nouveau pincement au cœur de s'immiscer ainsi dans une vie anéantie par sa faute.

— Elle doit avoir un bureau à l'étage, observa Bennie. Au moins une table où elle s'asseyait pour payer ses factures. Montons, nous aurons sans doute plus de chance là-haut.

Anne la suivit sans mot dire. Les murs de l'escalier étaient eux aussi tapissés de dessins. Combien d'heures, de jours, de mois Willa avait-elle consacrés à l'exécution de tant d'œuvres ? se demanda-t-elle.

Sur le palier de l'étage, elles négligèrent la salle de bains pour aller explorer la chambre, aussi peu conventionnelle que le living. Une cloison avait à l'évidence été abattue pour former une pièce en L servant à la fois de chambre à coucher et d'atelier. Ici aussi, les murs étaient couverts de dessins aux sujets similaires à ceux du living mais de formats plus grands, comme dans certaines galeries qui exposent à part les œuvres réservées à une clientèle choisie.

Un lit à colonnes en pin naturel, drapé de longues bandes de soie blanche, était disposé en angle, près de la fenêtre, à côté d'une commode et d'un petit bureau couvert de papiers empilés en bon ordre. Bennie s'y dirigea aussitôt et alluma une lampe en métal noir.

— Pas d'ordinateur, même portable, commenta-t-elle d'un ton réprobateur. Ah ! Voilà des factures, poursuivit-elle en avisant les enveloppes. Relevés de carte de crédit, électricité. Téléphone, c'est ce qu'il nous faut. Il y aura la liste des numéros qu'elle appelait et nous retrouverons celui de ses parents, puisqu'il n'est pas en mémoire. Elle devait quand même les appeler au moins une fois par mois.

Bennie sortit le relevé de l'enveloppe et Anne se pencha pour l'étudier avec elle.

— Même pas de téléphone dans sa chambre ! soupira Bennie, qui prit son portable et composa le premier numéro de la liste.

Quelques secondes après, elle coupa la communication.

— Un magasin d'articles de dessin. Fermé, bien entendu. Lisez-moi le numéro suivant.

Anne s'exécuta, Bennie écouta un instant.

— Une pépinière. Pourquoi l'appelait-elle ?

— Peut-être pour dessiner des fleurs, hasarda Anne.

— Essayons le suivant… Une boutique de produits bio !

Bennie parcourut le reste de la liste.

— Que des numéros locaux, donc aucun qui puisse correspondre à celui de ses parents, gronda-t-elle, agacée.

Anne remarqua une autre pile d'enveloppes. Peut-être y trouverait-elle une lettre des parents de Willa ? Puisqu'elle n'était pas une adepte de l'ordinateur ni des e-mails, ses parents pouvaient être eux aussi des artistes et préférer écrire. Elle prit la première enveloppe de la pile, mais la lettre, datée de la semaine précédente, était dactylographiée sur du papier à en-tête de la galerie Mether.

> *Chère mademoiselle Hansen,*
> *Nous espérons que vous reviendrez sur votre décision de ne pas nous confier la représentation de votre œuvre. Sachant que vous étiez une brillante élève du professeur Bill Hunter, nous sommes persuadés d'être en mesure de vous aider à développer vos dons et de permettre à vos dessins de figurer dans des collections où ils seront appréciés, sans parler des ressources que leur vente pourrait vous procurer. Veuillez donc reprendre contact avec nous, etc.*

Cette lettre étonna Anne. La galerie Mether était une des plus prestigieuses de la ville. Pourquoi Willa refusait-elle d'y exposer ses superbes dessins ? Peut-être n'avait-elle pas besoin d'argent, mais un artiste a-t-il le droit de laisser son talent dans l'ombre ?

— Rien dans les factures, déclara Bennie. Et vous, avez-vous trouvé quelque chose d'intéressant ?

— Pas encore.

Anne lut une proposition antérieure de la galerie Mether et deux relances de galeries de SoHo, à New York.

— Toutes ces galeries veulent l'exposer, et elle ne veut pas vendre. Elle ne répond ni aux courriers ni aux appels.

— Rien ici non plus, dit Bennie en fouillant un tiroir du petit bureau. Pas de photos de famille, pas de cartes de vœux, juste quelques reçus de boutiques de fournitures de dessin. Elle n'achetait d'ailleurs pas grand-chose. Tiens, ajouta-t-elle, un relevé de ses notes du collège Moore. Elle était excellente élève, mais les notes s'arrêtent au bout d'un semestre. Dommage qu'elle ait abandonné. Ah ! poursuivit-elle en ouvrant un autre tiroir. Ceci est peut-être plus prometteur.

— Qu'avez-vous trouvé ?

— Des déclarations fiscales, de vieux talons de chèques. Un exemplaire de son bail, des documents juridiques.

— Elle m'avait vaguement parlé de fonds de placement.

Bennie lisait déjà. En voyant son expression s'assombrir, Anne eut un mauvais pressentiment.

— Willa avait un héritage, annonça-t-elle au bout d'un moment. Sa famille habitait le Michigan où ses parents sont morts il y a deux ans. Ceci est une copie de leur testament.

Anne sentit redoubler sa tristesse. Elle tendit la main, Bennie lui passa le document sans mot dire. Anne lut rapidement dans l'espoir de découvrir si Willa avait des frères ou des sœurs, mais les parents ne se référaient qu'à « notre fille Willa ». Fille unique, elle était donc seule au monde depuis la mort de ses parents. Anne tenta de refouler les larmes qui lui venaient aux yeux pendant que Bennie examinait une autre liasse de papiers.

— Ses parents sont morts des suites d'un accident de la route, dit-elle après en avoir pris connaissance. Les frais d'hospitalisation ont été réglés par la succession. C'est dur pour une fille aussi jeune. Elle avait dû venir ici pour suivre les cours du collège Moore, ses parents sont morts peu après et elle a abandonné. Quel gâchis…

Anne s'essuya les yeux pendant que Bennie continuait à fouiller dans le tiroir. Elle ne pouvait pas lui expliquer ce qu'elle ressentait. Elle ne le comprenait pas elle-même.

— Une importante succession, près d'un million de dollars placés avec sagesse, si j'en crois ce que je vois. Je vais prendre contact avec le gestionnaire du fonds. Si Willa ne menait pas un train de vie dispendieux, ce qui est visiblement le cas, elle était pourvue jusqu'à la fin de ses jours. Elle n'avait donc pas besoin de vendre ses œuvres.

Non, ce n'était pas la raison, s'abstint de répliquer Anne.

— Il n'y a donc pas de proches à avertir, se borna-t-elle à dire.

Ces simples mots lui restèrent en travers de la gorge. Ainsi, Willa vivait seule dans un monde en noir et blanc. Ses teintures de cheveux extravagantes constituaient la seule touche de couleur dans sa vie, ce qu'Anne ne parvenait même pas à s'expliquer. Elle avait son travail pour unique compagnon et elle ne le partageait avec personne. Anne avait le sentiment que cet isolement volontaire avait été provoqué par la mort de ses parents, réaction normale à un tel traumatisme – une réaction qui lui était péniblement familière.

— Et voilà, soupira Bennie en remettant les documents dans le tiroir. À ce stade, je suis à peu près convaincue que personne n'avait de raison de vouloir tuer Willa Hansen. Compte tenu de ce que nous avons appris depuis ce matin, ce serait donc bien Kevin Satorno le meurtrier et vous sa victime désignée. Désolée de vous avoir contredite, Murphy. Vous aviez raison.

Oui, mais Willa a été tuée à cause de moi…

— J'aurai le triomphe modeste, dit Anne en se forçant à sourire.

Il était tard quand elles arrivèrent chez Bennie. Assise à la table de la salle à manger, Anne essayait de dominer son chagrin et sa fatigue pendant que Bennie s'occupait à la cuisine d'un dîner pour elles et le chat Mel, accroupi aux pieds d'Anne. Bear, le labrador de Bennie, le reniflait d'une truffe humide qui laissait des traînées de poils en désordre dans sa fourrure toujours irréprochable. Anne laissait pendre à proximité une main tutélaire – pour la protection du chien.

— Ils s'entendent bien ? cria Bennie de la cuisine.

— Ils forment déjà une paire d'amis, mentit Anne au moment même où Mel lançait à Bear un coup de patte défensif.

Dès la première seconde, le chien n'avait pas arrêté de gambader autour du chat, de l'inviter à jouer par des mimiques qu'un congénère aurait trouvées irrésistibles, mais que Mel jugeait du plus mauvais goût. Anne s'étonnait que Bear manifeste une telle soif d'affection à un inconnu censé, de plus, être un ennemi héréditaire.

Au deuxième coup de patte souligné d'un feulement menaçant, elle prit Mel sur ses genoux pour éviter qu'il ne crève un œil ou lacère la truffe de celui qui voulait devenir son ami intime. Lorsque Bennie revint avec un plateau, il affichait un air innocent qui ne pouvait faire illusion qu'auprès d'humains n'ayant jamais vécu dans l'intimité d'un chat.

Bennie posa sur la table un plateau de verre givré aux poignées bleues sur lequel était encore collée une étiquette des soldes d'un grand magasin. Sans avoir besoin d'un effort d'imagination, Anne en déduisit que Bennie ne recevait pas souvent – elle avait d'ailleurs entendu parler de sa rupture avec son compagnon. On ne peut jamais savoir, pensa-t-elle, qui mène ou ne mène pas une vie solitaire si on se fie aux seules apparences.

— Cela suffira-t-il à nourrir cette créature ? demanda Bennie en prenant sur le plateau un ramequin plein de lait.

— Bien sûr. Je vais le poser par terre.

— Pas question en présence d'un labrador. De la nourriture par terre représente une aubaine à ne pas laisser passer, répondit Bennie en posant le ramequin sur la table. Vous voulez lui montrer ?

— Il le voit déjà. Il boira le lait quand il sera prêt.

— Les chats m'ont toujours étonnée. Un chien ne retarde jamais le moment de boire ou de manger. Vous voyez ? dit-elle en écartant le ramequin du bord de la table, où Bear posait déjà les pattes en frétillant de la queue. J'espère que le chat n'attendra pas trop longtemps.

— Au contraire, ne serait-ce que pour torturer le chien ! Merci de votre hospitalité, ajouta-t-elle en buvant une longue gorgée de soda.

— Tout le plaisir est pour moi. J'ai vérifié ce que je pourrais préparer pour dîner. Il me reste trois œufs et des oranges. Désolée, mais entre le travail et la mort inattendue de ma meilleure collaboratrice, je n'ai pas eu le temps de faire des courses.

— Je n'ai pas très faim, vous savez. D'habitude, je me contente d'un bol de céréales le soir.

— Pas de problème, j'ai ce qu'il faut.

Bennie retourna à la cuisine et en revint avec deux bols, deux cuillers et une boîte de céréales, qu'elle posa sur la table avant de s'asseoir en face d'Anne.

— Voilà, le dîner est servi.

— Parfait, approuva Anne.

Elle avait sous les yeux le côté de la boîte où s'étalait la liste des éléments nutritifs promis par cette marque de céréales. Le phosphore, le magnésium, le zinc, le cuivre y figuraient en quantités affolantes. Les métaux devraient être réservés à la plomberie, pas à la nourriture, pensa-t-elle en se versant malgré tout un plein bol.

— Faisons le point, déclara Bennie. Vous avez survécu à un maniaque qui voulait vous tuer, à un client qui voulait vous renvoyer et à une coupe de cheveux avec les ciseaux du bureau.

— Les trois ne sont pas tout à fait de même nature, répondit Anne en réussissant à sourire. Je peux avoir du sucre ?

— Non. Il n'y a pas de sucre dans cette maison. Ni sucre ni télévision, les deux sont mauvais pour la santé.

Anne se demanda si Bennie était victime de folie douce.

— Avez-vous entendu parler de la glucasthénie ? reprit Bennie.

— C'est ce dont on souffre quand il n'y a pas de sucre dans la maison ?

— N'en parlons plus, dit Bennie en souriant. Vous n'aimez pas le sport, n'est-ce pas, Murphy ?

— Le lèche-vitrines exige une grosse dépense d'énergie.

Anne se rendit compte qu'elle essayait de faire rire Bennie et se demanda pourquoi.

— Je vous admire, Murphy.

Anne faillit s'étrangler sur une bouchée de céréales.

— Moi ?

— Oui, parce que j'estime que vous dominez la situation comme un vrai champion. J'ai connu des moments difficiles dans ma vie, mais pas à ce point. Je suis fière de vous. Ce qui vous arrive est affreux, et je sais ce que vous ressentez au sujet de Willa.

— Merci, répondit Anne en se sentant rougir. J'apprécie plus qu'il n'y paraît ce que vous et les autres avez fait pour moi.

— C'est la moindre des choses, mais nous ne sommes pas au bout de nos peines. Demain sera une journée cruciale, avec le service funèbre. Nous l'aurons, ce salaud. DiNunzio est plus forte qu'elle n'en a l'air et Carrier est capable de n'importe quoi. On peut compter sur elles.

— J'en suis sûre.

— Mais je dois vous présenter des excuses, en mon nom et en le leur, dit Bennie en regardant Anne dans les yeux. Aucune de nous ne vous a bien accueillie à votre arrivée, et c'est entièrement ma faute. Je n'ai pas pris le temps de vous intégrer dans l'équipe. Je ne me rendais pas compte à quel point ça peut être important. Nous n'avons pas bien agi envers vous ni les unes ni les autres, et je le regrette beaucoup.

— Ce n'est pas grave, répondit Anne.

Elle ne savait si c'était l'émotion ou la sécheresse des céréales qui la faisait déglutir avec autant de difficulté.

— Si, c'est grave. Je suis une bonne juriste, mais je constate maintenant que je ne suis pas un bon chef. Je ne suis pas douée pour faire en sorte que toute l'équipe s'entende et soit heureuse de travailler ensemble. Je me contente de m'assurer que nous gagnons.

— C'est bien de gagner.

— Ce n'est pas assez. Il reste des failles où des gens tombent. Comme vous.

— Je n'étais pas tellement sociable…

— C'était à nous de faire l'effort. À moi. Vous êtes venue dans ma ville, dans mon cabinet. Quel qu'ait été votre comportement, il était parfaitement compréhensible compte tenu de ce que vous aviez subi.

Rien ne vaut le présent…

— Je voudrais vous poser une question, Bennie. Vous étiez au courant de Kevin. De mon passé. Comment cela ?

— Une de vos références professionnelles m'a parlé de Kevin et m'a dit qu'il avait essayé de vous tuer. Que vous aviez tenu le coup sous des pressions extrêmes et que vous l'aviez fait condamner.

— Les références des employeurs ne sont censées porter que sur les capacités professionnelles, s'étonna Anne.

— Ceux-là souhaitaient que vous obteniez votre emploi chez moi pour vous aider à changer de vie. Quand j'ai appris votre histoire, c'est ce qui m'a décidé. J'ai compris que vous résisteriez à tout ce que, *moi*, je vous ferais subir.

Anne sourit. Elle aurait aussi voulu interroger Bennie au sujet de sa mère, mais cela lui parut maladroit.

146

— En ce qui concerne le reste, reprit Bennie, je l'ai recherché moi-même. J'ai beaucoup d'amis au barreau, là-bas, je les ai fait parler. Vous m'aviez dit, lors de notre première entrevue, que vous n'aviez pas de famille, mais sans préciser que vos parents étaient décédés. Vous n'aviez mentionné sur votre CV ni une famille ni même un lieu de naissance. J'ai donc chargé notre enquêteur de s'en occuper. Vous connaissez Lou, n'est-ce pas ?

— Vous avez fait faire une enquête sur moi ? s'exclama Anne en essayant de ne pas paraître trop scandalisée.

— Bien sûr, et je n'ai pas à m'en excuser, je ne peux pas engager n'importe qui. Les gens ne sortent pas du néant. Tout le monde a une famille, qu'on le veuille ou non. Et pas seulement une famille, un contexte social. Au prix d'un petit effort, j'ai découvert le vôtre.

Bennie but une gorgée de soda. Les glaçons tintant dans son verre faisaient un bruit trop festif pour une telle conversation.

— Ma mère ?

— Oui.

— Mais pas mon père ?

— Non.

— Où avez-vous réussi à la dénicher ?

— En Californie du Sud, je n'en dirai rien de plus. Elle m'a priée de ne pas vous en parler, et je le lui ai promis.

Anne sentit une rage familière lui poignarder le cœur.

— C'est trop gentil de sa part.

— J'ai respecté son souhait, bien que je l'aie estimé blessant.

— Elle ne m'intéresse pas assez pour me blesser.

Elle aurait voulu hurler. Comment une mère, même la pire de toutes, peut-elle encore exercer un pouvoir sur son enfant adulte ?

— Elle n'était pas très fière d'elle-même, je crois, et c'est la raison pour laquelle elle ne désirait pas que vous soyez au courant de notre conversation. Elle a un petit problème de… boisson, n'est-ce pas ? ajouta Bennie après une brève pause.

— Vous voulez dire qu'elle était incohérente quand vous lui avez parlé ? répondit Anne qui se sentit rougir de honte. Elle ne vous a pas demandé de l'argent, au moins ?

Bennie ne répondit ni oui ni non à ces deux questions.

— Ma famille n'est pas un modèle du genre, elle non plus, se borna-t-elle à dire, mais ma mère me manque tous les jours. Nous commettons tous des erreurs, au cours de notre vie.

— A-t-elle repris contact avec vous, depuis ?

— Non. Je vous rappelle cependant qu'elle a envoyé les fleurs que vous n'avez pas quittées dans la voiture. Sans y porter d'intérêt, bien sûr, ajouta Bennie en souriant.

Anne avait dans la bouche une amertume qui ne venait pas du magnésium ou du zinc contenu dans les céréales.

— Il a fallu que je meure pour qu'elle fasse attention à moi. Et elle s'est contentée de les commander par téléphone, la carte était dactylographiée par le fleuriste. Je ne sais même pas comment elle a trouvé mon adresse.

— C'est moi qui la lui ai donnée.

Anne leva les yeux, stupéfaite.

— Vous ? Quand cela ?

— Quand je lui ai parlé, l'année dernière, au moment de votre arrivée ici.

Autrement dit, elle n'essaie même pas de savoir ce que je deviens en lisant les journaux...

Anne garda le silence un long moment.

— Vous auriez préféré que je ne le fasse pas, reprit Bennie en soupirant. Je suis désolée. Nous voudrions tous que nos parents soient meilleurs qu'ils ne le sont. Plus grands, plus forts, plus riches. Pourtant, ils le sont rarement. Mieux vaut les accepter tels qu'ils sont.

— Je l'ai accepté, il y a longtemps.

Anne s'en voulut de l'avoir dit comme si elle s'apitoyait sur elle-même. Elle s'en voulut surtout parce que Bennie avait raison.

Après tout, pensa-t-elle, les patrons ne deviennent pas des patrons sans raison.

15

Dehors, les pétards claquaient et les rayons laser déchiraient le ciel nocturne, mais Anne n'entendait ni ne voyait rien d'autre que l'écran de l'ordinateur. Elle s'était installée dans le coin-travail de la chambre d'amis servant de débarras à Bennie. Celle-ci y remisait des accessoires d'athlétisme usés, une bicyclette blanche et des cartons d'archives, qui étaient entassés sur le divan avant que Bennie et Anne les posent par terre dans un coin. Anne aurait dû être déjà couchée, mais elle n'avait pu s'empêcher de reprendre sa consultation du site Internet au sujet de Bill Dietz.

Le bandeau supérieur de l'écran affichait : « Il existe 427 personnes du nom de William Dietz titulaires d'une condamnation. » Elle avait repris sa recherche au numéro 82, où elle l'avait abandonnée dans l'après-midi, et elle en était au numéro 112. Elle ne savait toujours pas pourquoi elle s'obstinait de la sorte, car elle ignorait si elle découvrirait quoi que ce soit et même si cela en valait la peine. Elle se rappelait seulement avoir vu dans le regard de Bill Dietz une malveillance et une brutalité foncières, masquées par la volonté affectée de protéger sa femme sous prétexte d'amour conjugal. Elle avait donc repris son lent travail de fourmi.

Au numéro 226, elle était près d'envoyer au diable tous les Bill Dietz de Pennsylvanie et d'ailleurs pour s'accorder un petit plaisir à base de caféine ; cependant, cette tâche élémentaire, sinon simpliste, consistant à cliquer sur une entrée avant de cliquer sur la suivante évitait à ses méninges fatiguées de retravailler sa plaidoirie ou d'essayer de deviner sous quel déguisement Kevin allait de nouveau se manifester. Au 301, elle faisait toujours chou blanc.

— Il est tard, Murphy, l'admonesta Bennie du pas de la porte. Il faut que vous dormiez.

Elle entra suivie du chien, dont les ongles cliquetaient sur le plancher. Vêtue d'un peignoir blanc en tissu-éponge, les cheveux noués au-dessus de la tête, elle sortait visiblement de la douche, mais Anne remarqua qu'elle avait les yeux rouges et gonflés.

— Vous avez attrapé un rhume ?

— Je crois plutôt que je suis allergique aux chats. Mon visage me démange partout, et je n'arrête pas d'éternuer.

— Oh, non ! s'exclama Anne, atterrée. Quand vous en êtes-vous rendu compte ?

— Après le dîner. J'ai pris une douche, mais sans résultat.

— Voulez-vous que je m'en aille avec Mel ?

— Mais non, vous n'avez nulle part où aller. Gardez-le avec vous dans cette pièce, c'est tout. Pour passer aux bonnes nouvelles, notre témoin, Mme Brown, est la vedette des infos, télé, radio, partout. La police a officiellement annoncé qu'elle recherche un prisonnier évadé du nom de Kevin Satorno, suspect numéro un de votre assassinat. C'est maintenant un homme très demandé.

— Le rêve pour un érotomane, commenta Anne.

— Ce qui m'amène au sujet suivant. Puisque Satorno est toujours dans la nature, je tiens à vous rassurer : j'ai de quoi nous protéger en cas de besoin. Ne vous affolez pas en voyant cet objet.

Bennie sortit de la poche de son peignoir un revolver chromé qui brilla sous la lampe.

— Un P.38 spécial, annonça Anne sans manifester d'émotion.

Elle prit l'arme, la manipula avec aisance. L'acier était frais au creux de sa main, le quadrillage de la crosse en bois légèrement usé. Elle fit basculer le barillet où elle compta cinq balles, avant de le remettre en place avec un claquement de bon aloi.

— Il a une dizaine d'années, reprit-elle. Vous l'avez acheté d'occasion ?

— Oui. Comment le savez-vous ? s'étonna Bennie.

— Ces revolvers se font rares. Celui-ci a été fabriqué au Brésil par Rossi, un des anciens de chez Smith & Wesson qui s'étaient établis à leur compte après la Seconde Guerre mondiale. C'est un bon revolver, pratique, simple, dissuasif. Vous avez bien fait de l'acheter, dit-elle en le rendant à Bennie.

Anne s'abstint d'ajouter qu'il était démodé. Bennie n'aurait pas apprécié qu'on critique son assurance-vie.

— Alors, vous n'en avez pas peur ?

— Peur d'un revolver ? Pas tant qu'il n'est pas braqué sur moi. Je ne suis pas une fan des armes à feu, loin de là, mais je m'en suis acheté une après l'agression de Kevin. Un automatique Beretta 32 qui tient juste dans la paume de ma main. Un petit bijou. Une vraie arme de femme seule. J'ai essayé la psychothérapie, poursuivit-elle en voyant Bennie la regarder avec perplexité, mais je n'en ai rien tiré et je ne suis pas du genre à m'entourer d'une milice pour me protéger. Je me suis entraînée dans un stand de tir quatre fois par semaine. Au bout d'un an, je suis devenue capable de couper une feuille de papier par la tranche à cent pas, et je me sens beaucoup plus en sécurité.

— Ça alors... Vous êtes une fille intéressante, Murphy, dit Bennie avec un sourire en coin. Bref, je voulais que vous sachiez qu'il est ici et qu'il est chargé. Je le garde dans ma table de chevet. Nous ne risquons rien.

— Pourquoi ne pas me le confier ?

— Ce ne serait pas une bonne idée, je préfère le garder près de moi. À quoi bon perdre votre temps avec ces recherches au lieu de vous coucher ? poursuivit-elle en regardant l'écran de l'ordinateur.

— Si Dietz avait subi une condamnation pénale, je pourrais m'en servir pour faire révoquer son témoignage à l'audience.

— C'est exact, mais cela ne vous avancera pas. Si vous y tenez, nous lancerons Lou sur sa piste après les fêtes. De toute façon, ce n'est pas Bill Dietz votre adversaire dans ce procès.

— Je sais, c'est sa femme.

— Non. Vous êtes l'avocate de la défense. Votre adversaire, c'est Matt Booker, l'avocat de la plaignante.

— Vous avez raison, admit Anne.

Du coup, elle décida de ne pas souffler mot à Bennie des sentiments que lui inspirait Matt, et encore moins du fait qu'ils étaient mutuels.

— Faites-moi plaisir, dit Bennie en lui serrant l'épaule, allez vous coucher. Vous carburez à l'adrénaline et vous avez une longue journée devant vous demain. Sur ce, bonne nuit.

Et Bennie se retira en reniflant, suivie par le cliquetis des ongles de Bear sur le parquet.

Anne prit une profonde inspiration et se remit devant l'écran. Elle passa rapidement jusqu'au 397, ralentit au 425 et arriva au 427, le dernier, en espérant contre toute logique que ce serait le bon :

« William Dietz, né le 15/3/1980. Vol à l'étalage. »

Rien, se dit Anne avec un dépit mêlé de découragement. Elle avait fait fausse route. Bill Dietz était blanc comme neige. Ce n'était qu'un mari soi-disant jaloux, un impulsif, une brute, mais il n'avait rien de plus grave à se reprocher. Elle se sentait idiote, inutile, vidée de son énergie. Amorphe. Rien ne se passait comme elle l'aurait voulu. Elle était trop lasse pour penser. Depuis le début, sa journée avait été absurde.

Elle se leva, éteignit la lampe du bureau, enleva sa jupe et se glissa sous les couvertures avec son seul tee-shirt. Le silence retomba peu à peu dans la maison, seulement troublé par de forts ronflements émanant de la chambre de Bennie. Anne espéra qu'ils étaient imputables au chien, et que ce n'était pas son chat qui avait rendu Bennie malade. Sur le divan, Mel, roulé en boule, était blotti contre ses pieds, comme à la maison. Anne ne se sentait pourtant pas chez elle, où elle ne pourrait d'ailleurs jamais retourner. Couchée dans le noir, les yeux ouverts, elle avait le sentiment de ne plus être chez elle nulle part ni avec personne. Elle avait perdu son contexte, pour reprendre l'expression de Bennie.

De plus, Bennie elle-même le lui avait dit avec sa rudesse coutumière : « Vous n'avez nulle part où aller. »

Anne ferma les yeux en s'efforçant de se vider l'esprit. Au bout de quelques minutes, les bruits de la rue se mêlèrent aux ronflements : coups d'avertisseurs, rires, cris, pétards. Une fête qui se terminait dans le quartier, peut-être. Ou alors, elle ne les avait pas remarqués jusqu'à maintenant. Elle s'enfouit la tête sous l'oreiller, sans succès. Ce n'était pas son oreiller, et elle n'était pas dans son lit.

Elle se retourna en essayant de ne plus penser à sa maison ni à Willa qui y était morte. À sa mère, dont le bouquet de marguerites ne parfumait pas la pièce. À Mme Brown, seule dans son petit logement avec ses cahiers de mots croisés. Et surtout pas à Kevin et à son fusil. Réussiraient-elles à le coincer le lendemain, au service funèbre ? Il le fallait. Après l'avoir perdu cet après-midi, c'était leur dernière chance.

Une heure plus tard, Anne ne dormait toujours pas. Elle était énervée, anxieuse. Elle se tournait et se retournait en pensant à Mat⁺, à ses fleurs sur son perron. À sa voix enrouée par l'émotion au bureau, à sa mine bouleversée. Viendrait-il à son service funèbre ? Elle aurait voulu pouvoir le voir, lui dire qu'elle était vivante. Elle éprouvait le besoin, politiquement incorrect, d'une épaule forte sur laquelle pleurer, d'une large poitrine contre laquelle se blottir. Anne aimait les hommes et, avant Kevin, en avait fréquenté beaucoup. Elle était tombée amoureuse plusieurs fois, et avait été heureuse avant d'en souffrir. Matt était-il celui qu'elle avait si longtemps attendu ?

Un quart d'heure plus tard, elle s'était rhabillée, avait enfermé Mel dans la chambre et empoigné son sac, qui contenait son téléphone portable et le revolver subtilisé dans la table de chevet de Bennie. Le larcin avait été presque trop facile. Il lui avait aussi permis de constater, non sans soulagement, que c'était le chien qui ronflait.

Anne était maintenant dans les rues de Philadelphie au volant de la Mustang. Elle savait qu'elle prenait un risque, mais un risque calculé. Elle avait de quoi se protéger, et la probabilité de croiser Kevin par hasard était presque nulle. Il se cachait de la police et n'avait aucune raison de la croire encore en vie. De plus, à deux heures du matin, les rues étaient loin d'être désertes. Les touristes qui faisaient la tournée des boîtes de nuit se déplaçaient en groupes. Elle aurait toujours la ressource de crier, d'appeler à l'aide.

Arrêtée à un feu rouge, elle balaya la rue du regard. Pas de Kevin en vue. La chaleur de la nuit incitait tout le monde à se conduire mal, et Anne ne faisait pas exception. Sans raison valable, elle sortait seule pour se rendre là où elle n'aurait pas dû. Elle avait obtenu l'adresse de Matt par les renseignements téléphoniques, mais s'était abstenue de l'appeler pour le prévenir de sa visite. Il habitait au cœur de la ville ancienne, non loin du hall de l'Indépendance où avait été signée la Déclaration d'indépendance. La foule serait encore plus dense dans ce quartier, puisque Philadelphie s'enorgueillissait d'organiser la fête d'anniversaire du pays tout entier.

Anne sentait la tiède brise estivale ébouriffer ses cheveux courts. Elle ne pensait déjà plus à sa mère ni au procès Chipster.com. Elle mettait de la distance entre Kevin et elle. Son cœur battait plus vite. Elle éprouvait presque les mêmes sentiments qu'au moment de son installation, l'année précédente. L'espoir, la sérénité. L'insouciance.

Elle tourna en rond dans les rues à la recherche d'une place de stationnement et, n'en trouvant aucune, finit par se garer... comme elle put. Même à cette heure de la nuit, les réjouissances battaient leur plein et la ville entière semblait vouloir passer une nuit blanche.

Le contact coupé, elle se jeta un coup d'œil dans le rétroviseur. Elle avait oublié de se mettre du rouge à lèvres, et la cicatrice de sa lèvre supérieure se voyait. Tant pis.

Elle prit le revolver dans son sac, le glissa par acquit de conscience dans la ceinture de sa jupe, chaussa ses lunettes noires et mit pied à terre avec l'assurance que procure une arme. Elle parcourut, sans se presser, la courte distance la séparant de la maison de Matt, une maison de briques similaire à la sienne, mais plus ancienne et d'une couleur rose plus fanée. La porte et les volets étaient peints en noir, une lumière brillait au rez-de-chaussée à travers les rideaux tirés. Comme elle, Matt devait travailler tard.

Elle monta les deux marches du petit perron, frappa. Au bout d'une minute, la lampe extérieure s'alluma et la porte s'ouvrit.

Anne se figea sur le seuil en voyant Matt :

— Qu'est-ce qui t'est arrivé ? s'exclama-t-elle, stupéfaite.

16

Matt avait le visage d'un boxeur à la fin d'un combat perdu. Une longue coupure saignante lui zébrait la joue gauche, une bosse de la taille d'un œuf de pigeon lui fermait presque l'œil du même côté, et sa chemise était éclaboussée de sang.

À la vue d'Anne, son œil intact s'écarquilla de stupeur. Bouche bée, il se pencha vers elle pour mieux voir.

— Ça alors, mais... vous ressemblez à...

— Je suis Anne. C'est bien moi, tu vois ? dit-elle en enlevant ses lunettes noires.

Elle ne voulait pas s'attarder inutilement sur le seuil. Un couple qui passait se retournait, intrigué. S'ils ne pouvaient sans doute pas la voir clairement, encore moins la reconnaître, elle ne pouvait se permettre de prendre un risque.

— Laisse-moi entrer, Matt, je t'expliquerai. C'était une erreur, je suis vivante.

— Quoi ? Anne ? Une erreur ? Vivante ?

Pétrifié, incapable de bouger, Matt lui barrait toujours le passage. Anne le poussa à l'intérieur et se hâta de refermer la porte derrière elle. Une seule lampe était allumée dans le living, où les meubles contemporains de cuir noir contrastaient avec les murs de briques nus. Des blocs-notes, des dossiers ouverts de l'affaire *Dietz contre Chipster.com* et un ordinateur portable allumé encombraient la table basse et même le canapé. Anne ne se résignait pas à considérer la maison en territoire ennemi.

Matt non plus apparemment, quoi que lui en ait dit Bennie. En effet, un sourire de bonheur illuminait maintenant son visage tuméfié.

— Anne, c'est toi, c'est bien toi ! Je te vois de mes yeux ! Tu es vivante !

— Ma nouvelle coiffure te plaît ?...

Il l'avait déjà attirée contre lui. Un sentiment d'intense soulagement se répandit en elle comme un flot de sang frais ramène un mourant à la vie. Que c'était bon de s'appuyer sur une solide poitrine d'homme, même si cet homme ne l'avait jamais encore tenue dans ses bras !

— Tu n'es pas morte ! reprit Matt en riant de joie. Je ne peux pas y croire. Maintenant, je ne te lâche plus ! Je te tiens, je te garde !

Anne se serra plus fort contre lui en donnant libre cours à ses émotions. Une larme glissa sur sa joue. Elle n'avait pas pleuré depuis sa douche matinale, qui lui paraissait déjà si lointaine. Le visage enfoui dans la chemise de Matt, elle ne savait pas si elle avait le droit d'être là, mais elle prenait pleinement conscience, en cet instant, d'avoir eu besoin de quelqu'un sur qui se reposer.

— Dis-moi ce qui s'est passé. Non, ne parle pas, c'est moi qui dois parler. J'ai à te dire quelque chose que j'ai amèrement regretté de ne pas t'avoir encore dit quand j'ai appris ta mort...

Il s'écarta un peu, essuya d'un pouce tiède la larme qui coulait sur la joue d'Anne.

— Ne pleure pas, tout va bien. Ce que j'ai à te dire, c'est que... Je t'aime.

Avec un sourire, ses larmes taries, Anne le prit par la nuque, l'attira vers elle et l'embrassa comme elle voulait le faire depuis longtemps. Elle sentit le même élan, le même désir dans le baiser qu'il lui rendit. Lorsque, enfin, ils se séparèrent, il la fit asseoir sur le canapé, prit place près d'elle, repoussa une mèche folle sur son front.

— Dis-moi maintenant ce qui s'est passé, dit-il d'un air soucieux. C'est invraisemblable ! Tu n'es donc pas morte ?

— Non. Et pour commencer, tu ne dois rien dire à personne. C'est le secret le plus mal gardé au monde, et je ne peux pas risquer qu'il revienne aux oreilles de Kevin. Il me croit morte, lui.

— Kevin Satorno, l'individu recherché par la police dont on parle aux infos ? C'est pour cela que tu as changé de coiffure ?

Anne lui fit alors un récit détaillé des événements. Quand elle eut terminé, Matt garda le silence un long moment, l'air effaré.

— Tu as pris un risque énorme en venant ici, dit-il enfin. Pourquoi Bennie t'a-t-elle laissée sortir ?

— Elle ne le sait pas, je suis partie de chez elle pendant qu'elle dormait. Comme tu me poursuivais de tes assiduités depuis un an, je me suis dit que le moment était venu de te dire oui.

Anne ne pouvait s'empêcher d'examiner sa blessure, qui avait l'air sérieuse. Il faudrait sans doute des points de suture – opération dont elle avait acquis, malgré elle, une connaissance approfondie.

— Me diras-tu enfin ce qui t'est arrivé ? demanda-t-elle.

— Je ne peux pas.

— Pourquoi donc ?

— Secret professionnel.

— Une bagarre, secret professionnel ? dit-elle en riant.

— N'en parlons plus, dit Matt avec un geste évasif. Pourquoi la police te croit-elle morte et pourquoi... ?

— Cela veut dire que tu t'es battu avec un client, l'interrompit-elle. C'était Bill Dietz, n'est-ce pas ? C'est lui qui t'a tapé dessus ?

— Il n'en avait pas l'intention.

Anne se rappela les condamnations de tous les Dietz cités dans les fichiers Internet. Pas d'inculpations pour coups et blessures, sauf ce soir sur la personne de son propre avocat.

— Bien sûr. On ne pourrait pas tirer s'il ne l'était pas.

— A-t-il au moins un cran de sûreté ?

Anne se rapprocha de Matt qui fixait le revolver des yeux.

— Qu'est-ce que c'est, un cran de sûreté ? demanda-t-elle en plantant un baiser sur le côté intact de son visage.

— Un dispositif qui empêche les armes de partir toutes seules. Tu ne le savais pas ?

— Si, je plaisantais. Ceci est un revolver, les revolvers n'ont pas de cran de sûreté.

— Donc, il peut partir ?

— Bien sûr que non. Pour faire feu, il faut d'abord armer le chien, viser une personne qu'on n'aime pas et presser la détente.

— C'est possible, mais pointe-le ailleurs. Je ne peux pas me détendre avec cette chose braquée sur nous.

Anne eut pitié de lui. Elle se pencha et tourna le canon du revolver en direction de la chaîne stéréo, à l'autre bout de la pièce.

— Voilà. Tout va bien, sauf s'il lui prend envie de faire un carton sur ton lecteur de DVD. Et maintenant, si tu veux bien m'embrasser comme tu l'as fait tout à l'heure, j'oublierai que tu es un gros poltron.

Avec un sourire qui éclaira la moitié intacte de son visage, Matt l'attira de nouveau vers lui.

— Ça t'a plu ?... Dieu que tu es belle, Anne. Belle à faire peur.

— Pas vraiment, dit Anne en montrant sa cicatrice. Tu trouves ça beau, toi ?

— Et alors ? Tu n'as plus rien à m'envier, voilà tout.

— C'est tout ce que tu trouves à dire ? dit Anne, désarçonnée. J'étais un monstre à ma naissance. Et ma cicatrice est permanente, pas la tienne.

— Ce n'est pas une cicatrice, c'est une cible. Si tu veux mon avis, elle n'est même pas assez visible.

Il lui couvrit la bouche de la sienne, lui donna un baiser lent et plein d'une douceur qui se fit peu à peu exigeante. Elle le lui

161

rendit, heureuse de se laisser emporter loin d'elle-même et de ses craintes, gardant juste assez de lucidité pour ne pas aggraver sa blessure mais, surtout, pour apprendre à le connaître.

Étendue sur le canapé, elle sentait sous elle le froissement des dossiers étalés, elle s'imprégnait de la chaleur du corps de Matt, de son poids qui l'ancrait dans la réalité. Elle n'éprouvait qu'une souveraine indifférence pour la jurisprudence dont elle faisait ainsi litière, littéralement parlant. Et elle n'essayait même pas de jeter un coup d'œil indiscret à l'écran de l'ordinateur allumé à côté d'elle.

Certains doivent choisir entre faire l'amour ou la guerre, telle fut sa dernière pensée consciente. Seuls les avocats peuvent faire les deux.

Les trottoirs étaient déserts à l'aube de ce dimanche matin. Il n'y avait dans les rues que les quelques camionnettes allant livrer la glace, les tentes ou les tables des festivités de la journée. Heureuse, son énergie retrouvée après avoir fait l'amour avec un homme qui l'aimait, Anne marchait d'un pas allègre dans les rues de la vieille ville. Elle ne savait pas encore si elle était amoureuse, mais elle se sentait au bord de cette pente, la plus glissante de toutes.

Une main sur son sac pour empêcher le revolver d'en jaillir malencontreusement, elle pressa le pas. Si elle n'était pas un modèle de prudence avec les armes à feu, elle ne portait pas non plus de sous-vêtements, faute d'avoir eu le temps de les chercher sous les meubles de Matt avant de partir. Elle avait quitté Matt de très bonne heure afin d'être de retour chez Bennie avant qu'elle ne s'inquiète de son absence et, surtout, avant qu'elle ne découvre que sa plus jeune collaboratrice pactisait avec l'ennemi. Ce matin-là, Anne devait couvrir ses arrières. Au propre comme au figuré.

Son allure rapide commençait à la faire transpirer à grosses gouttes. À Philadelphie, on dit toujours : « Ce n'est pas tant la chaleur, c'est l'humidité. » Ce matin-là, comme presque tous les autres, Anne n'était pas d'accord : il faisait chaud. Il faisait

162

même lourd. En repoussant sur le haut de son nez ses lunettes noires qui glissaient, elle termina le trajet au pas de course et ne ralentit qu'en arrivant dans la rue où elle s'était garée au petit matin.

Elle reconnut au passage un monospace bleu, une Mercedes blanche, une camionnette Ford. Mais celle-ci était la dernière de la rangée. Anne s'arrêta. Où était sa voiture ? Aucune Mustang rouge en vue, ni aucun des véhicules garés à touche-touche lorsqu'elle avait stationné à cet endroit quelques heures plus tôt. Étaient-ils tous déjà partis ? S'était-elle trompée de rue ? Elle leva les yeux vers la plaque la plus proche et reconnut le nom de la rue. Une voiture volée, passe encore. Mais dix ? Que signifiait ce mystère ?

Un panneau lui sauta alors aux yeux, qu'elle n'avait pas vu la nuit dans sa hâte d'arriver chez Matt :

STATIONNEMENT INTERDIT – ENLÈVEMENT IMMÉDIAT

17

Le mode ALÉATOIRE a encore frappé, fulmina Anne, furieuse contre elle-même. Son étourderie, son imprévoyance et, en plus, son absence de petite culotte étaient inexcusables ! Que faire ? Retourner chez Matt, lui demander de la raccompagner chez Bennie ? Non, pas question de lui révéler sa stupidité ! Elle comprenait maintenant ce qu'il avait voulu dire par : « … la première fois, je ne devrais te parler que de mes qualités. »

Anne se décida à partir à pied en espérant trouver tôt ou tard un taxi. Sinon, le trajet jusqu'à l'autre bout de la ville représentait une bonne heure de marche, mais elle n'avait pas le choix.

Tout en marchant, elle fit l'inventaire de la situation. La Mustang était louée, et elle avait toujours son téléphone portable et la copie du vieux Smith & Wesson de Bennie. Que demander de mieux ? Même si le ciel gris de l'aube commençait à virer au bleu pastel, elle ne courait pas un grand risque : Kevin devait plus que jamais se cacher pour échapper à la police. Restait le problème le plus sérieux : elle n'arriverait jamais chez Bennie assez tôt pour que son absence passe inaperçue. Anne eut beau se creuser la tête pour inventer un mensonge crédible, elle n'en trouva aucun, ce qui l'inquiéta. Faire l'amour avait-il amoindri ses capacités intellectuelles ? Désarmée, elle n'aurait d'autre ressource que celle de dire la vérité. Avouer à sa honte que non seulement elle s'était rendue coupable de haute trahison, mais, bien pire, qu'elle avait été aveuglée par la luxure au point de ne même pas voir un panneau d'interdiction de stationner.

Elle prit son téléphone et composa le numéro de Bennie.

— C'est moi, annonça-t-elle quand la communication s'établit.

— Murphy ? s'étonna Bennie, encore endormie. Pourquoi me téléphonez-vous? Vous n'êtes pas au lit dans votre chambre ?

Sans cesser de chercher à repérer un taxi, Anne louvoyait entre les gobelets en carton, les emballages de hamburgers et autres détritus qui jonchaient le trottoir.

— Pas précisément, admit-elle. Je suis vraiment désolée, j'espérais être de retour assez tôt. Je vous appelle simplement pour que vous ne vous inquiétiez pas.

— Que je ne m'inquiète pas de quoi ? Où êtes-vous ?

Un éternuement sonore attisa les remords d'Anne. Ce n'était pas en trompant sa confiance qu'elle aurait dû remercier Bennie de ses bontés. Comment s'étonner qu'elle ait toujours eu tant de mal à dire la vérité ? C'était trop dur...

— À vos souhaits. Je suis sincèrement désolée, j'arrive le plus vite possible. J'étais chez Matt la nuit dernière, poursuivit-elle en déglutissant avec peine. Je serai de retour d'ici une heure, à moins que je ne réussisse à trouver un ta...

— Vous avez dit Matt ? Matt Booker ? Pourquoi ? Vous êtes allée le voir pour négocier un compromis ?

— Euh... pas vraiment, répondit Anne en se sentant rougir, mais peut-être était-ce à cause de la chaleur. J'ai passé la nuit chez lui. Je crois que je vais, euh... sortir avec lui, Bennie.

— Vous couchez avec Matt Booker ? rugit Bennie. Depuis combien de temps ça dure ?

— Cette nuit seulement. Écoutez, vous ne me croirez peut-être pas, mais nos rapports sont strictement personnels. Ils n'ont rien à voir avec nos activités professionnelles.

Devait-elle parler à Bennie des blessures de Matt ? Trahirait-elle Matt si elle le faisait, ou Bennie en se taisant ? Et

Gil, quelle attitude adopter envers lui, maintenant ? En vérité, il existait des centaines d'excellentes raisons de ne pas faire l'amour avec l'avocat de la partie adverse…

— Vos rapports avec Matt Booker, *personnels* ? Êtes-vous devenue complètement folle ?

— Je n'aurais pas dû, je sais.

— Il défend votre adversaire !

— J'ai été faible, j'ai eu tort.

— Dieu tout-puissant, je n'aurais pas dû oublier que vous n'êtes qu'une gamine ! hurla Bennie avant de se dominer. Bon, nous en reparlerons quand nous nous reverrons. Mais il y a d'autres mauvaises nouvelles. Je regarde en ce moment par la fenêtre et je vois que la presse s'est installée devant chez moi en attendant que je sorte.

— Il n'y avait personne la nuit dernière.

— Parce que les journalistes dorment la nuit, comme vous auriez dû le faire vous-même. C'est bien simple, vous ne pouvez pas revenir ici sans qu'ils vous reconnaissent, vous ou votre voiture.

Pour la voiture, pas de problème.

— Rejoignez-moi au bureau, reprit Bennie avec sévérité. Passez par la porte de derrière. Nous devons nous préparer pour le service funèbre, il aura lieu à midi comme vous le savez. Ce serait bien que vous y veniez, ajouta-t-elle avec sarcasme. Vous êtes l'invitée d'honneur, après tout.

— Je sais. Excusez-moi.

— Bon, allez au bureau. Et soyez prudente.

— Ne vous inquiétez pas.

Bennie lâcha un grognement de fureur avant de raccrocher. Anne remit le téléphone dans son sac. Au coin d'une rue, elle chercha des yeux un taxi, mais il n'y en avait toujours aucun en vue. De là où elle était, il lui faudrait moins d'une heure pour arriver au bureau. Elle se remit donc à marcher et prit au passage un journal gratuit dans un distributeur. C'était le dernier numéro de *City Beat*, celui dont elle avait entendu parler. AVIS DE RECHERCHE, proclamait la manchette au-dessus d'une photo anthropométrique de Kevin. Anne s'en félicita. Tout le monde devait désormais être sur le qui-vive.

Elle parcourut l'article en marchant. Il se bornait à résumer ses mésaventures avec Kevin et à mentionner le témoignage de Mme Brown. L'article était signé Angus Connolly. Le journaliste au chapeau australien avait donc eu son scoop. Anne lui souhaita bonne chance et jeta le journal dans la poubelle la plus proche.

Elle suait à grosses gouttes quand elle arriva près du bureau et contourna la horde des journalistes, cameramen et photographes massés devant l'immeuble. Elle se glissa dans l'entrée de service, évita les yeux baladeurs de Herb, s'engouffra dans l'ascenseur et traversa en hâte le hall de réception désert pour se rendre directement dans le bureau de Bennie.

Assises en face de Bennie, Mary et Judy se penchaient sur quelque chose qu'Anne ne voyait pas. Au salut embarrassé qu'elle lança du pas de la porte, leurs trois têtes se tournèrent vers elle. Mary et Judy lui sourirent, mais Bennie lui décocha un regard chargé d'une exaspération mêlée à une angoisse qu'elle ne cherchait pas à dissimuler.

— Je regrette sincèrement de vous avoir inquiétée, Bennie, se hâta de lui dire Anne.

Elle avait eu le temps de réfléchir à sa conduite, de s'avouer qu'elle avait été idiote, et d'en tirer la conclusion que Matt avait beau posséder toutes les qualités, elle n'était pas faite pour lui. Pas encore, du moins. Mardi, elle devait l'affronter au tribunal, et un homme n'apportait pas toutes les réponses à tous les problèmes. Elle se sentait un peu comme une alcoolique sujette à une rechute.

— Nous en parlerons à un autre moment, répliqua Bennie. Dans l'immédiat, nous avons du travail devant nous. J'accepterai peut-être vos excuses dans un avenir qui reste à déterminer. Pour le moment, je me contente d'en prendre note.

Sa tenue de deuil, tailleur noir, chemisier blanc et chaussures noires, lui donnait l'air encore plus sévère qu'à l'accoutumée.

167

— Tu t'es bien amusée, au moins ? demanda Judy avec un sourire ironique.

Elle était également en noir de la tête aux pieds.

— Arrête, Judy ! intervint Mary. Je trouve Matt très séduisant, moi aussi, et tu mérites d'être heureuse, après tout ce que tu as subi, dit-elle à Anne. Je suis sûre que tu ne lui as pas parlé du procès.

Dans sa simple robe noire, Mary avait l'air d'une sœur de charité.

— Merci, lui dit Anne.

— Au fait, déclara Bennie qui ne souriait toujours pas, je voudrais bien reprendre mon revolver.

— Bien sûr, excusez-moi.

En voyant Anne sortir l'arme de son sac, Mary pâlit.

— C'est un vrai… un vrai revolver ?

— Il est chargé ? s'exclama Judy en se levant d'un bond.

— Non, répondirent Anne et Bennie en chœur.

Anne rendit l'arme à Bennie. Le regard qu'elles échangèrent scella une trêve temporaire, et Bennie mit le revolver dans un tiroir de son bureau, qu'elle ferma à clef.

— Voilà, plus d'arme. Tout le monde garde son calme.

— Je ne savais pas que vous aviez une arme, dit Judy.

— Maintenant, vous savez tout.

— Au fait, comment va Mel ? demanda Anne.

— Il n'a pas arrêté de miauler pour vous demander. J'aurais voulu le tuer à coups de revolver, mais quelqu'un me l'avait volé. Assez plaisanté, poursuivit-elle en ouvrant un bloc devant elle. Nous avons toutes nos tâches à accomplir, d'accord ? Carrier, vous surveillerez les fleuristes. Vous avez la liste du personnel du traiteur ?

— Oui, des femmes pour la plupart. Ça ira de ce côté-là.

— Assurez-vous quand même que tout le personnel figure sur la liste et vérifiez chaque personne une par une.

— D'accord.

— DiNunzio, vous vous chargez de la presse, c'est un gros travail. Satorno peut venir en se cachant derrière une caméra ou un appareil photo. Aucun reporter ne sera admis à l'intérieur, ce serait trop risqué.

— Vu, approuva Mary. Je vérifierai toutes les cartes de presse au-dehors et je préviens la police si je le détecte, mais sans l'alerter.

— Bien. Murphy, vous vous occuperez de l'installation avant le service. Vous jouerez le rôle de la cousine affligée venue de Californie que vous avez déjà tenu au téléphone pour organiser cette cérémonie. Et si votre mère venait ? Y avez-vous pensé ?

— Elle ne viendra pas. Mais si, par extraordinaire, elle se manifestait, je ferai comme si je ne la voyais pas.

— Vous en êtes capable ? s'enquit Bennie d'un air sceptique.

— Pas de problème, j'ai des années d'expérience.

— Mais elle vous reconnaîtra !

— Non, pas avec ma nouvelle coiffure. De toute façon, elle ne m'a pas revue depuis des années.

Judy et Mary échangèrent un regard complice.

— Personne, pas même ta mère, ne te reconnaîtra avec le déguisement que nous t'avons choisi, dit Mary.

Elle se pencha sur un grand sac posé par terre, celui qu'elles inventoriaient quand Anne était entrée.

— Qu'est-ce que c'est ? demanda-t-elle en s'approchant.

Judy lui prit le bras pour l'arrêter et la faire asseoir.

— Hier soir, l'informa Mary, nous t'avons acheté ta tenue de deuil. Tous les magasins étaient ouverts, il y avait des soldes partout. Regarde ces chaussures ! Elles ne sont pas adorables ?

Elle sortit du sac une paire d'escarpins noirs avec le geste d'un magicien tirant un lapin de son chapeau.

— Si, tout à fait, répondit automatiquement Anne qui aurait voulu pousser un cri d'horreur.

— Vas-y, essaie-les, l'encouragea Mary. J'en porte tout le temps, elles sont confortables comme tout et pratiquement inusables. Je crois que nous avons à peu près la même pointure. Elles te vont ?

Anne chaussa les escarpins. Pratiquement sans talons et faits d'une matière caoutchouteuse, ils lui allaient mieux que la pantoufle de Cendrillon et étaient cent fois plus confortables que des mules. Pour la première fois depuis des années, elle pouvait y remuer librement ses orteils.

— Sensationnel, déclara-t-elle. Avec ça aux pieds, je pourrai attraper à la course le tueur le plus coriace.

— Nous t'avons aussi trouvé une robe. C'est Judy qui l'a choisie.

— Elle est très cool, tu verras, dit Judy d'un air satisfait.

Mary extirpa du sac une robe qui, à part la couleur noire requise, n'avait rien de conventionnel. Elle avait un col montant, une taille en V plongeante et le tissu crissait comme du tulle. Au-delà du mauvais goût, c'était un véritable déguisement de Halloween.

— C'est assez spectaculaire, commenta Mary avec tact. Mais Judy a pensé qu'elle te plairait, surtout parce qu'elle te rend méconnaissable.

— Un modèle unique, déclara Judy fièrement. Enfile-la pour voir si elle te va. C'est plus qu'une robe, c'est une œuvre d'art mettable.

— J'ai toujours aimé les œuvres d'art, dit Anne en retenant de justesse un nouveau cri d'horreur.

Elle fit passer la robe par-dessus ses vêtements. Elle lui allait jusqu'à la ceinture, mais la jupe tombait à terre.

— Il va falloir raccourcir l'ourlet à l'agrafeuse, mais à part ça elle est parfaite, merci, dit-elle poliment.

Bennie elle-même arborait un sourire épanoui.

— Vous n'avez pas encore vu le meilleur. La pièce essentielle.

Effrayée, Anne se tourna vers Mary qui exhibait une capeline de paille noire, plus large que les parasols de plage de modèle familial. Anne la mit sur sa tête, lui donna une inclinaison coquine et pivota sur elle-même comme un mannequin. Les sourires approbateurs de Bennie, Judy et Mary illuminèrent la pièce. Mary alla jusqu'à applaudir.

— Renversant ! commenta Judy. Oh ! Attends, j'allais oublier. Tu ne peux pas y aller sans ça.

Elle sortit de sa poche une paire de longues boucles d'oreilles en perles de verre rouges, bleues et noires de formes irrégulières, qui lancèrent des éclairs dans un rayon de soleil.

— Elles sont superbes ! s'exclama Anne. Je n'en ai jamais vu nulle part de pareilles et, pourtant, je croyais être allée dans toutes les boutiques. Où les as-tu trouvées ?

— Je les ai faites exprès pour toi, répondit Judy avec un sourire timide. Bienvenue à Philadelphie, Anne.

Touchée, Anne mit les boucles à ses oreilles. Ces trois femmes étaient si généreuses envers elle, chacune à sa manière ! Elles faisaient de leur mieux pour l'aider, elles paraissaient se soucier sincèrement d'elle. Anne sentit sa gorge se nouer au point de ne pas pouvoir parler. Elle obéit donc à son instinct et se jeta dans leurs bras, ce qui fit tomber son chapeau.

— Merci. Oh, merci ! parvint-elle à dire d'une voix enrouée. Vous êtes formidables.

Des trois, c'est Mary qui la serra le plus fort. Judy s'y attendait tellement peu qu'elle en rit de surprise. Quant à Bennie, elle lui tapota le dos avec affection en lui chuchotant à l'oreille :

— Tout ira bien, mon chou. Vous verrez.

Jamais Anne n'avait été l'objet de telles marques d'affection. Elle eut du mal à retenir ses larmes.

— Allez, les filles ! déclara Bennie d'un ton qui rompit le charme. C'est le moment de nous préparer au spectacle !

Elles passèrent aussitôt à l'action. Seule, Anne parut hésiter.

— Bennie, dit-elle d'un air contrit, est-ce que ce serait aussi le moment de vous avouer ce qu'est devenue la Mustang ?

18

Le Chestnut Club occupait l'une des plus vénérables demeures victoriennes de Philadelphie. On y admirait un vaste hall lambrissé, un escalier d'acajou à double volée et, sur le palier, un vitrail représentant William Penn négociant l'achat de leurs terres aux Indiens – qui ne bénéficiaient des conseils d'aucun avocat.

Les nerfs tendus, Anne consulta sa montre. Il était onze heures trente, le service débuterait dans une demi-heure, les gens arrivaient peu à peu. La foule était maigre et Anne s'y attendait, moins à cause des congés ou de la brièveté du préavis que du fait que personne au monde ne se souciait d'elle jusqu'à ces vingt dernières minutes. Maquillée avec soin, les yeux dissimulés par ses lunettes noires et le visage par les bords de son chapeau parasol, elle allait et venait dans le hall. Personne ne pouvait voir ses traits, encore moins la reconnaître, mais elle était capable d'observer à travers les mailles de la paille tressée.

Elle reconnut deux de ses clients dans des affaires de droit commercial ainsi qu'une bénévole rencontrée au cours d'une réunion au profit de la Bibliothèque pour tous. Le personnel de Rosato & Associées était venu au complet. Anne aurait voulu les mettre dans le secret, mais Bennie y avait opposé un veto catégorique. Quant à Kevin, il n'était nulle part en vue, jusqu'à présent du moins.

Anne alla à l'entrée regarder au-dehors. La presse envahissait la rue, grossie par les badauds et les vacanciers. Les photographes brandissaient leurs appareils au-dessus de leurs têtes et mitraillaient à tout va pendant que les commentateurs de la télévision parlaient devant des caméras. Mal contenue par de rares barrières et de trop peu nombreux policiers en tenue, la foule se répandait sur la chaussée. Toujours aucun signe de Kevin.

Anne reconnut les quatre gorilles engagés par Bennie. Se mêlant à la foule, ils étaient habillés en costumes cravates, mais leurs biceps imposants et leurs regards méfiants les trahissaient. Elle repéra aussi le chapeau australien d'Angus Connolly et vit Mary aller des uns aux autres, vérifier les cartes de presse et observer les visages.

Le contact d'une main sur son épaule la fit sursauter. Ce n'était que Bennie.

— Détendez-vous, Murphy. Tout va bien. Vous feriez mieux de rentrer vous asseoir.

Anne acquiesçait d'un signe de tête quand elle repéra Matt, en complet noir, qui s'extirpait d'un groupe de journalistes pour gravir le perron. Son œil avait désenflé, sa joue paraissait cicatrisée, mais le premier mouvement de joie qu'éprouva Anne se mua presque aussitôt en indignation. Matt n'était pas seul : Bill et Beth Dietz le suivaient, tous deux en noir de la tête aux pieds. Anne n'en croyait pas ses yeux. Pourquoi diable Matt avait-il amené ces gens ?

— Vous avez vu ? souffla-t-elle à Bennie qui, à l'évidence, avait remarqué et exprimait sa réprobation par un regard glacial.

— Il est temps de rentrer, dit-elle en prenant le bras d'Anne. Allez-y, je dois faire acte de présence.

Anne traversait le hall quand Matt, suivi des Dietz, la croisa à la frôler sans la reconnaître. Pourquoi s'en était-il encombré ? Pour les exhiber devant la presse ? Il aurait dû savoir qu'elle le prendrait mal de toute façon.

Anne avançait la tête basse quand un homme la rattrapa et marcha du même pas à côté d'elle en la regardant fixement.

Du coin de l'œil, elle reconnut Gil Martin et se retint de sursauter. Si elle se forçait à ne plus penser à lui depuis la veille,
elle ne pouvait plus reculer. Peut-être était-il venu dans le seul
but de lui signifier qu'il lui retirait le dossier. Elle essaya de le
deviner à son expression mais, en costume sombre et cravate
Hermès, il était digne et indéchiffrable.

— Si c'est bien toi sous ce chapeau, il faut que nous parlions,
murmura-t-il.

— Tout de suite ?

— Oui. Jamie est déjà dans la grande salle où doit se dérou-
ler le service. Nous n'avons qu'une minute devant nous.

Anne le guida vers le fumoir, au-delà du départ de l'escalier.
La pièce étant à l'écart des salons de réception, personne n'y
viendrait. Comme elle l'espérait, le fumoir était désert. Elle s'y
glissa avec Gil et referma la porte derrière elle.

— Écoute, Gil, tu dois me laisser…

— Stop ! l'interrompit-il. Inutile de m'en convaincre. J'ai
réfléchi à ce que tu m'as dit au sujet de l'affaire et de l'impact
sur les médias. J'ai parié sur toi, je te garde.

— Oh ! Merci. C'est merveilleux !

Anne lui en fut tellement reconnaissante qu'elle se jeta dans
ses bras malgré le diamètre de son chapeau. C'est à ce moment
précis que la porte du fumoir s'ouvrit. Ils se retournèrent et
découvrirent sur le seuil Jamie en tailleur Chanel noir, frémis-
sante de rage.

— Ici aussi, Gil ? Tu es incapable de la laisser dans ton pantalon à un service funèbre ? Même en sachant que je suis dans
la pièce à côté ? Qui c'est, celle-là ? Non, inutile de me le dire,
je m'en moque ! Pourtant, Gil, tu m'avais promis ! Nous
avions conclu un marché !

Rouge, les traits contractés par la fureur et l'humiliation,
Jamie s'en alla en claquant la porte derrière elle.

Effarée, Anne recula en essayant de comprendre ce qui
venait de se produire. Elle avait toujours cru que Gil et Jamie
formaient un couple uni et sans histoire.

— De quoi parlait-elle, Gil ? Quel marché avez-vous conclu ?

— Je n'en ai aucune idée, répondit-il, aussi désinvolte que s'il ne s'était rien passé. Jamie s'imagine que je la trompe tout le temps, ce qui n'est manifestement pas le cas. Étions-nous en train de la tromper, toi et moi ? Non, bien sûr. Elle devient folle.

Anne avait été draguée par de trop nombreux hommes mariés pour le croire. Gil l'avait-il sciemment leurrée ? Matt avait-il raison, était-ce Gil qui mentait et non Beth Dietz ?

— Épargne-moi tes protestations, dit-elle sèchement. Beth dit-elle la vérité ? L'as-tu forcée à coucher avec toi ?

— Je t'en prie ! répliqua Gil, le regard froid. Je n'ai jamais forcé personne à coucher avec moi. Je n'ai pas besoin de ça.

— Donc, tu as bel et bien couché avec elle ?

— Oui, bon, d'accord. Mais puisque tu es mon avocate, tu es tenue par le secret professionnel, n'est-ce pas ?

— Dis-moi la vérité, Gil ! cria Anne, furieuse.

— Chut ! Pas de scène s'il te plaît. La belle affaire ! Oui, Beth et moi avons eu une aventure qui a duré quelques mois. Mais je ne l'ai pas forcée à baiser pour garder son job, crois-moi. Elle ne demandait pas mieux. Elle hait son mari, c'est une brute et un imbécile.

Anne recula, stupéfaite. C'était donc vrai ? Ils avaient eu une liaison, et Beth était consentante ? Son mari était une brute et un imbécile, soit, mais Anne avait du mal à digérer cette révélation tandis que Gil paraissait tout à fait maître de lui.

— Ce procès est sans fondement, Anne. Beth me poursuit parce que j'ai rompu et qu'elle veut se venger. Ça ne change rien à ma défense. Mes arguments sont toujours aussi valables.

— Ça change tout, au contraire ! Je t'ai demandé plus d'une fois si oui ou non tu couchais avec Beth, l'as-tu oublié ? Et tu m'as menti ! Tu me répondais que ma question était blessante ! Tu me faisais honte d'oser te la poser !

Anne s'en voulait d'avoir été naïve à ce point. Elle avait cru Gil parce qu'elle voulait le croire. Plus que son client, il était son ami.

— Je ne souhaitais pas que tu sois au courant de cette aventure. C'était gênant et j'avais peur que tu en parles à Jamie. Mais je te répète que ça ne change rien au cours du procès. Je n'ai jamais forcé Beth à coucher avec moi.

— De quel marché entre vous parlait Jamie ?

— Nous étions convenus qu'elle resterait à mes côtés jusqu'à la fin du procès et de l'introduction en Bourse, car il fallait que je sois irréprochable. De plus, si elle attend l'introduction en Bourse avant de demander le divorce, elle récoltera dix millions de dollars. Si elle le demande maintenant, elle n'aura pas un sou. Que choisirais-tu à sa place ? Elle mentira au procès si nous le lui demandons.

Anne était en plein désarroi. Elle ignorait tout du Gil qu'elle découvrait. Comment avait-elle pu être aveugle à ce point ?

— Mais nous ne voulons surtout pas qu'elle mente ! Sous aucun prétexte je ne lui ferai faire un faux témoignage ! Et je ne te ferai pas témoigner non plus ! D'ailleurs, je ne veux plus me charger de ta défense. Cherche-toi un autre avocat.

— N'en fais pas un drame, voyons !

Le ton apaisant de Gil la dégoûta. Elle était incapable d'accepter ces révélations. Elle croyait avoir décroché l'affaire de sa carrière, elle s'apercevait qu'elle défendait un menteur et un coureur ! De toute façon, elle n'avait ni le temps ni le courage d'affronter des réflexions aussi perturbantes. Le service allait débuter d'une minute à l'autre, et Kevin était peut-être déjà là.

Anne pivota sur elle-même – en se félicitant de la manière spectaculaire dont sa jupe tourbillonnait – et sortit sans ajouter un mot. Elle traversa le hall d'un pas rapide et entra dans la grande salle, lambrissée elle aussi, où les chaises étaient alignées de chaque côté d'une allée centrale. Seuls les trois premiers rangs étaient occupés. Anne s'assit tout au fond pour mieux voir et s'efforça de remettre de l'ordre dans ses pensées. C'était sa dernière chance de repérer Kevin et de le coincer. Il était midi moins cinq, le service était sur le point de commencer.

Aucune tête, aucune paire d'épaules devant elle ne correspondait à celles de Kevin. Où était-il ? Viendrait-il ?

Debout face au public, Judy et Bennie se parlaient à voix basse lorsque Mary les rejoignit. Matt était assis du côté droit, avec les Dietz. Deux rangs derrière eux, Gil courbait la tête comme un homme tourmenté par sa conscience. L'inspecteur Rafferty et son partenaire étaient assis au même rang. Les derniers retardataires prirent place, le silence se fit peu à peu. Anne se força à oublier que sa mère ne s'était pas donné la peine de se déranger, que son amant d'une nuit la trahissait déjà, que son client lui avait menti sans vergogne et que son tueur psychotique était encore en liberté.

Un livreur de fleurs apparut à la porte. Judy se précipita, vérifia son identité et lui fit signe d'aller les déposer à côté des quelques gerbes déjà arrivées, pour la plupart des lis et des roses blanches, envoyées par des clients, des cabinets juridiques et même par le club de gym. Aucune, toutefois, ne venait d'amis ou de proches puisque Anne n'en avait pas. Le fait que, dans l'assistance, personne ne pleurait ni ne semblait particulièrement affligé le démontrait trop bien.

Anne éprouvait le même sentiment de vide que dans la maison de Willa, devant ses dessins au crayon d'où toute couleur était bannie. Elle ne voulait pas suivre, comme Willa, la voie d'une vie solitaire et repliée sur elle-même où elle s'engageait déjà. Elle décida de laisser sa mort transformer son existence. Mais il fallait d'abord en éliminer Kevin une fois pour toutes.

Bennie s'avança derrière le pupitre, ajusta le micro.

— Bonjour à tous, commença-t-elle. Je vous remercie du fond du cœur d'être venus. Nous honorons aujourd'hui Anne Murphy, une jeune femme qui m'inspire une profonde admiration. Je l'avais engagée l'année dernière dans mon cabinet parce que son intelligence, son ardeur au travail et sa formation juridique m'avaient frappée. Mais, pour avouer la vérité, je n'ai guère pris le temps de me rapprocher d'elle et de mieux la connaître au cours de l'année écoulée. Si l'une de nous y a perdu, ce n'est pas elle, c'est moi.

Anne écoutait, la bouche sèche. Ce n'était pas du tout le genre de texte dont elles avaient discuté au bureau. Ne voulant pas mentir en public, Bennie avait décidé de rester impersonnelle dans son « éloge funèbre ». Un pas derrière elle, Mary et Judy échangeaient des regards déconcertés et, aux premiers rangs de l'assistance, les membres du personnel de Rosato & Associées se chuchotaient à l'oreille.

— Mais j'ai eu récemment la chance, poursuivit Bennie, de découvrir la vraie personnalité d'Anne Murphy et de l'aimer. Sa hardiesse, son courage, son obstination et je dirai même sa témérité…

Elle fut interrompue par un jeune homme au troisième rang qui se dressa soudain en criant :

— Judy Carrier ! Oui, vous ! *City Beat* veut la vérité !

Bennie en resta bouche bée de stupeur, Judy recula d'un pas, effarée par cet esclandre. Anne n'y comprenait rien. Qui était ce pitre ? Était-ce une mauvaise plaisanterie ? L'assistance se tourna vers le jeune homme qui continuait à vociférer :

— Judy Carrier, pourquoi étiez-vous dans la voiture d'Anne Murphy le lendemain de son assassinat ? Quelles explications pouvez-vous fournir ? *City Beat* exige la vérité !

L'énergumène bondit de son siège et, avant que quiconque ait pu intervenir, se précipita vers Judy en brandissant un minuscule appareil photo numérique.

City Beat ? C'était le journal gratuit qu'Anne avait lu en sortant de chez Matt. Celui où était censé travailler l'apprenti journaliste au chapeau australien, Angus Connolly. Mais celui-ci n'était pas Angus Connolly. Pourquoi prenait-il Judy à partie ? Horrifiée, Anne se leva pendant qu'il s'approchait de Judy en prenant des photos.

L'inspecteur Rafferty et son acolyte se ruaient sur le reporter quand un deuxième trublion se leva de l'autre côté de la salle :

— Judy Carrier ! Qu'avez-vous à répondre à nos accusations ? Que faisiez-vous dans la voiture d'Anne Murphy ? C'est vous qui avez tué Anne Murphy ! *City Beat* en a la preuve !

Quelle preuve ? Ahurie, Anne en resta bouche bée. Reculant devant l'assaut, Judy trébucha et s'étala dans les fleurs pendant que Gil détalait avec les Dietz et que Matt et Bennie essayaient d'intercepter le deuxième reporter, qui se ruait vers Judy en brandissant un papier.

—Judy Carrier ! Vous avez tué Anne Murphy, nous en avons la preuve ! braillait-il. Nous avons mené notre enquête ! Avouez ! poursuivit-il alors même que Bennie, Matt et deux autres personnes réussissaient à le plaquer à terre. Vous conduisiez sa voiture le lendemain du jour où vous l'avez tuée, nous en avons la preuve !

Anne était paralysée de stupeur. Ces deux olibrius croyaient-ils réellement que Judy l'avait assassinée ?

— Avouez votre crime, Judy Carrier ! reprit l'autre en écho. Vous n'avez pas le droit de me brutaliser ! ajouta-t-il aux deux inspecteurs qui l'immobilisaient à son tour. Nous sommes journalistes, vous violez nos droits constitutionnels !

En une seconde, ce fut le chaos. Les assistants quittaient leurs places avec tant de hâte qu'ils renversaient les chaises. Anne fut entraînée malgré elle par ce tourbillon de fuyards au moment même où une sorte d'éclair rouge attirait son regard près de la porte. Une douzaine de roses rouges que tenait un livreur dont le visage était visible au-dessus de la gerbe. Mais il avait eu beau teindre ses cheveux en noir, Anne reconnut sans hésiter ses yeux, son nez et sa bouche.

Kevin.

—Arrêtez-le ! hurla Anne pour se faire entendre dans le vacarme. Arrêtez cet homme !

Elle criait encore que Kevin s'était volatilisé.

Anne parvint à se dégager et à se lancer à sa poursuite. Elle ne voulait pas le perdre une fois de plus, mais elle était gênée par la bousculade et une escouade de policiers qui arrivait du hall et bloquait la porte en voulant entrer dans la salle.

—J'ai besoin de vous ! dit-elle en agrippant la manche d'un agent. Venez, je vous en prie !

Le policier l'avait déjà dépassée et se précipitait vers le journaliste auquel les inspecteurs venaient de passer les menottes.

Se débattant de son mieux, Anne trouva enfin la voie libre et courut dans le hall en s'efforçant de regarder par-dessus la tête des gens, mais elle ne revit Kevin nulle part. Elle avait envie de pleurer de rage, de hurler. Quelqu'un la bouscula avec violence, elle se sentit partir en arrière, se raccrocha au sac d'une femme qui la repoussa sans ménagement et elle tomba sur la moquette, au risque d'être piétinée. La tête protégée par ses mains, elle essaya de rouler sur elle-même à l'écart de la horde de fuyards.

La moquette était jonchée de pétales de roses rouges. Les pétales des roses que Kevin avait jetées en prenant la fuite. Un talon évita de justesse son oreille. Elle l'esquiva et vit alors un vase de verre vide qui roulait entre ses pieds. Et juste à côté, un bristol blanc.

La carte de Kevin.

Anne rampa, sans la quitter des yeux, en évitant de son mieux les pieds menaçants. La carte était encore épinglée à la tige d'une rose. Si elle ne la récupérait pas, elle serait piétinée comme le reste, déchirée, illisible. Elle n'en était plus qu'à quelques centimètres. Elle tendit la main. Un talon lui écrasa l'index.

Dans un cri de douleur, elle fit un dernier effort.

19

Le bureau des interrogatoires à la Rotonde – surnom du QG de la police de Philadelphie – était aussi bondé qu'une cabine de paquebot dans un film des Marx Brothers, mais infiniment moins amusant. L'inspecteur Rafferty était debout, adossé au mur, en chemise et la cravate de travers à la suite de l'échauffourée du Chestnut Club. Assis à côté de lui devant une machine à écrire hors d'âge, son acolyte tapait laborieusement avec deux doigts. À part quelques chaises de fer, dont une scellée au plancher, il n'y avait aucun autre meuble dans la pièce exiguë sans fenêtre, aux murs peints d'un vert maladif taché et éraillé, dont l'atmosphère empestait la fumée de cigare refroidie. Judy et Mary étaient debout devant une glace sans tain couverte de taches graisseuses, et Bennie à côté d'Anne afin de l'assister.

— Non, je ne suis pas morte, répéta Anne.

Cela paraissait évident – mais l'était-ce réellement ? Il y avait de quoi se poser la question. Un œuf de pigeon, aussi imposant que celui de Matt la veille au soir, ornait son front ; elle avait les côtes endolories par les coups de pied reçus sur la moquette. Il manquait deux boutons à sa « robe œuvre d'art » dont l'ourlet dégrafé tombait pitoyablement. Mais elle n'avait pas perdu ses boucles d'oreilles ni l'objet précieux glissé dans son soutien-gorge.

— Le corps à la morgue est donc celui de Willa Hansen ? demanda l'inspecteur.

— Oui.

— Elle n'a pas de famille ?

— Aucune à notre connaissance.

— Et la vôtre ? Vous ne voulez pas faire savoir à vos proches que vous n'êtes pas morte ?

— Je n'ai pas vu ma mère depuis plus de dix ans et je n'ai jamais connu mon père.

L'inspecteur Rafferty se frotta le menton, où poussait une ombre de barbe bien qu'il ne soit que trois heures de l'après-midi.

— Bien. Nous nous en serions rendu compte mercredi en recevant le rapport d'autopsie. Des erreurs d'identification peuvent se produire, mais nos procédures permettent de les corriger rapidement. Ce sont les congés du week-end qui nous ont handicapés. Pourquoi avoir prétendu être morte ?

Anne allait répondre quand Bennie lui coupa la parole :

— Je lui conseille de ne pas répondre, inspecteur.

— Pourquoi donc ?

— Parce que je suis une bonne avocate. Mlle Murphy a accepté de vous parler parce que vous étiez sur le point d'interroger Judy Carrier au sujet de son meurtre. Nous savons tous désormais que Mlle Murphy est vivante et que Kevin Satorno s'est trompé de cible en prenant Willa Hansen pour Mlle Murphy. Satorno est donc bien l'assassin que vous recherchez, inspecteur. Trouvez-le.

— J'ai quand même quelques questions à poser à Mlle Murphy, qui nous a volontairement trompés et a commis de ce fait un délit qui tombe sous le coup de la loi. Ainsi, ajouterai-je, que vous-même et les deux autres dames ici présentes.

Bennie ne cilla pas.

— Vous extrapolez, inspecteur, mais je n'ai pas le temps de vous faire un cours de droit. Ma cliente répondra volontiers aux questions que vous lui poserez, quand je le lui permettrai. Allez-y.

Avec un évident agacement, Rafferty se tourna vers Anne.

— Reprenons, mademoiselle. Vous avez loué la Mustang le vendredi soir, 1er juillet. Dans la nuit du vendredi au samedi, votre mort a été consignée par erreur. Le samedi 2, Judy Carrier a conduit la voiture et fait le plein de carburant qu'elle a payé avec sa carte bancaire.

— Exact, acquiesça Anne en évitant de regarder Judy qui, à l'évidence, se mordait les doigts pour son étourderie.

— Mlle Carrier a laissé dans la boîte à gants de la voiture le reçu daté du 2 juillet.

— Oui.

— Vous vous êtes garée de bonne heure le dimanche matin 3 juillet, c'est-à-dire aujourd'hui même, dans un emplacement interdit, et la voiture a été mise en fourrière.

— Oui, admit Anne.

C'était à son tour de se mordre les doigts.

— Le contrat de location établi à votre nom était dans la boîte à gants avec le reçu de la carte bancaire de Mlle Carrier, daté du lendemain de votre meurtre supposé. Sommes-nous d'accord sur les faits ?

— Oui. Mais comment ces imbéciles se les sont-ils procurés ?

— Ils ont été informés par la fourrière qui a contacté le journal quand la voiture y a été amenée, répondit Rafferty en consultant son carnet de notes. Le gérant a alors téléphoné à Angus Connolly qui avait signé l'article du *City Beat*. Il lui a vendu l'information ainsi que des photocopies du contrat de location et du reçu de la station-service. Il a également appelé deux autres journaux, le *National Enquirer* et *Hard Copy*. Avez-vous des informations à ce sujet, mademoiselle Murphy ?

— Aucune.

— Vous ne savez donc rien de plus que le fait d'être en vie ?

— Et que Kevin Satorno me tuera quand il le saura.

Rafferty hocha la tête d'un air désabusé. Bennie posa une main sur l'épaule d'Anne pour l'empêcher de jeter de l'huile sur le feu.

— Nous vous demandons de nous accorder un jour de plus, inspecteur. Une seule journée avant de divulguer l'affaire. Tout le monde croit encore Anne morte. Si vous sortez l'information maintenant, vous perdez toutes vos chances de mettre la main sur Satorno et vous mettez en danger la vie de ma collaboratrice.

— Je ne vois pas quelle différence ferait une journée de plus ou de moins, répliqua l'inspecteur sans cesser de hocher la tête.

— Le week-end férié sera terminé, voilà la différence et elle est considérable. Vous l'avez dit vous-même, les examens et le rapport d'autopsie ont été retardés par les fêtes. Dès le lendemain, vous serez en mesure de libérer du personnel, la circulation redeviendra normale et tout le monde retournera à son travail. Réfléchissez-y, inspecteur.

Rafferty cessa de hocher la tête.

— Si le public apprend qu'Anne est toujours en vie, enchaîna Bennie, la nouvelle explosera, surtout après le scandale du service funèbre où sa collègue a été publiquement accusée de son assassinat. Les journaux, la télévision, tous les médias se déverseront sur notre ville, s'ils n'y sont pas déjà. Croyez-vous vraiment pouvoir faire face à ce déluge quand vous ne disposez que de deux agents en tenue ?

— Nous en avons plus que cela.

— Pas beaucoup plus. Et n'oubliez pas que nous fêtons l'indépendance des États-Unis, dans la ville qui leur a donné naissance. Les yeux du pays entier sont tournés vers nous, inspecteur. Souhaitez-vous entacher la réputation de Philadelphie ? Quel profit en tireraient vos services ? Voudriez-vous que le monde entier apprenne que la police s'est trompée sur l'identité de la victime d'un meurtre ?

Cette fois, Rafferty parut ébranlé.

— Nous sommes au moins tous d'accord sur un point, inspecteur : Anne Murphy ne cherchait qu'à sauver sa vie et échapper à un homme déjà coupable d'une tentative de meurtre sur sa personne à Los Angeles. L'accuseriez-vous sérieusement d'entrave à la justice ? Couvririez-vous d'opprobre cette femme, ici à Philadelphie, le jour de la fête nationale de l'Indépendance ?

— Voulez-vous insinuer que vous me lanceriez les mouvements féministes aux trousses ? grogna Rafferty.

— Il ne s'agit pas de féministes, mais de victimes.

— Je n'aime pas les menaces, Rosato.

— Anne Murphy non plus, et moi encore moins. Tout ce que je vous demande, c'est un jour de plus. Une malheureuse journée. Je vous la livrerai mardi matin, et nous annoncerons ensemble la nouvelle. Nous donnerons une conférence de presse une fois que le criminel sera sous les verrous, et tout le monde aura le beau rôle, celui de sauvegarder les droits des victimes.

Rafferty se tourna vers son partenaire, qui tapait toujours aussi laborieusement sur l'antique machine à écrire.

— Qu'est-ce que tu en penses ?

— Mardi, ça ne fait pas un jour de plus, commenta-t-il. Nous sommes dimanche. Mardi, c'est après-demain.

Bennie se retint de lui taper dessus.

— Non, c'est le lendemain du dernier jour férié. Mardi matin, à la première heure, vous ferez ce que vous voudrez.

Rafferty réfléchit un bon moment avant de répondre.

— Je ne suis pas autorisé à prendre une décision pareille.

Anne ouvrait la bouche pour lui décocher une épithète peu flatteuse quand Bennie la fit taire en lui serrant l'épaule avec force.

— Laissez-moi parler au capitaine, je lui exposerai notre cas.

— Impossible, il est à l'hôpital. Il s'est cassé la cheville en jouant au football avec les amis de ses fils.

— Au lieutenant, alors.

— Il est dans sa villa à la plage pour le week-end.

— Vous avez quand même un supérieur direct ? s'étonna Bennie.

— L'inspecteur divisionnaire doit assister à une trentaine de rencontres avec des parents d'élèves. Il en a au moins jusqu'à demain.

185

— Nous sommes donc les seuls à travailler aujourd'hui ? Eh bien, vous avez toute autorité. La décision ne dépend que de vous.

— Peut-être bien, admit Rafferty de mauvaise grâce.

— Le vrai problème, enchaîna Bennie, est de savoir ce que vous allez faire de ces deux énergumènes qui se prétendent journalistes. Je tiens à ce qu'ils soient l'objet de poursuites. Ils ont détruit nos chances d'attraper Satorno, Murphy a été piétinée à cause d'eux et ils ont physiquement attaqué Carrier, en plus de l'avoir calomniée.

— Exactement, renchérit Judy. Toute la ville croit maintenant que j'ai assassiné Anne.

— Ne venez pas pleurer dans mon gilet, déclara Rafferty en désignant Anne et Judy. Vous l'avez cherché, toutes les deux. C'est vous qui avez distribué des prospectus pour faire miroiter un scoop aux journalistes. Vous auriez dû prévoir que vous tomberiez sur des excités comme ces deux gamins.

Judy baissa le nez, Anne rougit. Ce que disait l'inspecteur était malheureusement exact. Pour une fois, Anne était contente de laisser Bennie répondre à sa place. Le terme de « porte-parole », qui avait tant vexé Matt, lui apparaissait soudain paré de réelles qualités.

— Rien n'excuse le comportement de ces individus, inspecteur, répliqua Bennie sèchement. Serions-nous jugées et condamnées par la presse à scandale ? Si ces gens disposaient d'indices concernant une affaire criminelle, ils auraient dû vous les remettre.

— Comme vous-même ? ricana Rafferty. Vous saviez que Murphy était vivante. Êtes-vous venue nous le dire ?

— Je vous en prie ! Je ne cherchais pas à gagner de l'argent ou à me rendre célèbre, moi. Je m'efforçais de protéger mes collaboratrices, ce qui n'est pas du tout la même chose, et nous avons pris contact avec vous sans délai. Si vous n'engagez pas de poursuites contre ces deux imbéciles, conseillez-leur de ne pas se trouver sur mon chemin.

Bennie frémissait de rage.

— Calmez-vous, Rosato. Ce sont des gosses. L'un d'eux pleurait même comme un bébé. Le vrai problème n'est pas là. Il est plutôt de savoir ce que vous êtes prête à faire pour moi si j'accepte de laisser votre copine officiellement morte vingt-quatre heures de plus.

— Tout. Enfin, presque.

— Bon. Voilà ce que je veux. Vous, dit-il en pointant vers Anne un index menaçant, cessez de jouer au flic amateur. Nous seuls avons les moyens et l'expérience nécessaires. Notre brigade criminelle travaille en liaison avec les fédéraux, ce sont des spécialistes. La police, c'est nous, pas vous. Compris ?

— Compris, répondit Anne, qui s'abstint d'ajouter : « C'est quand même moi qui ai débusqué Kevin grâce à un bouquet de fleurs. »

— Finis les déguisements et les excentricités, insista l'inspecteur.

En se penchant vers elle, une jambe de son pantalon remonta juste assez pour qu'Anne aperçoive, dans un holster sanglé à sa cheville, la crosse d'un P.38 Smith & Wesson, un vrai, pas une copie. Mais le moment était mal choisi pour regretter de ne pas en avoir un.

— Oui, inspecteur, répondit-elle poliment.

— Je le dis pour votre bien, mademoiselle Murphy. L'arrestation d'un criminel en fuite est une opération dangereuse. Si je vous prends encore une fois à faire n'importe quoi, je vous boucle. Compris ?

— Compris, approuva Anne.

Elle avait surtout compris qu'elle ne devait plus se faire prendre.

L'inspecteur lui lança un regard chargé de méfiance avant de se tourner vers Judy et Mary.

— Vous m'avez entendu, vous deux ?

— Cinq sur cinq, répondit Mary.

— Nous serons sages comme des images, renchérit Judy.

— Alors, Rafferty, marché conclu ? s'enquit Bennie.

Mais elle connaissait déjà la réponse.

Une demi-heure plus tard, le quatuor d'avocates en deuil se forçait un passage dans la meute des gens de la presse écrite et audiovisuelle qui les assourdissait de questions et les aveuglait de projecteurs. Bennie devait avoir joué au rugby dans une vie antérieure, car elle écartait les obstacles avec une vigueur sans défaut.

Anne gardait la tête basse. Judy lui avait prêté ses lunettes noires, et la visière rabattue d'une casquette de base-ball jaune canari – subtilisée dans le bureau des inspecteurs – dissimulait ses traits. Elles réussirent ainsi à gagner le trottoir, à sauter dans un taxi, à semer les journalistes qui les prenaient en chasse et à arriver sans encombre au cabinet Rosato & Associées, où elles s'entassèrent dans le bureau de Bennie. Pendant que les autres préparaient le café, Anne examina avec curiosité ce lieu où elle n'avait pas souvent eu l'occasion d'entrer.

Le bureau de la patronne était encore plus encombré que le sien. Les étagères croulaient sous les ouvrages de droit et les dossiers. Les murs étaient couverts de diplômes et de récompenses décernés par les autorités fédérales, les barreaux où Bennie avait exercé, et les diverses associations humanitaires pour lesquelles elle avait plaidé. Anne se demanda si elle en rassemblerait jamais autant au cours de sa carrière. À condition, bien sûr, de vivre assez longtemps pour y parvenir. Mais c'était désormais son affaire, et le secret caché dans son soutien-gorge constituait un sérieux atout pour gagner la partie.

— La chance va finir par tourner, déclara Judy qui revenait avec les autres et lui tendit une tasse de café qu'Anne accepta avec reconnaissance. Nous sommes toutes d'accord pour reconnaître que le service a été un fiasco.

— Je suis désolée, Judy. Je ne voulais vraiment pas que tout le monde te soupçonne, même pour une heure, d'être une criminelle.

— La police déclarera que je suis blanchie, dit Judy avec un geste désinvolte.

— Mais le croira-t-on ? rétorqua Anne d'un air sombre.

— J'aurais dû vérifier que personne n'était muni d'appareils photos, dit Mary en rougissant.

— Ces deux énergumènes ne sont pas venus en journalistes, commenta Bennie, et nous n'avons pas pensé à fouiller le public. Nous ne nous inquiétions que des journalistes et de Kevin. J'aurais aussi dû penser à la voiture de location quand vous m'avez dit qu'elle avait été amenée à la fourrière. Tout le monde garde les papiers dans la boîte à gants, j'aurais dû le prévoir.

— Moi aussi, dit Anne. Écoutez, inutile de se faire du mauvais sang à ce sujet, ce n'est la faute de personne. Ce genre de choses arrive, voilà tout. Le hasard, la poisse, ou les deux.

Sa conversation avec Gil Martin lui revint alors en mémoire. Elle ne pouvait plus la garder pour elle.

— Il y a un sujet beaucoup plus important dont nous devrions discuter, enchaîna-t-elle.

Elle leur rapporta alors les aveux de Gil sur sa liaison avec Beth Dietz. Quand elle eut terminé, l'expression des trois femmes reflétait la même sévérité.

— Cet individu est une ordure, commenta Judy.

— Un porc, jugea Mary.

— Un menteur, déclara Anne.

— Un client, opposa Bennie.

— Non, il ne l'est plus, répliqua Anne. Je lui ai dit de chercher un autre avocat.

— Vraiment ?

— Oui.

— Vous êtes renvoyée. Non, je plaisante ! Mais vous n'auriez pas dû faire cela.

— Voyons, Bennie, Gil m'a menti pendant un an ! Croyez-vous que je ne l'ai pas interrogé des dizaines de fois sur ses rapports avec Beth Dietz ? Je ne suis pas naïve à ce point.

— Eh bien, admettez une bonne fois qu'il vous a menti. Les clients mentent, tout le monde ment. Les gens espèrent toujours faire croire aux autres qu'ils sont meilleurs qu'ils ne le sont.

— Il trompe sa femme ! protesta Anne.

— Qu'en savez-vous pour l'affirmer avec autant de certitude ? Plaidez-vous pour elle dans une instance en divorce ? Vous êtes une fille intelligente, Murphy, alors essayez d'analyser, de raisonner. Il a raison de dire que ça ne change rien au fond du procès. Vous avez raison vous aussi de ne pas vouloir le faire témoigner, ni sa femme, ce serait provoquer de faux témoignages.

— C'est pourquoi je lui ai dit d'aller au diable.

— Vous n'avez pas le droit de faire ça à un client. Mais il est sans doute convaincu que vous avez eu un mouvement d'humeur et n'y pense déjà plus. Vous allez maintenant lui dire comment gagner son procès, parce que c'est pour ça qu'il vous paie. Rectification : qu'il *me* paie ! ajouta Bennie avec un sourire qui ne suffit pas à dérider Anne.

— Que voulez-vous que je fasse, Bennie ? Comment pourrais-je gagner ce procès ? Matt avait raison de le traiter de menteur.

— Matt est un génie méconnu, intervint Judy.

Les autres pouffèrent de rire. Sauf Anne.

— Bon, admettons que je n'aie rien dit. Laissons Matt en dehors de la question. Mais comment voudriez-vous que je m'y prenne ?

— L'affaire devient intéressante, déclara Bennie. Vous gagnerez en lui faisant dire la vérité.

— Voilà une stratégie de défense inédite, observa Judy.

Bennie ne tint pas compte de l'interruption.

— Quand vous le ferez témoigner, il admettra avoir eu une liaison avec Beth qui était consentante. Demandez-lui tous les détails, comment ils ont commencé, comment ils se rencontraient. Cherchez s'il existe des preuves de leurs rencontres sur leurs agendas, s'il existe des notes d'hôtels, de restaurants, bref, tout ce qui peut établir la réalité d'une liaison. En le démontrant, vous gagnerez le procès.

— C'est sordide, dit Anne en frémissant.

— En effet, approuva Bennie. Mais efficace.

— Vous savez ce qui serait réellement intéressant ? intervint Mary. C'est le fait que Matt soit au courant. Autrement dit, sa cliente lui a-t-elle menti comme Gil Martin a menti à Anne ? Matt pense-t-il qu'il s'agit d'une liaison par consentement mutuel ou par contrainte ?

— Par contrainte, affirma Anne, qui s'en voulut de l'avoir dit trop vite en voyant les autres l'observer comme si elle se référait à des confidences sur l'oreiller. Je ne crois pas, se corrigea-t-elle, que Matt aurait accepté le dossier s'il avait su que Beth lui mentait.

— Crois-tu ? intervint Judy. Beaucoup d'avocats le feraient sans le moindre état d'âme.

— Pas lui ! protesta Anne avec chaleur.

Les autres eurent la bonté de ne pas insister, mais Anne savait déjà qu'elle se poserait elle-même des questions gênantes. Elle se demandait d'ailleurs toujours pourquoi Matt avait amené les Dietz au service.

— Tu as sans doute raison, Anne, enchaîna Mary. Mais il reste la question de savoir pourquoi Beth Dietz fait ce procès à Gil Martin.

— Parce que Gil avait rompu, et qu'elle ne l'a pas digéré. Elle le poursuit pour se venger, c'est du moins ce que Gil m'a dit.

— Bien, dit Bennie en s'étirant. Nous avons de quoi nous occuper un bon moment, les filles. Dans l'immédiat, l'essentiel est de garder Anne en sûreté jusqu'à ce que les flics mettent la main sur Satorno. Voici donc ce que...

— Je voudrais bien me doucher, me changer et me remettre au travail sur le dossier Chipster, l'interrompit Anne qui n'avait cessé de penser au secret de son soutien-gorge. Est-ce que je peux aller me rafraîchir chez vous, Bennie ?

— Non, je ne veux pas vous perdre de vue. Servez-vous de la douche du bureau et des vêtements de secours, vous l'avez déjà fait.

Anne s'efforça de dissimuler son dépit. Elle ne pouvait pas révéler son nouveau plan à Bennie – elle ne le lui permettrait jamais, surtout après la séance avec les inspecteurs.

— Sans vouloir vous vexer, les vêtements d'ici sont affreux. Je ne risque rien, je vous assure. Judy et Mary viendront avec moi, elles seront mes gardes du corps.

— Tu peux te servir de mon appartement, offrit Mary. Je te prêterai quelque chose à te mettre, nous avons à peu près la même taille.

— Je veillerai sur elle, Bennie, renchérit Judy. Vous pouvez me faire confiance.

— Alors, maman, on peut y aller ? demanda Anne.

Malgré la mine renfrognée qu'affecta Bennie, Anne comprit qu'elle avait gagné.

Elles sortirent ensemble, s'engouffrèrent dans l'ascenseur et quittèrent l'immeuble par la porte de service. Mais Anne attendit qu'elles soient entassées sur la banquette arrière d'un taxi et déjà loin du bureau pour plonger la main dans son soutien-gorge.

Les trois filles se lancèrent alors sur la piste de Kevin Satorno.

20

La vendeuse brune de Schwartz Fleurs était tellement affairée qu'elle ne leva même pas les yeux lorsqu'un trio de femmes en deuil envahit soudain la boutique vide. Un téléphone sans fil coincé entre l'oreille et l'épaule, elle pianotait sur le clavier d'un ordinateur relié à la caisse enregistreuse.

— C'est fermé, annonça-t-elle. Je n'ai pas eu le temps de mettre la pancarte à la porte, mais c'est fermé quand même.

— J'ai juste une ou deux questions à vous poser, lui dit Mary en s'approchant du comptoir.

En procédant par élimination, elles avaient délégué à Mary le rôle de porte-parole. Anne ne pouvait pas attirer l'attention sur elle, Judy l'attirait déjà trop et Mary avait besoin de s'affirmer.

La vendeuse répondit par un grognement tout en prenant une commande par téléphone. En attendant qu'elle se libère, Anne regarda autour d'elle. La boutique se limitait à une pièce carrée de dimensions modestes, les parfums des fleurs se mélangeaient dans l'atmosphère réfrigérée, le sol était recouvert d'une moquette verte couleur d'herbe et des plantes en pots étaient alignées sur des étagères le long des murs. Au milieu, sur des socles, des vases contenaient des fleurs coupées, iris, glaïeuls, œillets et roses de plusieurs nuances. En dépit de leur beauté, Anne ne put retenir un frisson.

Kevin était venu ici.

Le comptoir était jonché de bouts de rubans, de restes de feuilles vertes et de fougères ayant garni les bouquets. À côté de la caisse, un petit présentoir contenait des cartes aux messages imprimés : « Avec notre profonde sympathie », « Je pense à toi », « Tous nos vœux de prompte guérison », etc. Il y avait aussi des cartes vierges comme celle qu'Anne avait récupérée au Chestnut Club. Elle en prit une qu'elle tourna et retourna machinalement entre ses doigts.

La vendeuse finit de noter la commande et raccrocha. Un badge sur sa blouse blanche annonçait qu'elle s'appelait Rachel.

— C'est fermé, je vous assure, répéta-t-elle aux importunes. J'ai déjà fait ma caisse d'aujourd'hui, je ne peux plus rien vous vendre.

— Nous ne voulons rien acheter, répondit Mary. Je cherche un homme appelé Kevin Satorno qui a livré des roses rouges à un service funèbre ce matin. Ou bien c'est un de vos employés, ou bien il les a achetées ici et apportées lui-même. Pouvez-vous me renseigner ? Ce ne sera pas très long.

— Satorno, vous dites ? Dans ce cas, ce n'est sûrement pas un de nos livreurs. Il faut faire partie de la famille pour travailler ici. Si on n'est pas un Schwartz, on n'est pas un employé de la maison.

— Vous connaissez donc tous vos livreurs ?

— Ils font tous partie de la famille.

— Pas d'intérimaires ?

— On ne peut pas être un Schwartz par intérim.

— Merci, dit Mary en souriant, vous nous rendez déjà un grand service. Il a donc acheté les roses chez vous et les a livrées lui-même.

— Sans doute...

Le téléphone sonna. Rachel décrocha :

— Mais non ! cria-t-elle. 22ᵉ Rue, je te dis, pas 23ᵉ ! As-tu compris ? Mon frère est complètement idiot, commenta-t-elle après avoir raccroché. C'est ça l'inconvénient de travailler en famille.

— Vous étiez au magasin hier et aujourd'hui ? demanda Mary.

— Oui. Moi, je suis la Schwartz qui sait compter. Mon frère déteste les chiffres.

— Cet homme vous a acheté une douzaine de roses rouges hier ou ce matin. Il les a livrées avec une de vos cartes. Voici à quoi il ressemble.

Mary prit dans son sac la moitié du prospectus rouge portant le portrait-robot dessiné par Judy. Elles avaient décidé, d'un commun accord, de s'en servir plutôt que de la photo anthropométrique publiée par la presse, afin de ne pas révéler pourquoi il était recherché par la police et éviter ainsi les questions gênantes.

— C'est un Blanc, jeune, grand et bien bâti, reprit Mary. Il a les yeux bleus et les cheveux blonds, mais il les a teints en noir depuis peu. Ce n'est pas très précis, mais je ne sais rien de plus.

— De toute façon, son visage ne me dit rien, répondit Rachel en lui rendant le papier.

— Vous ne vous en souvenez vraiment pas ?

— Comment voulez-vous que je m'en souvienne ? Avez-vous idée du nombre de gens qui sont venus depuis hier acheter des roses rouges ? Tout le monde veut des fleurs rouges le 4 juillet. Je n'ai plus rien de rouge en stock Vous voyez ces iris ? ajouta-t-elle en montrant un vase. Ils sont superbes, mais ils vont pourrir sur place.

— Je comprends. Gardez-vous une trace de ce que vos clients achètent ?

— Bien sûr. J'établis toujours une facture, même pour les clients de passage, si c'est ce que vous voulez dire.

— Et ces factures comportent-elles des informations personnelles, telles que le nom, l'adresse, le téléphone ?

— Je les demande pour notre fichier clientèle, mais les gens ne les donnent pas volontiers. Ils n'y sont d'ailleurs pas obligés. Et puis, quand il y a un coup de feu, je n'ai pas toujours le temps de compléter la facture et j'indique le montant de l'achat sans rien demander d'autre, ajouta-t-elle. Mon père est furieux quand ça m'arrive.

Anne cherchait déjà des yeux les factures sur le comptoir.

— Satorno vous a peut-être donné un faux nom et une fausse adresse, reprit Mary, mais il a acheté une douzaine de roses rouges chez vous hier ou ce matin. Pouvez-vous retrouver la facture de cette vente ? Il faut que nous localisions cet homme, c'est très important.

— Retrouver sa facture ? s'exclama Rachel en repoussant une mèche qui lui tombait dans les yeux. Écoutez, je regrette, mais il faut que je ferme et il me reste je ne sais pas combien de choses à faire avant de pouvoir m'en aller. Savez-vous combien de temps il me faudrait pour regarder toutes les ventes de roses rouges ? Elles ne sont pas triées, elles sont encore mélangées aux autres. Je ne comptais même pas m'en occuper avant mardi.

Anne n'avait pas cessé de chercher les factures du regard. Après avoir passé en revue des classeurs et des catalogues, elle les aperçut enfin derrière le comptoir, certaines enfilées sur des piques, d'autres empilées en désordre. Elle poussa Mary du coude et les lui montra d'un mouvement du menton.

— Je sais que vous avez beaucoup de travail, Rachel, mais nous pouvons vous aider. Si vous nous permettez de trier les factures, nous découvrirons peut-être celle qui nous intéresse. Nous sommes trois, il ne nous faudra pas longtemps pour en venir à bout, et en même temps nous ferons le travail à votre place ; comme ça, vous n'aurez pas besoin de vous y mettre mardi. Nous le ferons pendant que vous préparez la fermeture, et votre père vous prendra pour une championne.

— Non, désolée. Je voudrais bien, mais c'est impossible.

— Écoutez, Rachel, c'est une question de vie ou de mort pour une jeune femme de votre âge. S'il n'y avait pas eu un miracle...

— C'est ma vie qui en dépend, intervint Anne en s'avançant. Soyez gentille, Rachel, laissez-nous faire, nous ne vous retarderons pas, je vous le promets.

Rachel se tourna vers elle et poussa un profond soupir.

Une demi-heure plus tard, la pancarte FERMÉ accrochée à la porte, les passants pouvaient voir à travers la vitrine trois femmes tout de noir vêtues, debout devant le comptoir, en train de feuilleter frénétiquement des piles de paperasse.

Mais elles avaient beau chercher, aucune facture ne concernait la vente d'une douzaine de roses rouges à Kevin Satorno, sous son nom ou sous un pseudonyme vraisemblable. Aucun, du moins, qu'Anne ait pu deviner. Il lui restait dix factures à examiner, et elle avait déjà la quasi-certitude de s'être engagée dans une impasse. Kevin n'aurait rien indiqué qui soit susceptible de le trahir. Il se cachait de la police et il était trop intelligent pour semer des indices derrière lui. Par acquit de conscience, Anne poursuivit malgré tout ses recherches.

— Tu as trouvé quelque chose, Mary ? demanda-t-elle.

— Rien jusqu'à présent.

— Ne nous décourageons pas, dit Judy.

Mais Anne vit que sa pile était réduite à cinq factures. Elles avaient perdu leur temps toutes les trois. Elles n'avaient aucune chance de retrouver la facture de Kevin. Si elles ne le localisaient pas maintenant, quand le reverraient-elles ? À son enterrement ? Combien de fausses cérémonies funèbres pourraient-elles encore organiser ?

Avec un soupir, Anne regarda les trois dernières factures de sa pile. Toujours rien. Elle sentait les larmes lui monter aux yeux.

— Je vous en prie, dites-moi au moins que vous avez trouvé, vous deux, leur dit-elle.

— Rien, répondit piteusement Mary. Pas de Satorno ni même de nom d'allure suspecte.

— Beaucoup de roses rouges, dit Judy, mais rien de probant. Et si nous regroupions les factures de roses rouges et allions voir aux adresses indiquées sans tenir compte des noms ? Ce serait long, mais…

— Inutile, l'interrompit Anne. S'il a indiqué une adresse, elle est sûrement fausse. Je crois plutôt qu'il a payé cash, pris ses fleurs et est parti sans demander de facture ni de reçu.

Sans sa blouse blanche et la coiffure refaite, Rachel sortit de la réserve en traînant un gros sac-poubelle.

— J'ai fini de fermer derrière et j'ai même nettoyé les camionnettes de livraison. Vous avez trouvé ?

— Non, répondit Anne avec découragement.

— Je suis vraiment désolée. Si je connaissais un autre moyen de vous rendre service, je le ferais volontiers. Il me reste encore une ou deux choses à faire, après il faudra que je m'en aille. Mes parents m'attendent pour un barbecue en famille.

Tout en parlant, elle arrêta l'ordinateur avant d'ouvrir le sac-poubelle près du comptoir.

— Bien sûr, nous comprenons, lui dit Anne.

Que faire, maintenant ? Aller vérifier les adresses des clients, comme l'avait suggéré Judy ? Rachel sortit de dessous le comptoir une lourde corbeille pleine de déchets. N'ayant rien de mieux à faire, Anne approcha le sac-poubelle et le maintint ouvert pour l'aider.

— Merci, dit Rachel. Mon frère me laisse toujours vider les ordures, ce porc.

— Merci de nous avoir aidées, dit Anne.

Rachel déversa le contenu de la corbeille dans le sac. Anne vit distraitement passer sous ses yeux des feuilles d'emballage froissées, un vieux catalogue, des feuilles d'essuie-tout humides.

C'est alors qu'elle remarqua une carte blanche sur laquelle elle crut voir les mots : « Je t'aime ». Avait-elle bien lu ? Une cascade de boutons de roses flétris lui en cacha la vue. Avait-elle eu la berlue ? Était-ce le même modèle de carte qu'elle avait ramassé au service funèbre ? Était-ce même l'écriture de Kevin ?

— Attendez ! cria-t-elle en plongeant les deux mains dans le sac-poubelle. Vous n'avez pas vu ? Il me semble avoir repéré une autre carte écrite par Kevin.

— Comme celle que tu as trouvée ? s'étonna Mary.

— Dans le sac-poubelle ? demanda Judy en y plongeant la main à son tour.

Anne continuait à fouiller fébrilement dans les ordures.

— Est-ce que je peux vider le sac, Rachel ? demanda-t-elle en se redressant. Je vous en prie, Rachel, un dernier service. Je vous le revaudrai au centuple, je vous le jure.

— Il y a des jours où j'ai envie de changer de métier, répondit Rachel avec un sourire en coin.

— Je suis désolée de vous demander ça, sincèrement, mais j'ai vu une carte avec son écriture.

Sans attendre la permission de Rachel, Anne prit le sac par le fond, le vida, le secoua et s'agenouilla à côté du tas de détritus qu'elle commença à explorer.

Mary montra à Rachel la carte ramassée au Chestnut Club :

— Vous voyez ? Il y a écrit « Je t'aime », c'est tout.

Rachel prit la carte, l'examina.

— Voyons, ça me dit quelque chose... J'y suis, maintenant ! Je ne me rappelle pas le type, mais je me souviens des cartes.

— Les cartes, au pluriel ? intervint Judy. Que vous rappelez-vous ?

— Les cartes ? répéta Anne.

Boutons de roses, pétales de marguerites, vieux chewing-gums, mégots, morceaux de papier volèrent de tous côtés jusqu'à ce qu'elle retrouve la carte aperçue quelques minutes plus tôt. Une autre lui tomba presque aussitôt sous les yeux. Les deux portaient les mêmes mots, écrits de la main de Kevin : « Je t'aime ».

— Regardez ! cria-t-elle. Il y en a d'autres !

Elle en dénicha quatre de plus, puis une cinquième.

— Il y en a cinq ! Non, six !

Effarée, Mary se pencha sur le tas d'ordures. Judy regardait, tout aussi stupéfaite.

— Je ne comprends pas... Elles disent toutes la même chose.

— Oui, ça me revient, maintenant ! intervint Rachel. Je l'avais trouvé plus que bizarre, ce type. Il a écrit les cartes sur le comptoir, comme tout le monde, mais il les recopiait tout le temps. Au début, je trouvais ça plutôt gentil, je croyais qu'il voulait que ce soit impeccable. Je le lui ai dit en plaisantant, mais lui, il n'a pas trouvé ça drôle. Il m'a lancé un drôle de regard et il a continué à écrire. C'est lui, le type que vous recherchez ?

— Oui, répondit Anne en alignant les cartes sur le comptoir.

Elle en avait retrouvé onze, toutes de la même écriture et avec les mêmes mots : « Je t'aime ».

— Alors, vous devez avoir sa facture ? demanda-t-elle à Rachel.

— Non. Il est arrivé au moment d'un coup de feu, la boutique était pleine de monde. Il a dû être un de ceux que j'ai encaissés sans faire de facture. J'étais débordée, précisa Rachel d'un air contrit, je ne voulais pas manquer la vente ni retarder les autres clients. C'est sans doute pour cela que je ne me souviens pas de son visage.

Anne n'insista pas de peur de blesser Rachel. Kevin avait probablement choisi son moment pour ne pas se faire remarquer, ou alors il avait bénéficié d'une chance insolente.

— Avez-vous vu de quelle direction il venait ?

— Non, je suis vraiment désolée.

Elle le dit avec tant de sincérité qu'Anne lui toucha la main pour la réconforter.

— Ça ne fait rien. Vous rappelleriez-vous, par hasard, s'il est arrivé à pied ou en voiture ?

— Je ne sais pas, mais il est impossible de se garer par ici. Il a donc dû venir à pied.

— Savez-vous comment il a payé ?

— En liquide. C'est quand même bizarre d'écrire plus de dix fois la même chose, ajouta-t-elle. Beaucoup de gens sont obsédés, mais pas à ce point.

— Il est beaucoup plus obsédé que vous ne pouvez l'imaginer, dit Anne en se forçant à rire.

L'expression de Rachel s'éclaircit tout à coup :

— Attendez ! Il a laissé son stylo, je m'en souviens maintenant ! Quand je lui en ai fait la remarque en plaisantant, il s'est vexé et il est parti tout de suite après sans reprendre son stylo. Ça pourrait peut-être vous servir ?

— J'en doute, mais voyons quand même, dit Anne avec un élan d'espoir.

Rachel prenait déjà un vase d'où dépassaient des pointes de crayons et de stylos à bille.

— J'ai mis le sien là-dedans, avec les autres. Regardons.

Elle vida le vase sur le comptoir. Un assortiment de crayons et de stylos, et même un tournevis et un cutter, s'étala sur la surface dure en roulant un peu partout. Il y en avait de toutes les couleurs. Anne se pencha et remarqua quelque chose.

— Il y a des stylos publicitaires avec un logo ! Nous verrons d'où ils viennent.

Mary en prit un et lut l'inscription à haute voix :

— Ceci appartient au meilleur papy du monde.

— Clarina, 24 h sur 24, récita Judy.

— Ace Appliance, le roi de l'électroménager, enchaîna Mary. J'en ai deux ou trois comme celui-ci.

Anne avait pris au hasard un stylo blanc. En le lisant, elle ressentit comme une décharge électrique.

— Nous le tenons ! s'exclama-t-elle d'un air triomphant.

21

Anne eut l'agréable surprise de découvrir qu'une Coccinelle Volkswagen vert pomme était presque aussi amusante qu'une Mustang décapotable rouge pompier. Enfin, pas vraiment, mais elle était si contente d'avoir enfin retrouvé la piste de Kevin qu'elle essayait de s'en persuader. Judy pilotait sa chère voiture, Mary était assise à côté d'elle et Anne ballottée sur la banquette arrière tandis que le véhicule, digne d'un dessin animé, gravissait laborieusement la pente du pont Benjamin-Franklin.

Anne roulait entre ses doigts le stylo blanc trouvé chez la fleuriste, un stylo à bille bas de gamme portant en lettres dorées le nom du Daytimer Motel au-dessus du numéro de téléphone et de l'adresse de l'établissement, à Pennsauken, dans le New Jersey. C'était le seul stylo publicitaire d'un hôtel ou d'un motel dans la collection de la fleuriste. Au moment où la Coccinelle atteignait le sommet du pont et s'arrêtait derrière trois longues files de voitures, Anne espérait que son instinct ne l'avait pas trompée et que Kevin s'y était logé.

— Les gens vont encore à la mer, soupira Judy. J'espérais pourtant qu'ils étaient tous déjà sur place.

Anne se pencha entre les deux sièges avant pour estimer à travers le pare-brise l'importance de l'embouteillage.

— La barbe ! lâcha-t-elle. Combien de temps allons-nous être bloquées, à ton avis, Judy ?

202

— La file d'attente la plus longue est au guichet du péage. Comme la direction que nous allons prendre est gratuite, il ne devrait pas y en avoir pour très longtemps.

— Ce serait peut-être le moment d'appeler Bennie, suggéra Mary. J'ai mon portable.

— Non ! protestèrent Anne et Judy à l'unisson.

La sympathie qu'Anne éprouvait déjà pour Judy monta d'un coup de plusieurs crans.

— On ne va pas reculer maintenant, déclara-t-elle à Mary qui paraissait inquiète. Nous appellerons Bennie dès que nous serons sûres que Kevin est bien inscrit au motel. Pourquoi la déranger si c'est une fausse piste ? Il y a une chance qu'il ait séjourné ici, mais ce n'est pas du tout certain. Le stylo n'était peut-être pas le sien.

— Anne a raison, renchérit Judy. De toute façon, Bennie ne nous laisserait jamais faire ce que nous voulons, et il n'y a pas de raison que nous ne le fassions pas. C'est plus amusant que l'école buissonnière, non ? Et puis, il fait un temps splendide par ici ! ajouta-t-elle en montrant le ciel bleu par sa vitre ouverte. On est mieux qu'en ville.

Anne ne s'intéressait pas au paysage, elle ne cessait de penser à Kevin. Elles avaient retrouvé sa piste et, cette fois, elle ne laisserait pas passer la chance de le coincer une fois pour toutes.

— C'est futé de sa part de se loger dans le New Jersey, commenta-t-elle. Ça lui permet de souffler.

— Oui, opina Judy, mais ça soulève aussi un problème de compétence territoriale pour la police de Philadelphie, qui sera obligée de demander la coopération du FBI. Ce sera compliqué.

— Nous ne devrions pas en discuter, dit Mary qui se bouchait les oreilles. Nous avons tort de désobéir à Bennie, elle nous flanquera à la porte. Parlons plutôt du dossier Chipster, Anne, poursuivit-elle en se retournant vers elle. Maintenant que tu fondes la défense sur la liaison de Gil avec la plaignante, tu vas devoir réviser ta plaidoirie.

— Tu as raison.

Anne sortit son portable de son sac et composa le numéro de Gil Martin. La communication fut établie presque aussitôt.

— Silence, tout le monde. Gil, c'est Anne, annonça-t-elle.

— Anne, où es-tu ? Tu vas bien ? J'étais mort d'inquiétude après ce qui s'est passé au Chestnut Club.

Oui, c'est même pour ça que tu t'es empressé de m'appeler pour prendre de mes nouvelles...

— Il faut que nous discutions de notre nouvelle stratégie de défense. Retrouve-moi ce soir au bureau à sept heures et apporte toutes les preuves que tu détiens de ta liaison avec Beth.

— Des preuves ? Lesquelles ?

— Lettres, cartes de vœux, notes d'hôtel, relevés téléphoniques, agendas, tout ce que tu trouveras. Tout ce qui peut prouver par écrit que Beth consentait librement à avoir des rapports avec toi et non pas qu'elle cédait par peur de perdre son emploi. Nous ne cacherons pas la vérité, au contraire, nous allons l'exploiter.

— C'est hors de question, Anne ! Je ne veux pas étaler ça en public !

— C'est la seule manière de gagner ton procès. Il faut démolir d'avance les arguments que Beth pourra avancer.

— Mais elle n'a rien ! Je ne lui ai jamais écrit. Tu me prends vraiment pour un imbécile ?

Non, pour un franc salaud.

— Elle fait dire à Bonnard, la Française, que tu l'as forcée à coucher avec toi, ce qui implique que tu serais coutumier du fait. Nous avons soumis des conclusions pour écarter ce témoignage, mais si le juge l'accepte, nous sommes cuits. Et Chipster.com avec.

— Mais je ne l'ai pas forcée, elle non plus ! Je n'ai jamais forcé aucune femme à coucher avec moi, elles étaient trop contentes ! J'ai bien eu une aventure avec Jeannine Bonnard, mais...

— Je sais que tu cours les filles depuis des années, l'interrompit Anne. C'est là-dessus que nous fondons notre défense. Ce n'est pas joli, joli, mais ce n'est pas illégal. Nous en parlerons tout à l'heure. Apporte tout ce que tu pourras, il faut que je te quitte.

— Qu'est-ce que je vais dire à Jamie ? Que je m'apprête à l'humilier en public ?

Tu l'as déjà fait, mon bonhomme...

— Dis-lui que je veux qu'elle assiste au procès tous les jours, et au premier rang du public. Et que, quand je l'appellerai à témoigner, elle dira toute la vérité. Elle dira le mal que lui ont fait toutes tes aventures. C'est ton infidélité chronique qui nous fera gagner la partie. Ton mode opératoire, c'est l'adultère, pas le harcèlement ni la contrainte.

— Ce sera affreux pour Jamie. Et pour moi.

— Pour toi, oui, mais j'ai l'impression que Jamie sera enchantée de raconter son histoire et que c'est ce qui sauvera ta misérable peau. Elle fera contrepoids aux allégations de la plaignante, et la vérité sera beaucoup plus convaincante venant d'elle, parce que l'admettre sera à l'évidence contraire à son intérêt. Le jury verra que tu es déjà puni de tes erreurs et votera pour la défense.

— Il faut que j'y réfléchisse, grogna Gil de mauvaise grâce.

— Nous en parlerons ce soir, quand j'aurai vu ce que tu peux me fournir.

— Cela veut-il dire que tu gardes mon dossier ?

— À ce soir, se borna à répondre Anne en coupant aussitôt la communication.

L'affaire lui plaisait davantage quand elle croyait Gil innocent.

— La circulation redémarre, observa Judy. C'est bon signe.

Un quart d'heure plus tard, la Coccinelle se faufilait dans la circulation d'une avenue de banlieue qui ne faisait pas honneur au New Jersey, pompeusement qualifié de *Garden State*. Ses quatre voies étaient bordées de bars miteux, de boutiques de spiritueux et de clubs prétendument privés dédiés au strip-tease et autres activités dont la clientèle masculine était friande. Après avoir slalomé entre des supermarchés et des marchands de voitures d'occasion et s'être perdue à deux ou trois reprises, la voiturée d'avocates en sueur finit par pénétrer dans le parking du Daytimer Motel.

Petit, défraîchi, il paraissait avoir été bâti dans les années soixante et n'avoir jamais été rénové depuis. Un large auvent devant l'entrée servait d'abri contre la pluie aux automobilistes venant s'inscrire au bureau ; d'épaisses barres de fer protégeaient la porte vitrée et plusieurs lettres de l'enseigne au néon étaient hors service. Malgré son allure peu engageante, Anne avait hâte de s'y précipiter.

— Cette fois, on le tient ! On le tient ! répéta-t-elle.

Judy se gara près de la réception, coupa le contact et observa les lieux.

— Regardez, dit-elle. Plutôt sympa, non ?

Accoudée aux dossiers des sièges avant, Anne se pencha pour regarder à travers le pare-brise et comprit aussitôt ce que Judy voulait dire. Le bâtiment était droit, parallèle au parking, de sorte que ses deux niveaux de portes numérotées étaient visibles du parking et de la rue.

— Exact, approuva-t-elle. On peut surveiller sans difficulté les portes des chambres.

— Regardez les immatriculations, dit Mary. Toutes des États voisins : Connecticut, New York, Maine, Virginie. C'est quand même bizarre, il n'y a aucun site touristique dans le secteur.

— Parce qu'il ne vient ici que des couples irréguliers, l'informa Judy. Des voyageurs de commerce, à la rigueur. Les gens d'ici ne viennent pas avec leurs petites amies, ils auraient peur d'être reconnus.

— C'est sans doute pourquoi Kevin y a trouvé de la place malgré les jours fériés, commenta Anne. Même les adeptes de l'adultère restent chez eux. En plus, ajouta-t-elle après une courte pause, le motel est tout près de la ligne du monorail rapide entre Philadelphie et le New Jersey. Il n'a même pas besoin de louer une voiture pour venir en ville.

— Regardez ! s'exclama Mary. Est-ce que c'est ?...

Les deux autres suivirent la direction de son doigt, pointé sur le balcon de l'étage. Un homme d'âge mûr en complet veston

206

sortait d'une chambre, suivi d'une fille plus jeune en minishort rouge.

— Une putain, oui, compléta Judy.

Mary réprima un cri horrifié.

— C'est une vraie pu… prostituée ? Je n'en avais jamais vu.

Judy pouffa de rire, mais Anne était trop obsédée par l'idée de retrouver Kevin pour relever le naïf aveu de Mary.

— Alors, qu'est-ce qu'on fait ? Il faut savoir s'il est inscrit ici et s'il est ou non dans sa chambre.

— Nous devrions appeler Bennie et la police, dit Mary. Laissons-les intervenir.

— NON ! protestèrent Anne et Judy d'une même voix.

— Ne t'inquiète pas, Mary, lui dit Anne. Il vaut mieux ne pas prévenir Bennie tant que nous ne sommes sûres de rien. Et quelle police appeler ? Celle de Philadelphie n'a pas de compétence territoriale dans le New Jersey, comme l'a dit Judy, et nous ne connaissons personne chez les policiers d'ici. Je ne saurais même pas où m'adresser.

— Au FBI, affirma Mary. Cette affaire les concerne.

— Tu parles sérieusement, Mary ? demanda Judy. Comment on fait ? On décroche le téléphone et on dit : « Allô, le FBI ? »

— Eh bien… oui, répondit Mary sans conviction.

Pendant ce temps, Anne n'avait pas cessé de surveiller l'entrée.

— Kevin ne doit pas être ici, dit-elle. Personne n'entre ni ne sort, l'endroit a l'air désert. Nous savons qu'il était à Philadelphie à midi. À mon avis, il doit y être encore, en train de faire le guet devant chez moi ou au bureau. Ou alors, il se cache dans un bar gay jusqu'à ce que l'affaire du service funèbre se calme. Il doit vouloir garder sa liberté de mouvement pour réagir en fonction de la situation.

— Tout ça devient trop dangereux, dit Mary d'un air craintif.

— Si Kevin n'est pas ici, il n'y a aucun danger. De toute façon, nous n'essaierons pas de l'arrêter nous-mêmes. Voilà ce que nous allons faire, décida Anne. Entrons vérifier à la réception s'il est enregistré au motel, et nous appellerons la police ensuite. Sinon, nous attendrons en pure perte.

— Comment veux-tu vérifier ? s'enquit Judy. Il ne s'est sûrement pas enregistré sous son vrai nom.

— Nous le décrirons à l'employé, comme nous l'avons fait avec Rachel. Il s'en souviendra peut-être.

— Non, répondit Judy en secouant la tête, le réceptionniste ne nous dira rien et ne nous laissera pas regarder le registre. Il n'en a pas le droit, surtout dans un établissement de ce genre, et surtout à nous. Tu pourrais être une femme jalouse qui cherche son mari volage.

— Et si je lui glissais un billet de vingt ou de cinquante dollars ?

— Ça marche dans les films, pas dans le New Jersey.

Anne réfléchit un instant. Un sourire lui vint aux lèvres.

— J'ai une meilleure idée, dit-elle enfin.

— Appeler le FBI ? demanda Mary.

— Non, au contraire. Mais il faut d'abord faire quelques achats. Mary, tu prends la voiture. Le centre commercial de Cherry Hill est à dix minutes d'ici. Judy et moi resterons surveiller pour le cas où Kevin reviendrait. Nous nous cacherons dans une voiture, elles ne sont pas toutes fermées à clef. Ou bien dans la station-service en face. Si nous repérons Kevin, nous appellerons immédiatement la police.

— Vas-tu nous dire ce que tu mijotes ? Et pourquoi devrais-je aller faire des courses ? J'ai déjà fait toutes celles dont j'ai besoin.

— Quand les femmes combattent le crime, tous les moyens sont bons, commença Anne.

Et son idée avait beau être politiquement fort incorrecte, aucune des deux autres ne souleva d'objection.

Une heure plus tard, trois femmes provocantes émergèrent d'une Coccinelle verte et entamèrent d'un pas hésitant, perchées sur des sandales rouges à semelles compensées, la traversée du parking du motel. Si elles étaient censées avoir l'air de professionnelles, Anne jugeait plutôt leurs tenues dignes d'une équipe de gymnastes classées X.

— Je ne vois pas pourquoi nous sommes toutes habillées pareil, récrimina Judy. Les vraies putes ne se mettent pas en uniforme quand elles vont au travail, si c'est le mot qui convient.

Elles arboraient en effet des microshorts rouges, des débardeurs tricolores arrivant au-dessus du nombril, et un maquillage tel que le qualifier de « voyant » serait un doux euphémisme.

— J'ai pris les trois mêmes ensembles pour gagner du temps, se justifia Mary. Ils sont aux couleurs patriotiques, c'est de circonstance. Aïe ! lâcha-t-elle en se tordant une cheville. D'ailleurs, c'est plus adapté au plan.

— Et puis, enchaîna Anne, les shorts tiennent moins chaud que les robes noires.

— Attention, trottoir devant ! cria Mary.

— Ne baissez pas les yeux ! conseilla Judy. C'est le plus sûr moyen de trébucher.

— Tenons-nous la main et sautons ensemble, déclara Anne. Je compte : un, deux, trois.

Telles des poupées de papier découpé, elles formèrent une guirlande et sautèrent sur le trottoir d'une même détente des mollets.

— On a gagné ! jubila Judy.

— J'adore ces chaussures ! dit Anne en riant.

— Moi aussi, j'ai l'impression d'être grande. Même si je ne peux pas marcher avec.

La première arrivée devant la porte, Judy posa une main, avec précaution, sur la poignée graisseuse.

— Acheter des fringues, parler de fringues, porter des fringues neuves, commenta-t-elle, ça fait beaucoup d'excitation pour une seule journée. Attraper un tueur fou nous paraîtra fade, en comparaison.

Et, en se dandinant de manière suggestive, les trois pseudo-professionnelles de l'amour tarifé entrèrent dans le motel.

22

Le hall de réception du Daytimer Motel se limitait à une pièce étriquée, traversée par un comptoir en faux bois qui empêchait les intrus d'accéder à l'ascenseur. Sur le comptoir, des dépliants touristiques fatigués, vantant les charmes improbables du pays amish, pendouillaient tristement sur un présentoir en fil de fer rouillé à côté d'un ordinateur hors d'âge et d'un téléphone crasseux. Derrière le comptoir se tenait un octogénaire en polo blanc couvert de taches et aux lunettes opacifiées par des traces de doigts graisseux. Sa barbe de deux jours laissa apparaître un sourire égrillard à la vue du trio d'hétaïres aux couleurs patriotiques qui franchissait la porte.

Anne s'approcha en tortillant de l'arrière-train et se pencha sur le comptoir pour offrir au vieillard libidineux un aperçu troublant de ce que dissimulait la bannière étoilée de son débardeur.

— Je cherche un type, susurra-t-elle. Je veux dire, mes copines et moi, on cherche un type. On nous a dit qu'il était descendu ici.

— Un veinard, commenta le réceptionniste qui se rinçait l'œil.

— Pour ça, oui ! approuva Anne en battant des cils d'une manière qui aurait peut-être laissé Matt indifférent, mais produisit l'effet attendu sur le vieux birbe. On est un cadeau de fête de la part de ses copains de fraternité, à la fac. Ils avaient écrit son nom sur un papier, mais je crois bien qu'on l'a perdu.

— Dommage, compatit l'autre.

— Ce qui fait que notre seul moyen de le retrouver pour lui offrir son cadeau, c'est que vous nous aidiez. Vous voulez bien ?

— Oh, oui ! renchérit Mary dans un murmure. Aidez-nous.

— Si vous voulez pas, enchaîna Anne avec une moue à attendrir un tigre, on sera saquées. Il faut bien que les filles gagnent leur vie, vous comprenez ? Pour nous, ça serait la catastrophe.

— Le drame, ajouta Mary.

— Parce qu'il faudrait travailler pour de vrai, déclara Judy en guise d'argument massue. Comme serveuses. Ou pire.

L'ancêtre se léchait frénétiquement les babines.

— Je demande pas mieux que de vous aider, dit-il quand il eut regagné l'usage de la parole. Mais comment je vais trouver votre bonhomme si vous savez pas comment il s'appelle ?

— On sait à peu près de quoi il a l'air. Il est jeune, grand, musclé, avec les cheveux très courts. Il est Blanc, il a les yeux bleus et il est blond ou brun, je sais pas au juste parce qu'il aime changer de couleur de cheveux, comme un chanteur de rock ou un acteur si vous voyez ce que je veux dire. Il a dû arriver ici il y a une semaine, peut-être moins. Aujourd'hui, il est peut-être sorti, on ne sait pas.

— Compris. Il est descendu ici, vous croyez ?

— C'est ce qu'on pense, oui.

Le réceptionniste pianota sur le clavier de son antique ordinateur. Un instant plus tard, il releva la tête et lança à Anne un regard méfiant.

— Vous me racontez pas des histoires, par hasard ?

— Pourquoi vous me demandez ça ? s'enquit Anne en essayant de ne pas s'affoler.

— Parce que le type que vous me décrivez ressemble à celui du 247, mais c'est pas un étudiant ce zèbre-là. Il est arrivé il y a cinq jours et il était blond. D'après la coupe de cheveux, je parierais un million de dollars qu'il sortait de taule, pas de la fac.

Anne sentit son cœur bondir. C'était donc bien Kevin !

— C'est vrai ? demanda-t-elle d'un air innocent. Si c'est lui, son copain qui nous a engagées voulait peut-être pas le dire. Remarquez, c'est pas moi qui lui reprocherais s'il a fait son temps.

— C'est aussi mon avis, approuva le réceptionniste en recommençant à pianoter. Le voilà, annonça-t-il. Ken Reseda. Le nom vous dit quelque chose ?

Kevin était né à Reseda en Californie, Anne se rappelait l'avoir vu dans le dossier du procès. Il ne s'était pas fatigué les méninges pour trouver un pseudonyme.

— Mais oui, c'est lui ! s'écria-t-elle. Vous alors, vous êtes un champion !

— Je sais pas, dit le réceptionniste d'un air modeste. Ce que je sais, c'est que je renifle un ex-taulard à des kilomètres. On en apprend dans ce métier à observer les gens, vous le croiriez pas. Vingt-cinq ans que je suis hôtelier. Je suis le propriétaire, vous savez.

— Je m'en doutais. L'endroit est si bien tenu.

— On s'y sent comme chez soi, renchérit Mary.

— C'est quand même pas le Ritz, fit observer Judy en récompensant l'honnête hôtelier par une vue plongeante sur son décolleté.

Anne se retint de ne pas éclater de rire.

— Vous sauriez pas si M. Reseda est dans sa chambre ou s'il est encore sorti ? demanda-t-elle.

— J'étais pas de garde ce matin, mais je vais voir, dit l'obligeant propriétaire en regardant dans les casiers. Sa clef n'y est pas. Vous avez raison, il est pas encore rentré.

— C'est pas grave. Vous pourriez peut-être nous donner un double ? Comme ça, nous irions dans sa chambre tout préparer pour lui faire notre surprise. Ce sera notre petit secret, d'accord ?

— Ça doit pouvoir s'arranger, ma jolie, répondit le libidineux vieillard en lui tendant une clef avec un sourire complice.

— Et est-ce que vous pourriez nous appeler dans la chambre quand vous le verrez rentrer ? Pour nous laisser le temps d'être… présentables, si vous voyez ce que je veux dire.

Anne savait qu'elles prenaient un risque, mais cela valait mieux que de laisser l'une d'elles faire le guet dehors dans la voiture.

— Le temps de faire un brin de toilette, précisa Mary.

— Et de se ravaler la façade, ajouta Judy.

— Bon, je vous passerai un coup de fil quand je le verrai arriver et voilà la clef, dit-il en la laissant juste hors de portée d'Anne. Pour la peine, vous me ferez bien un petit cadeau, hein ? poursuivit-il avec un sourire dévoilant un râtelier jauni. Je suis encore assez vert pour honorer de belles mignonnes comme vous autres.

— Je suis pas du tout votre genre, voyons ! répondit Anne en se forçant à rire.

— Je coûte trop cher, susurra Mary avec un regard hautain.

— Moi, déclara Judy sur le ton de la confidence, je porte plainte contre n'importe qui rien que pour prendre mon pied.

Le sourire de l'ancêtre s'évanouit d'un seul coup, et il donna la clef à Anne en lançant un regard inquiet vers Judy.

— Elle est pas un peu bizarre, votre copine ? chuchota-t-il.

— C'est une vicieuse, répondit Anne sur le même ton.

Sur quoi, les trois grâces s'engouffrèrent dans l'ascenseur.

— Tu lui as dit que j'étais une vicieuse ! fulmina Judy une fois la porte de la cabine refermée.

— Il fallait bien jouer le jeu pour dépasser le comptoir.

— Nous y allons vraiment seules ? intervint Mary, inquiète. Nous devrions appeler Bennie.

— Ne te fais donc pas de souci, la rassura Anne, la chambre est vide. Et Bennie nous empêcherait d'y aller.

— Je n'aime pas ça du tout. Mais pas du tout !

— Allons, viens. Tout ira bien, dit Anne en lui prenant la main pendant que s'ouvrait la porte de l'ascenseur.

Elles débarquèrent au bout d'un long balcon couvert, le long duquel s'alignaient les portes des chambres. De là, on avait une vue plongeante sur le parking et la station-service de l'autre côté de la rue.

— Je ne suis pas vicieuse, bougonna Judy. Je ne veux pas être une putain vicieuse, mais une putain normale. J'ai mal aux pieds.

— Excuse-moi de t'avoir calomniée, je suis sincèrement désolée.

Anne avait l'estomac noué. Elle était trop proche de la chambre de Kevin pour ergoter avec Judy et aggraver sa mauvaise humeur.

Arrivée devant le 247, elle introduisit la clef dans la serrure, le cœur battant. Elle avait beau savoir que Kevin n'y était pas, elle dominait mal son appréhension. Elle redoutait maintenant d'envahir son territoire, d'espionner son esprit. Judy et elle entrèrent de front, Mary forma l'arrière-garde.

Le spectacle qu'elles découvrirent dans la petite chambre les étonna. Tous les meubles – réduits à un lit, une table en Formica et une télévision sur pied métallique – étaient couverts de papiers, coupures de presse, notes manuscrites, photographies, répandus jusque sur la moquette avec un cutter et un rouleau de scotch.

Anne eut une impression de déjà-vu et comprit aussitôt pourquoi. Cette chambre de motel était une réplique de la chambre de Kevin à Los Angeles, dont des photographies détaillées avaient été produites à son procès comme pièces à conviction. Là aussi s'étalaient des coupures de journaux, des photos d'Anne, des plans où sa maison et son bureau, les magasins où elle faisait ses courses, les restaurants où elle allait déjeuner étaient entourés au crayon rouge. Elle en resta un instant paralysée.

Son cauchemar recommençait.

— Je reste ici faire le guet, annonça Mary en allant se poster près de la fenêtre.

— Qu'est-ce que c'est que toute cette paperasse ? dit Judy qui commençait déjà à inventorier les papiers étalés sur le lit. On dirait des dossiers juridiques... Mais oui ! Le dossier complet de Chipster.com ! Nous n'en avons pas davantage au bureau. Incroyable que tous ces documents soient légalement accessibles à n'importe qui !

Au prix d'un effort, Anne examinait sur la table des coupures de presse concernant le procès Chipster. Une manchette L'HOMME NU AU TRIBUNAL lui fit faire la grimace. Mais la collection rassemblée par Kevin couvrait aussi tout ce qui avait paru sur Rosato & Associées, les collaboratrices de Bennie ainsi que les Dietz. La présence d'un document en couleurs, visiblement édité à partir d'un site Internet, l'intrigua. En écartant les papiers, elle découvrit un ordinateur portable dernier modèle connecté à une petite imprimante.

— Il s'agit sûrement de matériel volé, dit-elle à la cantonade.

— Viens voir ! dit Judy. Un plan de la ville avec des cercles au crayon rouge. La maison d'Anne, le bureau, le palais de justice.

— Je ne veux pas revivre tout ça, répondit Anne en frissonnant.

— Mais il ne s'agit pas que de toi, enchaîna Judy, soucieuse. La maison des Dietz à Powelton est aussi entourée au crayon, et je vois là un cercle au milieu de la 15e Rue avec une note : « Beth déjeune ici. »

— Qu'est-ce que ça signifie ? demanda Anne en s'approchant, intriguée.

Judy lui montra une photo des Dietz sortant du palais de justice après une audience préliminaire.

— Il y a des tas de photos de Beth, et même une repiquée sur un site Internet où les gens cherchent à retrouver leurs camarades d'école. Il a dû lancer sur elle une enquête en règle.

— Je connais ce site, il s'en est servi pour moi aussi, dit Anne. Tu as raison, il y a presque autant de photos de Beth que de moi.

Judy allait les reposer quand son geste se figea :

— Nom d'un chien ! Regarde celle-ci !

Le visage de Beth Dietz y était encadré d'un cœur au crayon rouge. Anne frissonna de nouveau.

— Je sais. Il le faisait aussi sur mes photos.

— Qu'est-ce que tout ça veut dire, Anne ? Est-il amoureux de Beth Dietz depuis que tu es morte ? On a l'impression qu'il est en train de changer de cible.

Loin de s'apaiser, le frisson d'Anne s'aggravait.

— Les obsédés transfèrent parfois leur obsession. S'il pense m'avoir tuée, il m'oublie et il commence à traquer Beth Dietz.

— Il serait donc amoureux d'elle ?

— Non, c'est l'inverse dans cette pathologie. Il croit au contraire que Beth Dietz est amoureuse de lui.

— Mais elle est mariée, et il le sait !

— Pour lui, ça ne compte pas, tenta d'expliquer Anne. Tout est du domaine de l'illusion, et aucune réalité ne peut rien contre une illusion obsessionnelle. Nous savons que le ménage Dietz bat de l'aile, Kevin doit le savoir lui aussi. Il m'a surveillée longtemps avant de m'inviter à sortir, je l'ai appris pendant le procès. Il me suivait et m'épiait à mon insu depuis des mois.

— Cela peut-il arriver même s'ils ne se sont pas rencontrés ? Je doute que Beth Dietz ait jamais adressé la parole à Satorno.

— Pour lui, c'est sans importance. Rappelle-toi ce qui est arrivé à Madonna et à Martina Hingis, entre autres.

— C'est terrifiant, commenta Mary en posant une main sur l'épaule d'Anne, qui se demanda si c'était pour la réconforter ou pour se rassurer elle-même.

Anne imaginait aussi clairement ce qui attendait Beth Dietz que si elle avait été voyante extralucide. Cela commencerait par des e-mails, des rencontres prétendument fortuites, puis suivraient des roses, des cartes de vœux, des coups de téléphone, des cadeaux. Ensuite, par des coups de sonnette à sa porte à n'importe quelle heure du jour et de la nuit. Et cela se terminerait avec un pistolet ou un fusil à canon scié...

Anne parvint à se ressaisir :

216

— Tant que Kevin Satorno est en liberté, Beth Dietz est en danger de mort. Qu'allons-nous faire ?

— Tout dire à la police, lança Judy d'un ton ferme.

— Et avertir Beth Dietz, ajouta Mary.

— Rectification ! déclara Anne. Nous nous assurerons que la police avertira Beth, et je préviendrai aussi Matt. N'oubliez pas que je dois rester morte jusqu'à mardi. Inutile de rendre Kevin fou furieux en ce moment, pour Beth autant que pour moi.

— D'accord, approuva Judy.

— C'est quand même bizarre, observa Mary. Nous allons sauver la vie de Beth Dietz qui poursuit notre client. La frontière entre le bien et le mal est de plus en plus mal définie.

— Oui, c'est bizarre, approuva Anne. Mais j'ai beau être soulagée de constater que Kevin ne s'intéresse plus à moi, je ne souhaiterais pas à ma pire ennemie de se trouver aux prises avec lui.

— Tu sais ce que tu es, Murphy ? demanda Judy en souriant.

— Une idiote ? répondit Anne.

— Non, une putain au cœur d'or, déclara Mary.

Pour la première fois, elles pouffèrent toutes trois de rire.

Quelques minutes plus tard, elles avaient refermé la porte de Kevin et s'entassaient dans le minuscule ascenseur. Comme convenu, Mary alluma son portable et composa le numéro du bureau.

— Bennie, devinez quoi ! commença-t-elle. Nous avons retrouvé Kevin. Il loge au Daytimer Motel, à Pennsauken, dans le New Jersey, sous le nom de Ken Reseda.

La cabine était assez petite pour permettre d'entendre Bennie rugir :

— QUOI ? Comment le savez-vous ? Vous êtes censée veiller sur Murphy ! Où est-elle ?

— Nous sommes toutes les trois ensemble, mais ce serait trop long à vous raconter. Nous vous alertons aussitôt parce que nous sommes sûres qu'il s'agit bien de lui. Nous avons aussi découvert qu'il commence à traquer Beth Dietz. Vous voulez appeler la police ou c'est nous qui le faisons ?

La porte de l'ascenseur s'ouvrit au rez-de-chaussée.

— Où êtes-vous, DiNunzio ! rugit Bennie. Ne me dites pas que vous êtes dans le New Jersey !

— Moi ? Je suis, euh... dans une station-service.

Judy imita avec obligeance des bruits de moteur. Anne se sentit presque gênée d'entendre un mensonge aussi ridicule, mais il n'était plus temps de donner à ses amies des cours de dissimulation.

En passant devant le comptoir, elle rendit la clef au vieil hôtelier.

— Merci encore, lui souffla-t-elle avec son plus séduisant sourire.

— Pourquoi vous partez déjà ? s'étonna l'autre. Reseda est pas encore rentré.

— Il est trop vicieux pour nous, l'informa-t-elle avant de rejoindre les autres déjà à la porte.

Elle aurait demandé au patron de ne pas parler à Kevin de leur visite dans sa chambre si elle n'avait été certaine qu'il serait arrêté avant même de franchir le seuil du motel.

Cette fois, elle le tenait. Enfin !

23

Dans le sens du retour vers la ville, la circulation quasi inexistante permit à Judy de déchaîner la Coccinelle, qui grimpa sans haleter la rude pente du pont Benjamin-Franklin. Le vent montant du lit de la Delaware ébouriffait les trois avocates reconverties en pécheresses pour la bonne cause, et Anne se sentait presque joyeuse.

Elles avaient gagné leur pari, elles avaient débusqué Kevin ! Il allait être arrêté, jugé, condamné et mis hors d'état de nuire, pour de bon cette fois. Le cauchemar prenait fin, pour Anne comme pour Beth Dietz qui ne savait même pas qu'il avait commencé. L'infortunée Willa n'aurait droit qu'au deuil, mais au moins justice serait faite. Demain, lundi 4 juillet, jour des feux d'artifice et des réjouissances, serait aussi pour Anne le début d'un nouvel amour qu'elle ressentait déjà comme vrai et durable. Elle avait toutefois un regret :

— J'aurais bien voulu assister à son arrestation.

— Moi aussi, répondit Mary, mais Bennie voulait que nous filions le plus vite possible. Elle appelait la police sur l'autre ligne pendant que je lui parlais, ils sont déjà en route. Et il faut rentrer au bureau pour ton rendez-vous avec Gil, nous sommes en retard.

— Nous risquions aussi d'être arrêtées pour outrage à la pudeur, ajouta Judy en essuyant son maquillage avec un mouchoir en papier.

Anne s'accouda aux dossiers des sièges avant.

— Je me demande comment s'y prendront les policiers. Ils le guetteront sans doute à l'extérieur sans se faire remarquer.

— Probable, commenta Judy.

Du haut du pont, la ville entière s'offrait aux regards. Les tours de Liberty Square étaient festonnées de tubes au néon aux trois couleurs du drapeau. Dans le crépuscule qui tombait, on voyait çà et là des feux d'artifice individuels tirés le long du fleuve.

— Dis-moi qu'ils vont l'arrêter, Judy, implora Anne.

— Mais oui, sois tranquille. Il n'est pas aussi intelligent que ça. La police de Philadelphie et celle du New Jersey feront appel aux fédéraux ; ils viendront en force, sinon ils entendront parler de Bennie Rosato, tu peux lui faire confiance.

— Il peut quand même arriver n'importe quoi. Je regrette vraiment de ne pas être restée.

— Quand la police l'arrêtera, la réconforta Judy en accélérant dans la descente, la nouvelle sera immédiatement diffusée, tu peux en être sûre. Bennie nous appellera sans perdre une minute.

— Tu seras enfin libre, Anne, affirma Mary.

— Vous avez sans doute raison toutes les deux, mais j'ai encore du mal à y croire.

Judy se pencha pour ramasser quelque chose par terre, entre ses pieds. Elle perdit une seconde le contrôle de la voiture, qui fit une embardée vers le parapet du pont.

— Qu'est-ce que tu fais ? s'écria Mary, affolée.

— Regardez, les filles ! proclama Judy. Moi aussi, je suis libérée !

Elle passa un bras par la vitre ouverte en tenant les lanières de ses sandales qui virevoltaient dans le vent.

— Non, pas ça ! crièrent ensemble Anne et Mary.

Mais il était trop tard.

— Adieu, instruments de torture ! dit Judy.

Les sandales se séparèrent, semblèrent monter comme des fusées avant de plonger vers les eaux de la Delaware.

— Tu les as assassinées ! dit Anne d'un ton de reproche.

Judy riait aux larmes.

— Pourquoi avoir fait cela ? demanda Mary. C'étaient de très bonnes sandales. Et elles étaient neuves !

— Des horreurs ! Je n'ai qu'un regret, c'est de ne pas les avoir vues se noyer.

Anne rit malgré elle, Mary ne put s'empêcher d'en faire autant. Et la Coccinelle parut planer pendant sa descente finale vers la ville de Philadelphie qui commençait à scintiller de toutes ses lumières.

Du seuil de la salle de conférences, les yeux écarquillés, Gil Martin toisa Anne de la tête aux pieds en s'attardant sur les étoiles qui lui couvraient la poitrine et le minishort qui dévoilait ses cuisses.

— Anne ! Tu es époustouflante ! Et ces sandales sont...

— Je t'en prie !

Anne devint aussi rouge que son short. Arrivée en retard, elle n'avait pas eu le temps de se changer. Mieux vaut, pensa-t-elle, ne pas se déguiser en prostituée avant de rencontrer un client coureur.

Avec un sourire qu'il semblait incapable de maîtriser, Gil s'assit en face d'elle.

— Je n'en reviens pas ! Tu as toujours été belle, mais là...

— Oui, bon, merci, l'interrompit-elle sèchement. Tu as apporté les preuves que je t'ai demandées ? ajouta-t-elle en remarquant qu'il tenait une enveloppe. Parfait. Je peux les voir ?

— La meilleure preuve est dans mon pantalon, dit-il en riant.

Anne ne partagea pas son hilarité. Qu'est-ce qui lui prenait de se conduire de cette manière ? Essayait-il de la draguer ? Il ne l'avait encore jamais fait, et son sourire égrillard ne lui plaisait pas du tout. De plus, elle sentait nettement que son haleine était alcoolisée.

— Tu arrives d'un barbecue, Gil ?

— D'une petite réunion amicale, répondit-il en paraissant oublier l'enveloppe. Il faut que je te dise combien j'ai eu plaisir à travailler avec toi ces derniers mois. Tu es sensationnelle, Anne...

— Merci.

— Comme avocate, je n'ai jamais trouvé mieux que toi, enchaîna-t-il sans se laisser démonter. Tu es tellement... tellement coriace, tellement intrépide pour une aussi jolie fille. Parce que je t'ai toujours trouvée ravissante, dès que j'ai fait ta connaissance en fac.

Elle le laissa parler en tendant la main vers l'enveloppe posée entre eux sur le bureau. Elle n'avait pas de temps à perdre et elle avait les nerfs en pelote. Bennie et les deux autres, qui montaient la garde près du téléphone, n'avaient encore aucune nouvelle concernant l'arrestation de Kevin.

— Je peux l'ouvrir ?

— Bien sûr, dit-il avec un geste désinvolte. Tu sais, les copains et moi – tu te souviens de notre petite bande ?

— Vaguement. Vous faisiez des parties de poker.

Anne ne savait absolument pas de quoi il parlait ni où il voulait en venir. Elle défit l'attache du rabat et glissa la main dans l'enveloppe.

— Eh bien, on était tous fondus de toi. Moi plus que les autres. Je n'ai jamais vu de ma vie de fille plus belle que toi.

Sans l'écouter, Anne fouillait l'enveloppe qui ne contenait aucun papier. Elle ne sentit du bout des doigts qu'un objet dur et plat.

— Je n'étais pas ton genre, je le savais. Je n'étais qu'un bidouilleur d'ordinateurs. Pas idiot, non, mais très au-dessous de ton niveau, de ta classe. Maintenant, ce n'est plus le cas. J'ai pas mal réussi, non ? Aujourd'hui, ce sont les bidouilleurs qui mènent le monde !

Anne n'écoutait toujours pas, car elle n'avait trouvé dans l'enveloppe qu'un CD-Rom dont la surface brillante réfléchissait la lumière du plafonnier. Elle le retourna pour y chercher une étiquette. Qu'était-ce donc ? De la musique, des données en mémoire ?

— Tu devrais venir travailler pour moi, Anne. Je t'offre un job en or, celui de chef des services juridiques de Chipster.com. Trois cent mille dollars par an de salaire de base, plus les stock-options. En six mois, tu vaudras des millions.

— Qu'est-ce que c'est ? voulut savoir Anne en montrant le CD.

— Réponds-moi d'abord. Quand veux-tu commencer ? Avec toi et moi à la barre, Chipster crèvera tous les plafonds.

— Tu as bu.

— Coupable, Votre Honneur. Alors, tu veux bien devenir mon avocate personnelle ? Parce que moi, je voudrais devenir ton mec.

Anne se domina avec la plus grande difficulté.

— Gil, sois sérieux une minute si tu en es capable. Je m'efforce de gagner ton procès malgré tes efforts pour le saboter. Tu as commencé par me mentir au sujet de Beth Dietz et maintenant, tu m'apportes un CD alors que je te demandais des preuves écrites. Explique-toi.

— Tu n'as plus besoin de gagner le procès à ma place, ma chérie. Je l'ai déjà gagné par mes propres moyens. Le CD en est la preuve.

Anne préféra ignorer le « ma chérie ». Gil se couvrait de ridicule et ce n'était pas lui qui parlait, mais le whisky.

— Comment un CD constitue-t-il une preuve d'adultère ?

— Pas d'adultère, mais c'est une preuve irréfutable.

— De quoi ?

— De manœuvres frauduleuses. De vol. D'espionnage industriel.

Sur quoi, Gil ramassa non sans peine le CD, mit l'œil dans le trou central et cria « Hou ! » comme s'il jouait à cache-cache.

— Qu'est-ce qui te prend, Gil ? gronda-t-elle.

Il posa le disque sur le bureau, redevint sérieux.

— Tu me sous-estimes, Anne. Tu croyais que j'avais tout saboté alors qu'en réalité je couvrais mes arrières. Je planifiais mes mouvements. Dans le monde d'Internet, il faut gagner, sinon la concurrence te massacre. Quand le sang coule, il ne faut pas être celui qui saigne.

— Qu'y a-t-il sur ce CD ?

— Remontons une minute en arrière, veux-tu ? J'ai démarré Chipster avec quelques types valables. Bill Dietz en faisait partie. Il est arrivé un peu après les autres, parce que je l'avais débauché d'une petite boîte qui s'appelait Environstat. Dietz était intelligent, bosseur, il ne comptait pas ses heures et il avait de bonnes idées. Mais surtout, il créait d'excellents programmes.

— Bien. Et alors ?

— Alors, Chipster a décollé. Nous avons développé nos applications et nos produits en partie grâce aux programmes de Dietz. Sauf qu'un an plus tard, Dietz m'a dit qu'il avait volé les programmes de base à Environstat. Ce CD contient ceux qu'il a volés.

— Environstat a-t-il intenté des poursuites ?

— Non, parce que Environstat aussi avait démarré avec des programmes volés. Dans l'informatique, tout le monde vole tout le monde, surtout parce que rien n'est jamais définitif. Les versions des logiciels vont de 1.0 à 37.9, et les programmeurs changent tout le temps de job. Mais la question n'est pas là. C'est de moi qu'il s'agit, pas de Dietz. Prouve-moi que tu es futée et dis-moi ce que j'ai fait ensuite.

Anne réfléchit une minute. Une semaine plus tôt, sa réponse aurait été différente car elle portait sur Gil un autre regard.

— Tu n'as rien fait. Tu as utilisé les programmes et ils t'ont rapporté une fortune. Tu as caché leur origine frauduleuse pour mieux développer ton affaire.

— Bravo ! J'adore les femmes intelligentes, tu sais. Je ne suis pas comme les autres.

Non, tu es pire.

— Pourquoi alors n'as-tu jamais donné de stock-options à Dietz ?

— Parce qu'il n'était pas un des fondateurs et que je n'étais pas obligé de le garder.

— Dis plutôt que tu étais au courant de l'origine des programmes et que tu le tenais de cette manière. S'il t'avait quitté, tu l'aurais dénoncé. Me diras-tu enfin quel est le rapport entre ce CD et le procès ?

— Le CD fera voler le procès en éclats. Il m'a suffi de payer ce qu'il fallait au programmeur qu'il fallait pour obtenir la preuve dont j'avais besoin, dit Gil en se léchant les lèvres avec gourmandise. J'ai téléphoné à Bill Dietz juste après ton appel pour lui dire que s'il ne persuadait pas sa femme de laisser tomber, je le dénoncerais publiquement.

— Si tu le dénonces, tu partages sa responsabilité. Pénalement.

— Il aura trop peur. J'ai les moyens d'avoir la meilleure avocate de la ville, lui, il n'a les moyens de rien.

Anne préféra ne pas relever.

— Je ne comprends toujours pas comment ce CD peut « faire voler en éclats » le procès, comme tu dis.

— Beth ignore qu'il avait volé les programmes. Ils se sont connus après l'arrivée de Bill chez Chipster.

— Comment sais-tu qu'elle l'ignore ? Il le lui a peut-être avoué.

— Non, elle ne m'aurait jamais intenté ce procès si elle avait été au courant. Elle aurait compris que c'était trop risqué. Elle m'en aurait aussi parlé pendant notre petite aventure, mais elle ne m'a rien dit. Si Bill lui dit maintenant la vérité, elle se rendra compte que l'idée de me poursuivre pour se venger n'était pas bonne du tout.

— Tu n'auras pas gagné ton procès si Beth retire sa plainte, Gil ! Ce sera au mieux une victoire par défaut.

— Mais non ! répondit Gil en se levant. Ce n'est pas ce que je veux ni ce que j'ai demandé à mon vieux copain Dietz. Le procès se déroulera comme prévu, sauf que la plaignante aura un trou de mémoire. Tu sais, le trac des témoins, c'est classique. Alors, je veux que tu la matraques à mort, que tu me décroches du jury un verdict d'acquittement qui me rendra ma réputation et me fera acclamer par mon conseil d'administration. Pas de compromis, la victoire.

— Tu veux dire qu'elle truquera elle-même son procès ? Qu'elle jettera l'éponge comme un boxeur sur le ring ?

— Exactement. Bonne comparaison. Je suis si content que tu ne sois pas morte, Anne ! Deviens mon avocate particulière et habille-toi comme maintenant, avec ce joli petit débardeur qui…

— Je refuse !

— D'accord, pas de joli petit…

— Arrête Gil, tu n'es pas drôle ! Ce que je refuse, c'est de me rendre complice d'un procès truqué. De faire semblant de plaider.

— Mais il le faut ! Tu ne peux pas te retirer l'avant-veille du procès, dit-il en s'asseyant sur la chaise la plus proche d'Anne. Nous sommes tous les deux dans cette fusée, ma chérie. Et elle nous emmènera jusqu'aux étoiles !

Anne parvint à dominer sa crainte en voyant Gil s'approcher de plus en plus.

— Comment es-tu certain que Beth acceptera ?

— Je ne le suis pas encore, mais elle le fera. J'ai parié sur Bill, c'est lui le cerveau de l'opération. Elle n'est que sa marionnette.

Soudain, Gil plongea par-dessus les chaises, les mains tendues vers les étoiles du corsage d'Anne qui esquiva de son mieux.

— Maintenant, ça suffit ! Dehors ! cria-t-elle en courant vers la porte.

Gil parut n'avoir rien entendu.

— Et si tu savais les horreurs que Dietz a débitées sur ton compte ! Il a dit, entre autres amabilités : « Je suis enchanté que cette petite pute se soit fait descendre ! »

— Je ne veux pas t'écouter, dit Anne en se bouchant les oreilles.

Mais elle l'avait déjà entendu. Dietz avait probablement dit la même chose devant Matt, c'est pourquoi Matt avait protesté et s'était fait boxer par Dietz.

— Sors d'ici ! Immédiatement !

Gil trébucha, se rattrapa au dossier d'une autre chaise.

— Dietz l'avait également dit à son avocat. Ils se sont même bagarrés. Dietz m'a avoué qu'il t'aurait tuée lui-même à cause de ce que tu avais infligé à sa chère petite femme. Et tu prends son parti contre moi ?

— Dehors, te dis-je ! Je n'ai qu'à crier pour que mes amies viennent !

— Ça va, ça va, je ne vais pas te manger.

Gil levait les mains pour signifier qu'il se rendait quand la porte s'ouvrit à la volée, Bennie sur le seuil, rouge de colère.

— Sortez, monsieur Martin ! dit-elle d'un ton sans réplique.

Il fut bien obligé de s'exécuter.

Après que les quatre avocates l'eurent escorté jusqu'à la porte de service et enfourné dans un taxi, elles se remirent de leurs émotions dans les fauteuils du hall de réception pendant qu'Anne leur relatait l'histoire du CD et les révélations de Gil. Judy avait troqué sa tenue provocante contre une salopette en denim, mais Mary ne s'était pas encore changée. Ses sandales abandonnées formaient une protubérance obscène sur le tapis d'Orient.

— La situation est intéressante, commenta Bennie quand Anne eut terminé. Très intéressante. Au fait, Murphy, vous êtes renvoyée.

Anne espéra qu'elle plaisantait de nouveau.

— Toujours pas de nouvelles de Kevin ? demanda-t-elle.

— Rafferty m'a dit qu'ils faisaient toujours le guet devant le motel. Nous ne pouvons rien faire qu'attendre. Ils l'arrêteront dès qu'il se montrera. Rafferty a promis de m'appeler aussitôt.

Gil qui perdait le sens commun et Kevin toujours en liberté. Anne n'aimait pas la manière dont la situation évoluait.

— Et Beth Dietz ? La police l'a avertie ?

— Rafferty m'a assuré qu'il le ferait. Nous en saurons davantage quand il appellera.

— Qu'est-ce que je fais, maintenant ? soupira Anne. Comment dois-je plaider pour Chipster ? Et dois-je même continuer à défendre Chipster ? Gil est un porc !

— Un tas d'ordures, renchérit Judy.

— Un menteur, ajouta Mary.

— Un client, déclara Bennie avec fermeté.

Anne leva les yeux vers elle, étonnée.

— J'ai l'impression que nous avons déjà eu cette conversation.

— Et nous l'aurons jusqu'à ce que vous m'ayez comprise, Murphy. En tant qu'avocate, vous avez l'obligation de représenter votre client au mieux de vos capacités, de ne rien dire de contraire à la vérité, et de ne rien faire dire qui soit contraire à la vérité.

— Mais il a essayé de me peloter ! protesta Anne.

— Si vous n'êtes plus capable de plaider pour Chipster et de remplir vos obligations selon l'éthique de notre profession, je plaiderai à votre place. Gil Martin est toujours client de mon cabinet. Allez-vous le défendre ou dois-je reprendre le dossier ?

Anne se sentit acculée dans une impasse.

— Je le garde, ce salaud, grommela-t-elle.

— Alors, faites votre travail et faites-le bien. Nous ignorons si Beth Dietz acceptera de truquer son témoignage. Elle peut refuser.

— Si son ménage marche mal, commenta Anne, elle peut se moquer que son mari ait des problèmes. Pour elle, ce procès représente l'occasion de se venger de Gil qui a rompu leur liaison, et elle ne voudra peut-être pas la laisser passer.

— À moins que Dietz ne l'y contraigne, observa Judy. Nous savons qu'il ne recule pas devant la violence.

— Si son mari la brutalise, enchaîna Mary, je n'aimerais pas m'en sentir responsable. Beth a assez de problèmes comme ça, avec Kevin qui la poursuit.

— Ce ne serait pas vous qui en seriez responsable, la contra Bennie, mais lui seul. Si Beth Dietz reste mariée à une brute, elle ne m'inspire aucune compassion. Elle poursuit mon client en justice et il a beau se conduire comme un parfait imbécile, je suis dans son camp. J'ai prêté serment dans ce sens, et il me paie pour le défendre.

— Vous venez quand même de le jeter dehors, observa Anne.

— Il y a des bornes à ne pas dépasser, j'ai le devoir d'y veiller. Vous, ne perdez pas de vue l'essentiel, c'est-à-dire le procès.

Anne réfléchit quelques instants.

— En réalité, dit-elle enfin, nous ne pouvons pas prévoir ce qu'elle fera.

— En effet. Vous devrez donc être prête à réagir à toutes les éventualités. Je vous en crois capable, vous me l'avez prouvé depuis deux jours. Très bien, ajouterai-je. À une exception près.

— Matt, enchaîna Anne sans laisser à Bennie le temps de le dire.

Trois paires d'yeux se tournèrent vers elle. Ceux de Mary étaient compréhensifs, ceux de Judy amusés. Mais ceux de Bennie reflétaient une lucidité si pénétrante qu'Anne se sentit gênée.

— Vous n'avez pas l'intention de le voir ce soir, j'espère ?

Anne devait prendre au plus vite une décision déchirante. Matt avait laissé deux messages dans la boîte vocale de son portable pour la supplier de venir. Elle l'avait rappelé en lui demandant de parler de Kevin à Beth Dietz, mais sans répondre à sa requête. Elle mourait pourtant d'envie de se couler dans son lit, de sentir ses bras autour d'elle, d'être protégée par lui des dangers extérieurs. Pouvait-elle admettre un seul de ces sentiments devant les autres ? Et d'ailleurs, cela les regardait-il ? Habituée à la solitude, elle se retrouvait tout à coup pourvue de trois amies et d'un amoureux. Quand votre vie personnelle prend tournure, il est souvent difficile de tout concilier…

— Je ne le verrai pas ce soir, répondit-elle. Je suis jeune, mais je peux apprendre.

C'était la chose à faire. Ou à ne pas faire.

— Bonne décision qui vous évite d'être radiée du barreau, ma fille, déclara Bennie. La leçon commence à rentrer.

— Merci. Mais la question reste posée de savoir où je vais passer la nuit. Je ne peux pas rester chez vous, Bennie. Il faut que j'emmène Mel avant qu'il ne vous fasse éclater le nez. Je peux aller à l'hôtel.

— Non, ce serait trop dangereux, déclara Mary en se levant. Je connais l'endroit idéal pour te cacher. Notre refuge.

— Excellente idée ! approuva Bennie. Pourquoi n'y ai-je pas pensé plus tôt ?

— Parfait ! renchérit Judy en se levant à son tour.

— Où allons-nous ? demanda Anne, déconcertée. De quel refuge parlez-vous ?

— Tu verras, répondit Mary. Sauf que nous ne pouvons pas y aller habillées comme ça, on nous tuerait.

Drôle de refuge si on risque de s'y faire tuer, pensa Anne. Mais Mary l'entraînait déjà en la prenant par la main.

24

La nuit était tombée lorsque Mary et Anne arrivèrent à la petite maison de briques nichée dans le dédale des rues de South Philly, au sud de Philadelphie. Caquetant et roucoulant comme de vieux pigeons, Vita et Mariano DiNunzio se précipitèrent pour les prendre dans leurs bras et les couvrir de baisers. Anne eut à peine le temps de poser à terre la boîte en carton servant de panier à Mel.

— Entrez, les filles, entrez ! s'exclama le père de Mary. Maria, ma chérie ! dit-il en se balançant et en la serrant sur son cœur. Notre bébé est revenue, Vita. Regarde, notre bébé est là !

Septuagénaire chauve et trapu, Matty DiNunzio souriait de toutes ses dents, artificielles mais belles, et ses yeux brillaient de bonheur derrière ses lunettes à double foyer. Mais la mère de Mary accordait toute son attention à Anne dont elle caressait tendrement la joue.

— C'est donc vous Anna ? *Che bellissima !* Encore plus belle que sur la photo. Regarde, Matty, elle a un visage d'ange !

— Merci, merci, répétait Anne, qui sentait ses forces revenir avec sa bonne humeur.

Jamais encore elle n'avait été accueillie avec un tel débordement d'affection et d'enthousiasme.

— Une vraie beauté, approuva M. DiNunzio sans lâcher Mary. Une princesse ! Nous prendrons bien soin d'elle. De toutes les deux.

— Personne ne vous fera du mal dans ma maison, affirma Mme DiNunzio, les larmes aux yeux. Dieu vous bénisse, Anna. Tant que vous serez avec nous, tout ira bien.

Anne savait que Mary lui avait raconté en détail les tribulations et les épreuves qu'elle avait subies ; aussi fut-elle émue de voir la vieille dame pleurer sur son sort.

— Merci, répéta-t-elle, faute de savoir que répondre.

Mais Mme DiNunzio n'écoutait pas. Son visage se rembrunit soudain et ses yeux lancèrent des éclairs :

— Alors, vous travaillez vous aussi pour Benedetta Rosato ? C'est une mauvaise femme ! déclara Mme DiNunzio en brandissant un index noueux déformé par l'arthrite. Elle ne crée que des ennuis pour les pauvres filles. Les armes, les fous, tout est sa faute, à Benedetta Rosato ! Elle ne veille pas sur ma Maria ni sur vous ! Elle est…

— Je t'en prie, maman, arrête, intervint Mary, qui se dégagea de l'étreinte de son père pour venir embrasser sa mère. Ne parlons plus de Bennie, d'accord ? Comme je te l'ai dit au téléphone, Anne pourra coucher dans ma chambre et…

— Mais oui, mais oui, pas de problème, l'interrompit Mme DiNunzio dont l'accès de colère s'évanouit aussi vite qu'il était venu. Le lit est fait. J'ai mis des draps propres, des serviettes propres, tout est prêt pour Anna. Mais d'abord, on va manger.

— Merci, répéta Anne pour la énième fois – mais que dire d'autre à des gens aussi gentils et accueillants ? Est-ce que Mary vous a aussi avertie que j'ai un chat ?

— J'aime les chats ! déclara Mme DiNunzio

M. DiNunzio souleva le couvercle de la boîte, et Mel sortit la tête en poussant un miaou de mécontentement qui fit rire tout le monde.

— *Madonna mia !* Qu'il est beau, ce minou ! s'exclama Mme DiNunzio en battant des mains, heureuse comme un enfant.

— Et qu'il est gentil ! renchérit M. DiNunzio. Tu vois, Vita, il nous aime !

Il avait pris dans ses bras Mel qui, ravi qu'on s'intéresse enfin à lui, fit son numéro de charme en ronronnant comme un moteur.

— C'est un bon chat puisqu'il se plaît ici, conclut Mme DiNunzio. Bienvenue, chat d'Anna.

— Allons, Vita, donne du lait au chat d'Anna ! décréta M. DiNunzio en se dirigeant vers la cuisine, Mel toujours blotti dans ses bras. Venez les filles, allons donner à manger au chat. Avez-vous mangé avant de venir, Maria ?

— Non, papa, il faut nous nourrir nous aussi. Nous sommes arrivées depuis au moins cinq minutes et il n'y a toujours rien ! Tu ne m'aimes plus, maman ?

— Pas d'effronteries, petite ! la rabroua sa mère en riant.

Elle prit la main d'Anne et l'entraîna à travers la salle à manger obscure jusqu'à la cuisine brillamment éclairée, où flottaient les appétissants arômes d'une sauce tomate qui mijotait dans une grande marmite au coin du fourneau. Mme DiNunzio s'y précipita aussitôt et entreprit de touiller la sauce à l'aide d'une grande cuiller de bois.

— Puis-je vous aider, madame DiNunzio ?

Les senteurs de la tomate, de l'ail, du basilic et d'autres ingrédients, dont Anne ignorait jusqu'à l'existence, la rendirent consciente qu'elle mourait de faim. Elle avait oublié jusqu'au jour de son dernier vrai repas et elle n'avait jamais eu l'occasion de savourer une cuisine comparable à celle-ci.

— Asseyez-vous, Anna ! lui intima Mme DiNunzio en brandissant sa cuiller de bois d'un geste impérieux.

— N'envisage même pas l'idée d'aider maman, lui précisa Mary, sinon elle te tapera dessus avec le premier ustensile qui lui tombera sous la main. Elle est jalouse de son territoire. C'est sa cuisine, personne n'a le droit d'y officier. N'est-ce pas, papa ?

— Vrai, ma poupée. Dès que j'aurai fini, je m'assiérai moi aussi.

M. DiNunzio sortit une brique de lait du réfrigérateur, en remplit une soucoupe et la déposa sur le linoléum devant Mel, qui ne se fit pas prier pour y faire honneur.

— Nourrir les chats, enchaîna-t-il, ma femme veut bien me faire confiance. Mais les humains, c'est elle et personne d'autre.

Quand tout le monde eut pris place autour de la table en Formica, Mme DiNunzio donna un dernier tour de cuiller à sa marmite et vint s'asseoir en face d'Anne, le regard plein d'inquiétude.

— Alors, Anna, la police cherche cet homme, celui qui veut vous faire du mal ?

Mary lança à Anne un regard signifiant : « Je m'en charge. »

— Oui, maman, mais tout sera bientôt réglé. Il ne faut pas te faire tant de souci.

Sans prêter attention à sa fille, Mme DiNunzio ne cessait de porter sur Anne un regard d'une intensité qui la troublait.

— Je vois le danger, dit-elle en se penchant pour lui prendre la main par-dessus la table. Un grand danger. Vous êtes en danger, Anna. Parlez-moi, je vous aiderai.

Anne fut déconcertée, mais la sollicitude de la vieille dame la toucha. Personne ne s'était jamais intéressé à elle de cette manière, comme si Mme DiNunzio n'avait attendu que l'occasion de lui venir en aide. Mais ses problèmes et les dangers qu'elle courait n'étaient pas de ceux pour lesquels Mme DiNunzio pouvait la secourir, à moins de disposer d'un bazooka.

— Vous parlez de quoi ? Le danger vient de cet homme, Kevin Satorno. La police est sur le point de l'arrêter. Nous devrions le savoir dès ce soir.

— Non, non, pas lui, dit Mme DiNunzio avec impatience, comme si Anne se méprenait. Il n'est pas le problème, lui.

— Écoute, maman, intervint Mary, tu n'as pas besoin de tout savoir, cela ne ferait que te tracasser. Nous…

— Chut ! fit sa mère d'un ton sans réplique. Vous avez de graves ennuis, *cara*, poursuivit-elle. Oui, Anna, de graves ennuis. Ils vous font mal dans votre tête et dans votre cœur. Je le vois. Je le sais.

Anne ne sut que répondre. Car, pour ne rien se cacher, elle avait la migraine en ce moment même et, ces derniers temps, elle commençait à se demander si son cœur ne se détraquait pas.

— Maman ! s'exclama Mary. Ne me fais pas honte devant mes amies, j'essaie de leur faire bonne impression.

— Ne te mêle pas de ça, Maria, lui ordonna M. DiNunzio en se levant. Si ta mère dit qu'Anna a un problème, elle l'a. Laissons-les seules, cela les regarde. Ta mère sait ce qu'elle fait. Elle aidera Anna.

J'ai besoin d'aide ? se demanda Anne, vaguement inquiète. Dans l'accueillante petite cuisine, l'ambiance était soudain altérée. Mme DiNunzio devenait grave, presque sévère, et M. DiNunzio se retirait avec Mary qui ne protestait plus. Mel lui-même avait cessé de laper son lait et s'était accroupi, comme s'il sentait un danger diffus.

— Que se passe-t-il, Mary ? lui demanda Anne avant qu'elle ne quitte la pièce.

— Ma mère a des pouvoirs surnaturels et une vision plus pénétrante que les rayons X. Elle pense que tu as besoin d'aide et qu'elle peut te la fournir. Écoute-la et laisse-la faire.

— Mais que veut-elle faire ?

— Tu verras. C'est un truc italien ultrasecret que personne n'a le droit de révéler au monde extérieur.

Interloquée, Anne eut presque envie de rire. Mme DiNunzio lui serrait la main comme un médecin préparant son patient à entendre une mauvaise nouvelle.

— Madame DiNunzio, qu'est-ce que ?...

— Anna, l'interrompit-elle, quelqu'un vous hait. Quelqu'un vous veut du mal. Vous avez le *malocchio* sur vous.

— Le mal... quoi ?

— Le *malocchio*. Le mauvais œil.

Mary s'était arrêtée sur le pas de la porte.

— Elle est sérieuse, Anne. Et nous sommes à South Philly, le pays des mauvais sorts et des sortilèges. Ma mère sait comment chasser le mauvais œil. La prière d'exorcisme lui a été enseignée une nuit de Noël par sa mère qui, elle aussi, avait les pouvoirs. Joue le jeu et, de grâce, ne lui dis pas que les esprits n'existent pas, tu risquerais de te faire assommer à coups de cuiller en bois.

— Je ne suis pas victime du mauvais œil, madame DiNunzio, mais d'un obsédé criminel qui...

— Pas de souci, je le chasserai, l'interrompit Mme DiNunzio en lui serrant la main un peu plus fort. Je le ferai maintenant.

Les Italiens sont-ils tous fous ou seulement ceux d'Amérique ?

— Je suis très touchée, madame DiNunzio. Sincèrement. Mais vous ne pouvez rien faire contre cet homme.

Mme DiNunzio s'était déjà levée pour aller à l'évier remplir d'eau un bol en verre. Elle prit ensuite une bouteille d'huile d'olive sur une étagère et apporta le tout sur la table avant de se rasseoir.

— Madame DiNunzio...

— Chut ! Regardez.

Elle prit le flacon d'huile d'olive et en versa dans l'eau trois gouttes qui se soudèrent pour s'étaler à la surface. Un silence complet régnait maintenant dans la cuisine, seulement rompu par les légers bouillonnements de la sauce tomate dans la marmite.

— Attendez, Anna.

— Attendre quoi ?

— Si vous avez le mauvais œil, l'huile va se séparer. Vous voyez ?

La large goutte d'huile se scindait en effet, et ses deux moitiés se dirigeaient chacune vers une paroi du bol.

Qu'est-ce que c'est ? De la chimie italienne ?

— Mais, madame DiNunzio, l'huile et l'eau se séparent toujours !

— Anna, vous avez le *malocchio*. Grave, très grave. Vous avez des ennuis, n'est-ce pas ?

Son regard exprimait tant de sympathie, sa voix un souci si sincère qu'Anne, en dépit de la naïveté de l'expérience de séparation de l'eau et de l'huile, reconnut malgré elle que c'était vrai.

— Oui, j'admets que j'ai des ennuis.

236

— Je vois que vous avez… *come se dice* ? dit Mme DiNunzio en montrant du doigt la lèvre supérieure d'Anne.

— Un bec-de-lièvre.

— *Santa Madonna !* Un don de Dieu !

— Un don ? Dites plutôt une malédiction !

— Non, non. Un don de Dieu. Vous êtes si belle, Anna, que les gens sont jaloux. Ils vous haïssent d'être aussi belle. Dieu le sait, Il vous a fait ce don et il faut l'en remercier.

Anne n'avait jamais imaginé qu'un bec-de-lièvre puisse être une grâce de Dieu pour un enfant doté par-dessus le marché de cheveux roux, comme pour mieux attirer l'attention sur lui.

— Fermez les yeux, Anna. Je vais vous libérer du *malocchio*. Personne ne vous fera plus de mal.

Anne ne put se forcer à fermer les yeux. C'était absurde ! Les esprits n'existaient pas, le mauvais œil encore moins !

— Fermez les yeux, Anna ! répéta Mme DiNunzio.

Anne obéit à contrecœur en concentrant son attention sur les délicieuses odeurs de la sauce tomate et la chaleur des mains de Mme DiNunzio. Elle l'entendit marmonner à mi-voix des incantations en italien qu'elle n'essaya même pas de comprendre. Une minute après, elle sentit un doigt huileux se poser sur son front.

— Que faites-vous ? murmura-t-elle.

— Chut ! Le signe de croix. Trois fois.

Mme DiNunzio reprit ses incantations, apparemment destinées à chasser le mauvais sort. Anne en aurait ri si elle n'avait été pénétrée, à son corps défendant, de l'apaisement que lui apportaient la voix de Mme DiNunzio et la douce chaleur de l'huile se répandant sur son front. Dans cette cuisine, elle se sentait bénie, conclusion étonnante pour une personne qui ne croyait ni en Dieu, ni aux esprits, ni même aux vertus de la maternité.

— Ouvrez les yeux, Anna, dit Mme DiNunzio.

Anne sentit le regard chaleureux de la vieille dame l'attirer vers elle, comme pour la serrer sur son cœur.

— Tout va bien maintenant, Anna.

Ce n'était pas une question, mais une affirmation qu'il était superflu de confirmer. L'instant d'après, Mme DiNunzio prit à son cou une chaîne d'or à laquelle pendait une sorte de breloque en or massif et la lui tendit par-dessus la table.

— Prenez, Anna. C'est pour vous.

Elle lui donnait ses bijoux ? pensa Anne, interloquée.

— Mais non, madame DiNunzio ! protesta-t-elle quand elle eut recouvré la parole. Je ne peux pas accepter. Ce collier est à vous !

— Prenez, prenez. Vous voyez ? poursuivit-elle en montrant la breloque en forme de poivron séché qui brillait sous la lumière. C'est pour vous, la corne du diable. Elle vous protégera du mauvais œil.

— Mais non, vraiment je ne peux pas…

— Si, prenez. C'est un cadeau de moi à vous, Anna. Vous en avez besoin. Il faut le porter sur vous.

— C'est trop précieux, madame DiNunzio ! Je ne…

— Prends-le ! cria Mary de la salle à manger.

— C'est impossible !

— Prends-le ou elle ne nous laissera pas rentrer !

En souriant, sa mère prit le collier et le passa elle-même au cou d'Anne, qui fut bien obligée de la laisser faire.

— Voilà, c'est parfait. Maintenant, vous êtes protégée.

— Je ne sais pas comment vous remercier…

Bouleversée, Anne prit la breloque pour mieux la regarder. Elle ne comprenait pas comment un objet quelconque pouvait éloigner le mauvais œil, mais elle était émue au point de sentir les larmes lui monter aux yeux.

— Dépêche-toi, le dîner va refroidir ! cria Mary, ce qui fit rire tout le monde.

— *Va bene*, Maria ! lui cria Mme DiNunzio. Tout va bien. Plus de soucis pour Anna. Tu peux rentrer, maintenant.

Mary revint dans la cuisine en applaudissant.

— Dieu soit loué, tu l'as gardé ! dit Mary. Tu as maintenant une assurance-vie que les plus grandes compagnies seraient incapables de te proposer.

Anne cligna des yeux pour en chasser les larmes.

— Tu as de la chance, Mary, dit-elle quand elle eut retrouvé sa voix. Tu le sais, au moins ?

— Sans l'ombre d'un doute.

Elle embrassa sa mère pendant que son père revenait à son tour.

— Comment va la migraine, Anna ? lui demanda-t-il.

Anna prit du temps avant de répondre. Elle ne ressentait plus aucune douleur. De fait, elle n'avait jamais eu la tête aussi claire.

— Ma migraine s'est envolée, répondit-elle enfin.

À part elle, personne ne s'en étonna.

— Anne, réveille-toi ! Il faut que tu te réveilles, Anne !

La voix de Mary perça à peine sa profonde torpeur. Elle était trop fatiguée, l'oreiller trop doux et son estomac encore trop plein de spaghettis, de chianti et autres délices. Pas question de se lever.

— Anne, réveille-toi ! insista Mary en la secouant. C'est important.

Anne ouvrit un œil et regarda autour d'elle, désorientée. La chambre était petite, spartiate. Sur les murs blanc cassé, des diplômes. Des statuettes religieuses s'alignaient sur une étagère. Un rayon de soleil se frayait un passage à travers les rideaux de dentelle. Le jour était donc levé. Sur la table de chevet, le réveil indiquait six heures cinq.

— Il est trop tôt, gémit-elle.

— Réveille-toi, il faut que tu voies ça, dit Mary en lui tendant un exemplaire du *Daily News*. Regarde.

— Regarder quoi ?

La question lui resta dans la gorge quand elle eut aperçu la manchette. Son deuxième œil s'ouvrit précipitamment, elle agrippa le journal et se redressa comme sous l'effet d'un ressort.

— C'est pas vrai ! C'est pas possible !

— Si. J'ai appelé Bennie, tout le monde en parle déjà. Elle sera ici dans cinq minutes.

— C'est encore un coup de ces idiots de journalistes qui cherchent le sensationnel à tout prix !

Anne fixait la une du journal, incrédule. Sa migraine lui revint avec la brutalité d'un cyclone tropical. Puis, dans un élan de terreur, sa mémoire reprit le dessus. Elles s'étaient endormies vers deux heures du matin après avoir appelé Bennie plus de dix fois.

— Bennie n'a pas rappelé cette nuit ? demanda-t-elle. La police a-t-elle arrêté Kevin ?

— Non, il n'est pas revenu au motel. Il est encore en liberté. Tu es toujours en danger, Anne. Il faut que nous t'emmenions ailleurs.

Anne ne pouvait détourner son regard du journal. Elle revivait sa réaction du premier matin, au début du cauchemar. Mais la nouvelle d'aujourd'hui était cent fois pire :

« CE N'EST PAS MA FILLE », DIT LA MÈRE DE MURPHY.

Et sous la manchette s'étalait une photo de sa mère. Devant la façade de la morgue.

25

À la Rotonde, la salle de conférences privée du chef de la police était une vaste pièce rectangulaire, meublée d'une longue table de noyer verni dont une épaisse plaque de verre protégeait le plateau. Le drapeau des États-Unis et celui de l'État de Pennsylvanie montaient la garde à un bout de la table. Anne ne savait si le froid qui régnait dans la salle était dû à la climatisation ou à ses émotions.

La surface du plateau réfléchissait les dossiers des dix chaises de cuir disposées de chaque côté de la table. Anne, Bennie, Mary et Judy prirent place à gauche, en face du commissaire Parker, chef par intérim, de l'inspecteur Rafferty, de son partenaire Tomasso, et d'un jeune Noir élégant représentant les services juridiques de la municipalité. Anne s'efforça de se rappeler qu'il ne s'agissait pas d'une guerre malgré les lignes adverses ainsi établies, la présence du juriste municipal venu en prévision de litiges possibles, et l'entrée de la plaignante éventuelle, une certaine dame Terry Murphy.

La mère d'Anne.

Anne ne l'avait pas revue depuis longtemps, et elle lui parut moins grande que dans ses souvenirs. Des années d'abus de pilules et d'alcool avaient ravagé cette femme, dont la beauté attirait jadis les hommes par dizaines et nourrissait ses rêves de devenir une star de l'écran. Elle avait les joues creuses et la peau fripée, un fard trop accusé délavait le bleu de ses yeux.

Ses lèvres étaient épaissies par un rouge à lèvres corail assorti à la couleur du chemisier qu'elle portait avec un pantalon de coton blanc et des mocassins blancs, mauvaises copies de Tod's. Malgré elle, Anne fut attristée de la voir dans cet état.

Elle observa sa mère tendre aux policiers une main aux ongles givrés en inclinant la tête avec peine, comme si elle souffrait des courbatures d'un énième stage de remise en forme. Ses cheveux, qui lui tombaient jusqu'aux épaules, étaient teints d'un noir d'encre pour dissimuler leur couleur auburn virant au gris. Après avoir salué Bennie, Judy et Mary, elle s'arrêta enfin devant sa fille.

— Bonjour, Anne, dit-elle d'une voix mal assurée.

Anne ne répondit pas, car elle ne savait pas par quoi commencer ni, la parole une fois prise, comment s'arrêter.

Le commissaire s'éclaircit la voix pour signaler que la séance était ouverte. Noir, corpulent, il avait un regard bienveillant et un sourire amical. De disgracieuses bajoues lui pendaient du menton sur le col empesé de sa chemise blanche.

— Mesdames et messieurs, permettez-moi tout d'abord de vous souhaiter la bienvenue et de vous remercier d'être venus, en ce jour de fête, aborder un sujet qui, je le crois, est important pour nous tous. Mon chef regrette de ne pas être présent lui aussi mais, comme vous le savez je pense, il est actuellement à l'étranger.

— En Irlande, ai-je entendu dire, précisa Bennie.

Anne apprécia que Bennie prenne les choses en main, d'abord parce qu'il ne sortirait sans doute rien de concret de cette rencontre et surtout, malgré ses efforts pour se maîtriser, parce qu'elle éprouvait un réel malaise à se trouver dans la même pièce que sa mère.

— Je voudrais maintenant présenter nos excuses à Mme Murphy pour l'erreur de jugement commise par les inspecteurs Rafferty et Tomasso. Une enquête intérieure de nos services m'a permis d'apprendre que ces deux inspecteurs n'ont pas corrigé les informations erronées concernant votre fille. Pour la peine inutile que cela a pu vous causer, je tiens à vous exprimer, au nom de notre département, nos plus profonds regrets.

Terry Murphy salua cette déclaration avec une grâce affectée sans que cela interrompe le flot des excuses officielles, présentées à l'évidence afin de couvrir au maximum les responsabilités policières et municipales, sur avis impérieux d'autorités supérieures trop conscientes que la mère d'Anne pouvait les poursuivre pour préjudice moral et réclamer de forts dommages et intérêts. Anne seule savait que sa mort n'avait causé à sa mère ni le moindre chagrin ni la peine la plus légère.

— Je vous assure, madame Murphy, poursuivit le commissaire, que ces inspecteurs ont des états de service irréprochables. Ils n'ont enfreint le règlement qu'à la requête de votre fille en estimant, de manière somme toute logique, qu'ils lui évitaient ainsi de s'exposer à de nouveaux périls. Vous le comprenez, j'espère ?

— Certainement, approuva Mme Murphy avec une pointe d'accent britannique qui fit dresser l'oreille d'Anne.

Bien joué, maman. Toujours actrice dans l'âme.

Le commissaire l'en remercia par un chaleureux sourire.

— Il n'en demeure pas moins, reprit-il, que les inspecteurs ont agi contrairement aux procédures, même s'ils l'ont fait de bonne foi et dans un but louable. Nous devons tenir tout à l'heure une conférence de presse afin de clarifier notre position. Je tiens donc à vous informer, comme nous en informerons la presse, que le département envisage de prendre des sanctions disciplinaires contre ces inspecteurs.

Anne vit l'inspecteur Rafferty saluer les propos de son supérieur d'un signe de tête dénotant une sincérité dont sa mère était dépourvue, et elle demanda la parole en levant la main.

— Si je puis me permettre, commissaire Parker, l'inspecteur Rafferty et son collègue, comme vous venez de le dire, ont tu le fait que j'étais en vie parce que je les en avais suppliés pour m'aider à sauver ma vie. J'estime que cela dénote de leur part un excellent jugement et des qualités humaines exemptes de reproche.

— Merci, répondit le commissaire.

Le juriste municipal écrivait fébrilement. Rafferty leva les yeux vers Anne et fit un léger sourire qu'elle lui rendit de bon cœur.

— Je souhaiterais, reprit Anne, que votre département ne prenne aucune sanction disciplinaire contre ces deux inspecteurs. Si vous désirez que je vous soumette par écrit une déclaration dans ce sens, pour vous-mêmes comme pour la presse, je le ferai avec plaisir.

— Nous l'apprécierons infiniment, et je vous en remercie.

Le commissaire souriait avec une évidente satisfaction et le juriste municipal avait la mine réjouie d'un enfant devant ses cadeaux de Noël. Anne savait qu'à peine de retour à son bureau il enverrait une lettre ornée de tous les cachets officiels pour confirmer la proposition. Grâce à elle, la municipalité et la police se voyaient déchargées de toute responsabilité, ce qui lui convenait tout à fait. Sa mère n'avait aucune raison de gagner un dollar sur sa mort supposée, alors qu'elle ne s'était jamais donné la peine de se manifester tant qu'elle était censée vivre.

— L'analyse de Mlle Murphy est parfaitement correcte, intervint alors Bennie. Mon cabinet est tout disposé, si vous le souhaitez, à faire par courrier séparé une déclaration concomitante.

— Une lettre de Bennie Rosato en faveur de la police ? s'étonna le commissaire sans pouvoir s'empêcher de rire.

— Pour une fois, monsieur le commissaire, ce ne sera que justice, répondit-elle en souriant. Et maintenant que ce problème est réglé, poursuivit-elle, veuillez me dire ce que compte faire votre département pour arrêter Kevin Satorno.

— Nous avons assigné à cette opération tous nos éléments disponibles, nous travaillons en liaison avec le FBI et les autorités du New Jersey, et la surveillance du Daytimer Motel reste en place. Au fait, comment avez-vous localisé Satorno ?

— Peu importe à ce stade, répondit Bennie avec un geste désinvolte, l'essentiel est qu'il l'ait été.

Le commissaire n'insista pas, vraisemblablement pour remercier Bennie de la belle lettre qu'elle lui avait annoncée.

— La question reste de savoir quelle protection vous êtes en mesure d'assurer à Mlle Murphy, enchaîna-t-elle. Satorno continuera de la traquer pour achever ce qu'il avait commencé tant ici qu'à Los Angeles, vous le savez aussi bien que nous.

— Dans l'immédiat, nous ne pouvons malheureusement pas faire grand-chose. En règle générale, nous n'assurons pas la protection individuelle des victimes de crimes et, de plus, nous sommes très à court de personnel à cause des fêtes. Mais dès que nous pourrons en dégager, nous serons peut-être en mesure d'assigner une voiture de surveillance à son domicile ou à son lieu de travail.

— Ce sera sans doute trop tard. Il lui faut une protection immédiate. J'ai peine à croire que vous ne disposez vraiment de personne dans un département de l'importance du vôtre ! Que se passerait-il si des personnalités venaient en ville ?

— Il y en a déjà beaucoup. Tous nos agents affectés à la protection des dignitaires sont déjà déployés. Le secrétaire général des Nations unies vient aujourd'hui recevoir une distinction, et la moitié de Hollywood débarque pour les cérémonies de ce soir précédant le feu d'artifice. Je n'ai pas un homme dont je puisse disposer. Si je puis vous donner un conseil, mademoiselle Murphy, ajouta-t-il en se tournant vers Anne, le mieux serait de prendre quelques jours de vacances en dehors de la ville jusqu'à ce que nous ayons appréhendé Satorno.

Anne ne s'attendait pas à autre chose.

— Merci, mais la réponse est non. Je dois vivre et travailler, je plaide demain une affaire importante. Je ne peux pas continuer à me cacher et, de toute façon, je ne le voudrais pas.

Le commissaire fit un sourire compréhensif.

— Dans ce cas, usez de votre bon sens, vous en possédez en abondance, je crois. Laissez-nous faire notre travail de policiers.

— Je comprends, monsieur. Puisque nous en avons terminé, nous devrions aller reprendre notre travail.

Anne, puis Bennie, Judy et Mary se levèrent ; l'autre côté de la table en fit autant.

— Nous ne vous garderons pas plus longtemps, dit le commissaire. Merci d'avoir bien voulu venir. Nous vous préviendrons dès que Satorno sera arrêté. Si vous désirez une escorte pour traverser le parking où la presse est rassemblée, je demanderai à mon chauffeur de vous ouvrir un passage.

— Merci, ce sera inutile, répondit Bennie en se dirigeant vers la sortie. À quelle heure doit avoir lieu votre conférence de presse ?

Le commissaire se hâta d'aller ouvrir la lourde porte.

— Dans deux heures. Je dirai ce que je viens de vous exposer et, avec votre permission, je ferai état de votre position. Mme Murphy n'a pas encore décidé de la sienne, je crois, mais elle a aimablement accepté de participer avec nous à cette conférence de presse.

Les caméras, les projecteurs, le public...

— Ça ne m'étonne pas d'elle, marmonna Anne.

Elle l'avait dit à voix basse, mais pas assez pour que sa mère ne l'entende pas. Terry se retourna avec une expression ulcérée démontrant qu'elle n'avait pas complètement perdu son talent professionnel.

— Ma chérie ! Pouvons-nous parler une minute ?

Anne avait déjà franchi la porte sans se retourner – exactement comme l'avait fait sa mère dix ans plus tôt. Lui rendre la monnaie de sa pièce lui plut et lui déplut à la fois, mais Anne estimait avoir mieux à faire. Sauver sa vie, par exemple.

Les quatre femmes allèrent au bout du couloir désert et s'engouffrèrent dans l'ascenseur, sans mot dire. Anne sentait que les trois autres ne la quittaient pas des yeux, par souci de sa sécurité mais aussi par empathie, ce qui la toucha et la réconforta. Bennie, Mary et Judy étaient désormais pour elle de vraies amies comme elle était devenue la leur. Cela signifiait aussi qu'elles devaient se séparer : Anne n'avait pas le droit de les exposer aux dangers qu'elle courait.

Elles sortirent de la cabine au rez-de-chaussée. Par la double porte vitrée, on voyait la meute des journalistes qui avaient envahi le parking. Anne ne regretta cependant pas leur présence, car ils allaient lui être utiles. Pas en distribuant des prospectus, non. Ce qu'elle avait décidé serait beaucoup plus efficace.

— En formation pour l'assaut, les filles, ordonna Bennie en prenant la tête de leur petite troupe. Murphy, où sont votre casquette et vos lunettes noires ? ajouta-t-elle avec un froncement de sourcils.

— Dans ma poche. J'ai fini de me déguiser. À partir de maintenant, je serai moi-même.

— Pas question ! Mettez-les tout de suite.

— Il le faut, Anne, renchérit Mary. Sinon, tu apparaîtras à la télé et dans tous les journaux telle que tu es maintenant, avec ta coupe de cheveux et ta nouvelle couleur.

Mais Anne avait déjà quitté les rangs et arrivait à la porte avant que les autres aient pu l'en empêcher. De l'autre côté, les journalistes l'apostrophaient à grands cris, posaient des questions, prenaient des photos, filmaient.

— Non, Murphy ! clama Bennie. Non, ne faites pas ça !

Il était trop tard. Anne était déjà dehors sous le soleil. Seule.

Enfin, pas vraiment, car le plan qu'elle venait d'échafauder lui tenait compagnie.

26

— Je n'y crois pas ! rugit Bennie dans la Coccinelle qui filait vers le bureau sur ordre de la patronne. Non, je ne veux pas y croire ! Vous rendez-vous compte de ce que vous avez fait, Murphy ? Satorno saura maintenant à quoi vous ressemblez !

— Je suis désolée, je n'ai pas réfléchi. J'en avais tellement assez de laisser Kevin bouleverser mon existence que, pour une fois, je voulais être moi-même.

Anne espéra que Bennie la croirait, mais elle devait forcer son jeu pour donner l'impression d'être à la dérive.

— Ah ça, c'est intelligent ! brama Bennie si fort que Judy et Mary sursautèrent. Vous vouliez être vous-même ? Eh bien, j'ai une grande nouvelle à vous apprendre, ma petite ! *Vous-même*, c'est celle qu'il veut tuer, et il est sûr de la retrouver avant que la police ait été capable de mettre plus de trois flics à ses trousses ! *Vous-même* sera morte pour de bon si vous continuez ces sottises ! Vous êtes cinglée, Murphy !

Anne se passa une main sur le front en feignant un malaise.

— Est-ce qu'on peut s'arrêter quelque part ? dit-elle d'une voix mourante. Je ne me sens pas bien, j'ai mal au cœur.

— Tu veux boire quelque chose ? offrit Mary en lui tendant une bouteille d'eau minérale.

— Non, merci, mais je ne me sens pas bien du tout, répondit Anne en s'appuyant sur la vitre latérale. J'ai la tête qui tourne.

— Il faut vraiment que vous vous arrêtiez, Murphy ? gronda Bennie en se retournant. J'en ai assez de vos âneries ! D'accord, nous allons nous arrêter pour que je puisse descendre et vous engueuler face à face ! Arrêtez-vous, Carrier ! Tout de suite !

— Calmez-vous, Bennie, dit Judy. Si elle est malade, ce n'est pas sa faute. Il fait chaud et je roule vite.

La Coccinelle franchit un feu vert, se rabattit le long du trottoir. Judy serra le frein à main, coupa le contact et mit pied à terre de son côté. Bennie en fit autant du sien.

— Tout le monde dehors ! ordonna-t-elle.

— Merci mes amies, dit Anne dans un soupir.

Elle s'extirpa de la banquette arrière avec assez de lenteur pour se donner le temps d'examiner les lieux. La voiture était arrêtée le long d'un rectangle de gazon pelé marquant un carrefour. Un vieux banc de bois en occupait le centre, des mégots et des canettes de bière jonchaient l'herbe. Debout près de sa portière, Bennie fulminait. Parfait, se dit Anne. Son plan était plus que hasardeux, et il fallait agir vite.

Rassemblant son courage, elle s'approcha de Judy et s'arrêta net à sa hauteur, les yeux soudain écarquillés d'horreur.

— Dieu tout-puissant ! cria-t-elle en pointant une main tremblante derrière le dos de Judy. Kevin est là ! Kevin est là !

— Kevin ? Où cela ?

Les trois femmes se retournèrent en même temps. Alors, en un éclair, Anne arracha les clefs de la main de Judy, bondit au volant, lança le moteur et démarra pied au plancher. La Coccinelle dérapa, la portière restée entrebâillée s'ouvrit en grand avant de se refermer en claquant. Anne parvint à redresser la voiture sans être éjectée de son siège et s'éloigna en trombe en direction de l'autoroute. Dans le rétroviseur, elle vit les silhouettes de ses trois amies qui s'amenuisaient déjà, plantées sur le gazon telles des statues figées par la stupeur et l'indignation.

Anne espéra qu'elles comprendraient. Elle les aimait trop désormais pour les entraîner plus loin. La mort de Willa lui pesait trop sur la conscience pour qu'elle veuille de nouveau exposer qui que ce soit au moindre danger.

Une fois sûre qu'elles ne la voyaient plus, elle reprit le chemin du centre. Le conducteur d'un vieux break qu'elle dépassa à pleine vitesse lui lança un regard furieux auquel elle répondit par un salut désinvolte. Elle voulait attirer au maximum l'attention sur elle, être vue, remarquée. Les journaux allaient publier sa photo, les stations de télévision diffuser leurs reportages filmés devant la Rotonde. Bientôt, tout le monde la reconnaîtrait. Des inconnus l'aborderaient, lui poseraient des questions. Jusqu'à la fin de la journée, on saurait ce qu'elle faisait, où elle était, et c'était exactement ce qu'elle voulait.

Anne avait décidé de célébrer la fête de l'Indépendance dans la Cité de l'amour fraternel de la manière la plus ostentatoire, car elle ne doutait pas qu'ainsi Kevin la retrouverait. Lasse de fuir devant lui, elle refusait de continuer ne serait-ce qu'une journée de plus. Et quand il l'aurait rattrapée, c'est elle qui le tiendrait à sa merci.

Elle respirait plus librement, certaine d'avoir raison d'agir ainsi. S'offrir en appât constituait le seul moyen de mettre fin à son cauchemar, sinon elle se condamnait à fuir jusqu'à la fin de ses jours et à vivre dans la terreur. Elle maintiendrait sa position, elle débusquerait Kevin et le coincerait par ses propres moyens. Bennie et les autres ne le lui auraient jamais permis, c'est pourquoi elle devait agir seule. Enfin, pas tout à fait…

La circulation se faisait plus dense à mesure qu'elle s'approchait de son quartier. Après quelques détours, elle arriva enfin dans Waltin Street, sa rue. Des barrières de police portant des pancartes avec la mention FÊTE DE QUARTIER – CIRCULATION INTERDITE DE 15 À 17 HEURES étaient alignées le long des trottoirs, prêtes à bloquer la rue. Anne se rappela vaguement avoir reçu une circulaire l'invitant à y participer, mais elle ne s'était pas donné la peine de la renvoyer avec sa cotisation. Son assassinat n'empêchait donc pas ses voisins de faire la fête. Dans quel monde vivons-nous ? pensa-t-elle.

Insérée dans la file des voitures qui roulaient au pas, elle prit le temps de regarder autour d'elle et de se montrer aux passants. Elle avait peine à croire qu'elle était passée là, déguisée en Oncle Sam, avec fausse barbe et chapeau tuyau de poêle, l'avant-veille seulement. Arrivée à trois ou quatre maisons de chez elle, elle vit les lambeaux de la banderole jaune de la police qui pendaient encore à la porte d'entrée. Les passants ralentissaient par curiosité avant de poursuivre leur chemin.

Elle s'arrêta en double file, ce qui eut pour effet de stopper la circulation derrière elle – le meilleur moyen de se faire remarquer. Elle espérait ainsi que les voisins se mettraient à leurs fenêtres et la reconnaîtraient. Kevin pouvait rôder dans les parages en prévoyant qu'elle reviendrait chez elle.

En la voyant descendre de voiture, le conducteur qui la suivait bloqua son avertisseur. Anne le gratifia d'un petit signe joyeux assorti d'un : « J'en ai pour une minute ! » qui ne fit qu'attiser sa fureur. Elle sortit ses clefs de son sac en montant les trois marches du perron. Elle ne s'attarda pas pour regarder les quelques bouquets qui finissaient de se flétrir sous la Cellophane. Avant d'introduire la clef dans la serrure, elle arracha les derniers restes de la banderole et rassembla son courage avant d'ouvrir.

L'odeur âcre du sang séché la cueillit dans le petit vestibule, mais Anne se força à l'ignorer en refermant derrière elle.

Il paiera, Willa, promit-elle à mi-voix pendant qu'elle se hâtait de traverser le vestibule sans regarder autour d'elle et montait l'escalier vers sa chambre.

Quand elle atteignit la penderie, le furieux concert d'avertisseurs qui s'était déclenché au-dehors faisait vibrer les vitres de la fenêtre. Elle ouvrit la penderie, se hissa sur la pointe des pieds pour atteindre la boîte à chaussures cachée sur la dernière étagère, derrière une pile de chandails qu'elle repoussa sur le côté. Elle agrippa la boîte du bout des doigts, la fit

251

glisser jusqu'à ce qu'elle tombe par terre et s'agenouilla pour y prendre ce qu'elle était venue chercher.

Il était bien là le petit automatique Beretta, dont le seul poids au creux de sa main lui redonna confiance. Elle sortit le chargeur de la crosse, vérifia qu'il était plein, le remit dans son logement et glissa l'arme dans son sac. Puis, prête à redescendre, elle s'avisa qu'elle ne pourrait pas courir avec ses talons aiguilles, fouilla dans le bas de la penderie et se chaussa d'une paire d'espadrilles. Son regard tomba alors sur ses robes. Pourquoi pas ? se dit-elle. Elle serait plus facilement reconnaissable dans ses propres vêtements, et elle sut aussitôt ce qu'elle devait mettre.

Après avoir prestement écarté sa collection de tailleurs et de robes, elle retrouva la robe qu'elle cherchait, celle qu'elle portait le soir de son unique sortie avec Kevin, qu'elle n'avait jamais remise depuis mais qu'elle ne s'était pas non plus décidée à jeter. Cette robe, un fourreau blanc sans manches qui appartenait à son passé, ferait désormais partie de son avenir. Elle se défit de sa tenue d'emprunt, enfila la robe, transféra le pistolet de son sac dans la poche de la robe pour s'assurer une plus grande liberté de mouvement, prit le peu d'argent liquide qui restait dans un tiroir de la commode et descendit l'escalier.

Dans la rue, le concert d'avertisseurs était devenu assourdissant. Anne traversa le vestibule en courant et ouvrit la porte si brusquement qu'elle fit sursauter sur le trottoir un vieux monsieur qui promenait son chien. Elle eut l'impression de l'avoir déjà rencontré.

À son apparition, il se mit à trembler, les yeux écarquillés.

— Mademoiselle Murphy ! Vous n'êtes pas morte ?

Anne le rejoignit et lui prit un bras pour le calmer.

— Comme vous le voyez, cher monsieur. Avez-vous lu le journal ? Il s'agissait d'une terrible erreur. Je m'étais juste absentée pour le week-end.

— C'est extraordinaire ! J'habite juste à côté de chez vous, vous savez, au 2259. Je m'appelle Mort Berman. J'étais bouleversé d'apprendre que vous aviez été tuée ! Vous étiez une voisine si gentille et si discrète. Nous avons tous eu des scrupules de ne pas annuler la fête du quartier, mais nous pensions que ce serait rendre hommage à votre mémoire, en un sens. Et maintenant, vous êtes en vie ! Viendrez-vous, au moins ?

Les avertisseurs se déchaînaient, et le conducteur de la voiture bloquée derrière la Coccinelle, rouge de fureur, lui faisait des gestes obscènes. Anne espéra que M. Berman ne les voyait pas.

— Merci, monsieur Berman, avec plaisir. Je suis désolée de vous quitter si vite, il faut vraiment que je m'en aille. Bon 4 Juillet !

— Alors, à tout à l'heure ! lui cria M. Berman pendant qu'elle remontait en voiture et démarrait.

Les réflexions d'Anne allaient plus vite que la circulation. Il était encore tôt, à peine dix heures du matin à la pendule du tableau de bord. Tant mieux, pensa-t-elle. Elle avait plusieurs longueurs d'avance sur Bennie et sur Kevin. Si les journaux publiant sa photo à la sortie de la Rotonde n'étaient pas encore parus, elle pouvait faire beaucoup de choses d'ici là. Elle sentait que, par prudence, Kevin attendrait la nuit avant d'agir, mais elle pourrait le pousser à se manifester plus tôt. Tout pouvait arriver puisqu'elle s'offrait comme cible. Avec le Beretta et le talisman de Mme DiNunzio pour la protéger, elle se sentait capable d'affronter n'importe qui, y compris le diable en personne.

Mais il fallait d'abord le faire sortir de son trou.

Au bout de sa rue, Anne tourna à gauche, vers l'ouest. Pour être sûre que Kevin la trouve, elle savait où le chercher. Une vingtaine de rues plus loin, elle arriva à Powelton Village, quartier résidentiel situé entre l'université Drexel et l'université de Pennsylvanie et dont le style était radicalement différent de celui du centre historique. Au lieu de rues étroites bordées de maisons de briques mitoyennes, on y voyait de vastes demeures victoriennes en pierre entourées de jardins et de pelouses, la plupart ornées de tourelles et de pignons gothiques. Anne prit quelques virages et arriva dans la rue qu'elle cherchait.

Elle se souvenait de l'adresse des Dietz qui figurait au dossier, 3845 Moore Street. Jamais encore elle ne s'était rendue au domicile d'un adversaire, mais Kevin n'avait jamais non plus menacé d'autre personne qu'elle-même, à sa connaissance du moins. Il n'était donc pas impossible qu'il soit en train de surveiller la maison de Beth Dietz et, dans ce cas, Anne voulait qu'il la voie elle aussi. Elle avait pensé appeler avant d'y aller, mais les explications à fournir auraient été trop longues et elle répugnait à solliciter une permission qu'elle était sûre de ne pas obtenir.

Les maisons de la rue étaient moins grandioses que dans les larges avenues qu'elle venait de parcourir. Des drapeaux flottaient sur toutes les façades, des odeurs de barbecue émanaient des jardins, la circulation était quasi inexistante. Si Kevin épiait Beth Dietz, il aurait du mal à se cacher.

Anne trouva une place de stationnement autorisé proche de sa destination, ce qui lui parut de bon augure. Avec un peu de chance, elle serait repérée par Kevin s'il était embusqué à proximité. Elle prit donc son temps pour descendre de voiture et finir le trajet à pied.

Haute et étroite, la maison des Dietz était une des seules de la rue à ne pas arborer de drapeau. Anne gravit le perron en bois, aux planches gauchies et mal entretenues, et frappa à la porte vitrée. Beth Dietz ouvrit, stupéfaite de découvrir Anne sur le seuil.

— J'ai lu dans le journal que vous étiez en vie, mais vous voir... Je veux dire, qu'est-ce que vous faites ici ? Vous représentez Gil Martin, vous n'avez rien à faire chez moi ! Mon mari va rentrer d'une minute à l'autre, dit-elle en regardant la rue avec inquiétude.

— Je sais que ma visite peut paraître incongrue, mais je suis venue vous parler de Kevin Satorno, pas du procès.

— Partez, je vous en prie ! Mon mari va revenir !

Elle tenta de fermer la porte. Anne la repoussa.

— La police ou Matt vous ont-ils informée que Kevin vous épie ?

— Personne ne m'épie ! Je le saurais.

Anne s'abstint de répondre qu'elle l'avait cru elle aussi. Au début.

— Je vous assure que c'est vrai, et que le danger est sérieux. La police ne sait pas comment s'y prendre avec les aliénés de son espèce. Je suis vraiment inquiète de…

— Ah non, je vous en prie ! l'interrompit Beth avec un ricanement en essayant de refermer la porte. Vous, inquiète à mon sujet ? Vous me rendez la vie intenable depuis un an !

Anne parvint à glisser un pied dans l'entrebâillement.

— Avez-vous reçu des coups de téléphone qui raccrochent tout de suite ? Si c'est le cas, ne changez pas de numéro, prenez une autre ligne, branchez un répondeur sur la première et gardez les enregistrements comme preuves. Je sais que vous avez peine à me croire, mais nous sommes dans le même bain. Il se pourrait que Kevin soit en train de nous surveiller en ce moment même.

Anne vit Beth hésiter et s'étonna d'éprouver pour elle un sentiment de solidarité, sinon de sympathie. Après tout, malgré leur antagonisme dans le procès, elles étaient l'une et l'autre des femmes exposées au même danger. De plus, elle ne portait sur Beth aucun jugement moral parce qu'elle avait trompé son mari. Un individu tel que Bill Dietz aurait découragé n'importe quelle femme.

— Écoutez, vous savez que mon mari ne vous aime pas. Il vaut vraiment mieux que vous partiez tout de suite. Notre avocat est avec lui, vous pouvez lui parler si vous voulez.

À l'inquiétude avec laquelle Beth regardait la rue, Anne se rendit compte qu'elle craignait davantage son mari que Kevin.

— Matt est avec lui ? Il vous a donc parlé de Kevin Satorno.

— Ils sont juste sortis chercher du charbon de bois pour le barbecue. Allez-vous-en, je vous en prie.

— Laissez-moi entrer rien qu'une minute, nous sommes toutes les deux en danger.

— Allez-vous-en ! Partez, je vous en supplie ! Il va vous voir !

255

Un éclair de frayeur traversa alors les yeux que Beth gardait fixés sur le bout de la rue. Anne regarda par-dessus son épaule et vit une Saab noire qui s'approchait.

— Si c'est votre mari, je lui parlerai à lui aussi. J'expliquerai...

— Non ! Vous ne voyez pas que vous compliquez tout ?

Si Beth n'écrasa pas les doigts d'Anne en refermant la porte, ce fut un miracle. Anne hésita. Elle n'avait pas le droit d'être là, mais elle était scandalisée de voir une femme terrorisée par son mari alors que sa vie était en jeu.

— Kevin est en liberté, Beth ! Il me cherche et vous aussi !...

Un brutal claquement de portière l'interrompit. Bill Dietz se ruait à travers la rue, le catogan au vent, seul : Anne eut le temps de voir que Matt n'était pas dans la voiture. Beth poussa un gémissement de frayeur et Anne, d'instinct, leva les mains en un geste de défense au moment où Dietz arriva sur le perron.

— Monsieur Dietz, laissez-moi vous expliquer...

— Anne Murphy ? Vous manquez pas de culot de venir chez nous ! Pour qui vous vous prenez, hein ? Un jour vous êtes morte, le lendemain vous ne l'êtes plus ? Ça vous amuse de jouer à ce genre de petits jeux et d'emmerder les gens ? C'est quoi, votre problème ?

— Je suis venue vous parler, à votre femme et à vous, de Kevin Satorno, l'obsédé qui met sa vie en danger.

— Vous ne nous avez pas fait assez de mal comme ça, à ma femme et à moi ? À quoi ça ressemble, hein ? Vous êtes une folle ou simplement une salope ? Qu'est-ce que vous cherchez, au juste ?

Rouge de fureur, Dietz hurlait ses imprécations si près du visage d'Anne qu'il l'aspergeait de postillons.

— Je cherche simplement à aider Beth...

— Ah ! Parce que vous l'appelez Beth, maintenant ? Vous ne l'appeliez pas Beth, avant ! Vous la traitiez de putain !

— Arrête, Bill, je t'en prie ! intervint Beth du pas de la porte.

Une mère de famille qui passait sur le trottoir avec deux jeunes enfants pressa le pas pour échapper à la scène.

Anne ne se laissa pas intimider. Elle se demandait à quel point la fureur de Dietz était provoquée par le CD qui l'incriminait. Il était pris au piège et il le savait. Un piège tendu par Gil, pas par elle, mais elle ne pouvait pas l'avouer. La colère la prit :

— Je ne l'ai jamais traitée de manière insultante et je ne suis pas venue ici parler du procès ! Je veux seulement...

— Je me contrefous de savoir pourquoi vous êtes ici ! Vous êtes une salope et une intrigante ! Vous couchez avec Matt, oui ou non ? Baiser mon avocat, elle est forte celle-là ! Vous le manipulez pour mieux nous entuber, hein ? Vous pouvez peut-être lui faire croire ce que vous voulez, à lui. Mais pas à moi, sale petite pute !

— Quoi ? laissa échapper Beth, stupéfaite.

Anne se sentit rougir de honte. Matt avait parlé à Dietz ! Elle ne s'attendait pas à une telle trahison de sa part.

— Je ne manipule pas Matt, et il n'a jamais...

— La putain, c'est vous, pas ma femme ! Vous croyez peut-être que je vais me laisser rouler dans la farine par lui et par vous ? Je viens de le flanquer dehors et je déposerai dès demain une plainte contre vous deux au barreau ! Faites-moi confiance, je vous en ferai baver ! Et maintenant, foutez le camp de chez moi !

L'esprit en déroute, Anne ne vit pas venir le coup. Dietz lui assena une claque si violente qu'elle eut l'impression que sa joue éclatait. Projetée en arrière, elle dut agripper la rampe d'une main en se tordant l'épaule pour ne pas rouler jusqu'en bas des marches.

— Non, Bill ! cria Beth en empoignant son mari par le bras pour l'entraîner à l'intérieur. Arrête, je t'en prie !

Dietz se dégagea d'une secousse.

— Foutez le camp ! hurla-t-il. Disparaissez !

Sans demander son reste, Anne se redressa de son mieux et partit en courant.

27

Anne ne cessa de courir qu'en arrivant à la voiture, hors d'haleine et les jambes flageolantes. Elle regarda derrière elle si Dietz la poursuivait, mais le perron était vide, la porte refermée. Beth avait donc dû réussir à le faire rentrer. Anne se dépêcha quand même de remonter en voiture et de démarrer, malgré sa douleur à l'épaule. Deux rues plus loin, n'ayant toujours pas vu la Saab de Dietz dans le rétroviseur, elle prit son téléphone portable dans son sac et composa le numéro de Matt. Ce fut le message de la boîte vocale qui lui répondit.

— Matt, appelle-moi sur mon portable ! cria-t-elle après le bip. Je viens de me battre avec Dietz. Pourquoi lui as-tu parlé de nous deux ? Il m'a dit qu'il t'avait révoqué. Rappelle-moi le plus tôt possible.

Elle jeta l'appareil sur le siège passager et ne commença à respirer librement qu'en ne voyant plus dans le rétroviseur que des voitures conduites par des gens normaux. Son épaule était douloureuse et sa joue, qui heureusement ne saignait pas, l'élançait. Partagée entre la peur et la colère, elle profita d'un arrêt à un feu rouge pour reprendre ses esprits et tenter de comprendre ce qui s'était passé.

Matt avait parlé à Dietz de leur nuit ensemble dans un moment de… de quoi ? D'inattention, de franchise, d'amitié ? S'il arrivait que les avocats nouent des liens d'amitié avec leurs clients, c'était ridicule dans le cas présent. Un scénario plausible se forma peu à peu dans sa tête. Dietz essayait de saborder le procès à cause du CD, dont Matt ignorait l'existence. Et quand Matt avait raconté leur aventure ou laissé échapper une allusion à celle-ci, Dietz avait dû sauter sur l'occasion pour se débarrasser de lui. Ensuite, il aurait tout raconté à Beth en rejetant le blâme sur les deux avocats. Comment Anne avait-elle pu se laisser entraîner dans une situation aussi ridicule que compromettante ?

Coincée derrière un monospace, Anne poussa la climatisation au maximum pour tenter de rafraîchir sa joue brûlante. Kevin était peut-être là, dans cette rue, en train de l'épier, mais elle se força à chasser la peur qui la saisissait de nouveau. Il fallait qu'elle le débusque si elle voulait enfin l'attraper. Une pensée inquiétante lui vint alors : s'il avait assisté à la scène entre Dietz et elle, il saurait qu'elle couchait avec Matt. La nouvelle exacerberait sa rage, et Matt serait en danger au même titre qu'elle ! Or, à sa connaissance, Matt était échoué sans voiture, quelque part dans le quartier. Où Dietz et lui avaient-ils bien pu aller acheter du charbon pour le barbecue ?

Anne dépassa un carrefour, puis un autre. Pas un magasin en vue dans ce quartier résidentiel. Voyant une jeune femme avec deux enfants, qui attendait pour traverser la rue, elle s'arrêta à sa hauteur :

— Savez-vous où on peut trouver à proximité un magasin ouvert aujourd'hui qui vend du charbon de bois ?

— Essayez le minimarché de la station-service, dans la cinquième rue à droite. S'ils n'ont pas déjà tout vendu, il doit leur en rester.

— Merci !

Anne la salua et prit la direction indiquée, où elle trouva en effet un grand bâtiment blanc avec une rangée de pompes et un parking bondé. Ne voyant pas Matt dehors, elle se gara près de la boutique, entra, fit le tour d'une pyramide de sacs de charbon de bois et regarda dans quelques allées. Si Matt était venu là, il avait trouvé un moyen de transport pour s'en aller. Elle s'apprêtait donc à partir à son tour quand elle remarqua un petit téléviseur noir et blanc derrière la caisse, et l'image sur l'écran la stoppa net.

Sa mère se tenait à côté du commissaire pendant la conférence de presse. Anne parvint à s'abstraire du bruit ambiant de la boutique et se pencha vers l'écran, accoudée au comptoir.

— En réponse à votre question, disait sa mère, je suis si heureuse et soulagée de savoir que ma fille n'est pas morte que je n'engagerai, ni maintenant ni ultérieurement, aucune poursuite judiciaire contre la police, la municipalité ou les services de médecine légale.

Anne aurait voulu partir, mais elle était clouée au sol. Sa mère, refuser de l'argent ? Incroyable !

— Madame Murphy, demanda un reporter hors champ, pourquoi n'avez-vous pas été convoquée pour identifier le corps de votre fille ?

Anne retint sa respiration en attendant la réponse. Un instant, sa mère baissa la tête. Quand elle la releva, elle avait les yeux humides.

— On ne m'a pas appelée parce que ma fille ne savait même pas où me joindre. J'ai commis quelques graves erreurs dans le passé, la pire ayant été d'abandonner ma fille il y a très longtemps.

Stupéfaite, Anne n'en croyait pas ses oreilles.

— Aussi affreux que cela paraisse, poursuivit-elle, il m'a fallu apprendre la nouvelle de sa mort pour prendre conscience de la perte que je subissais. Je dispose maintenant d'un atout qui n'est pas offert à beaucoup de parents : une deuxième chance de me racheter. Je ne puis qu'espérer qu'elle me l'accordera. Anne, si tu m'entends, sache combien je regrette le mal que je t'ai fait, conclut-elle en regardant la caméra.

— Foutaises ! s'entendit-elle grommeler.

Le caissier, qui l'avait entendue, lui lança un regard en coin.

Anne courut vers la sortie pour fuir l'écran de télévision et tenter d'en oublier les images. C'était trop peu, trop tard. Aussi loin que remontaient ses souvenirs, sa mère avait justifié ses abus de drogues et d'alcool par les exigences de directeurs de casting et d'agents qui sous-estimaient son talent. Ballottée entre des baby-sitters, des voisins serviables et des inconnus, l'enfance d'Anne s'était déroulée dans des déménagements continuels pour se retrouver toujours seule à faire ses devoirs devant un téléviseur pour unique compagnie.

Elle sauta dans la Coccinelle, mit le contact sans parvenir à chasser ses souvenirs. Sa mère ne s'était même pas donné la peine de la faire opérer de son bec-de-lièvre. C'est à une étrangère qu'elle le devait, une voisine, ancienne infirmière, qui avait pris sur elle de faire une demande d'intervention gratuite dans un hôpital universitaire. Sa mère n'avait jamais été présente, ne s'était jamais souciée d'elle. Anne s'était débrouillée seule pour obtenir des bourses afin de payer ses études de droit, qu'elle allait devoir rembourser jusqu'à la fin de sa vie. Comment s'étonner que son cœur se soit endurci comme une pierre ?

Anne sortit du parking en étudiant la situation. Il était treize heures quinze. Aller chez Matt, au cœur du quartier historique, lui prendrait trop longtemps et elle perdrait Kevin. Le soleil était au zénith, il faisait chaud, les rues grouillaient de monde. Elle décida donc de revenir sur ses pas et de laisser un sillage permettant à Kevin de la retrouver.

Une heure plus tard, après avoir trouvé une place, Anne se frayait un chemin dans la foule du Benjamin Franklin Parkway. Elle écartait la courte mèche de son front et s'offrait aux regards en jouissant du sentiment de liberté que lui procurait le fait de déambuler sans déguisement ni même de rouge à lèvres.

— Hé ! Vous ne seriez pas cette fille qu'on croyait morte, l'avocate ? la héla un homme coiffé d'un bob publicitaire et tenant une petite fille par la main.

— Si. C'est bien moi.

Contente de constater que sa photo commençait à se répandre, Anne se présenta, lui serra la main. L'homme se rengorgea comme s'il avait rencontré une star. Anne espéra qu'il en parlerait autour de lui et se laissa entraîner par la foule. Un peu plus loin, des ouvriers déployaient sur une grande tente blanche un calicot annonçant HAMBURGERS : UN DOLLAR. Elle s'arrêta un instant pour appeler Matt, sans avoir de réponse sur sa ligne personnelle ni sur celle de son bureau. Si elle ne repérait Kevin nulle part, elle ne perdait cependant pas espoir. Les odeurs de brochettes grillées et de hamburgers qui flottaient dans l'air l'incitèrent à puiser dans son modeste trésor pour s'offrir un de ceux-ci. Comme tout le monde, elle se sentait d'humeur à flâner pour tuer le temps jusqu'à la tombée de la nuit et le début des feux d'artifice. Il était maintenant quinze heures, le moment d'aller à la fête de son quartier.

Elle ralentit en arrivant au bout de sa rue, interdite à la circulation par les barrières de police. Tous les habitants étaient là, y compris les enfants et les chiens, qui bavardaient gaiement à l'ombre des érables bordant la rue. Elle chercha Kevin des yeux, pour le cas où il aurait vu les pancartes annonçant la fête et serait venu l'épier sans se faire remarquer. Peu importait qu'elle l'ait attiré là, il ne représentait un danger que pour elle.

Elle contourna une barrière et s'approcha d'un homme âgé qui, apparemment, devait appartenir au comité des fêtes et avoir pour mission de vérifier l'identité des arrivants.

— Pas besoin de prouver que vous habitez la rue, mademoiselle Murphy ! dit-il avec un large sourire. Je vous reconnais, je vous ai vue à la télé !

— Merci, monsieur ?…

— Bill Klopowski. Je suis votre voisin du 2254, la maison là-bas, avec les volets rouges. Tout le monde se demandait si nous devions maintenir notre petite fête, mais vous voyez que nous avons eu raison. Ma femme Shirley et moi étions très affectés. Je vais vous la présenter.

M. Klopowski prit la main d'une dame corpulente, aussi âgée que lui, qui se tenait à son côté. Quand elle se retourna, un sourire épanoui illumina son visage ridé en voyant Anne.

— Seigneur, c'est bien vous ? s'exclama-t-elle.

— Mais oui. Bonjour, madame Klopowski, répondit Anne.

Elle lui tendit la main mais Mme Klopowski avait déjà ouvert les bras pour la serrer sur son ample poitrine.

Dans la foule, les têtes se tournaient vers elle, et ses voisins commençaient à accourir.

— Mademoiselle Murphy ! lui cria un homme en short et chemise hawaïenne. Nous ne nous connaissons pas encore, mais je suis votre voisin d'en face, au 2258 !

Elle lui rendait son salut quand elle fut interrompue par une femme aux cheveux bleus et crépus.

— Anne Murphy ! Vous êtes vivante ! J'ai vu votre mère à la télé ! C'était très touchant. Émouvant !

— Je l'ai vue moi aussi, enchaîna un autre voisin de type asiatique qui arborait une chemise aux couleurs de la bannière étoilée. Elle vous ressemble énormément. Appelez-la, elle vous aime.

Les appels, les questions fusaient maintenant de partout, en si grand nombre qu'Anne était incapable d'y répondre. Elle sursauta en recevant sur le dos une claque vigoureuse, mais ce n'était qu'un voisin jovial qui se proclamait enchanté de la savoir en vie, déplorait qu'un crime aussi affreux ait été commis dans leur rue et voulait connaître tous les détails. En quelques minutes, elle fut complètement absorbée par tous ces gens qui la fêtaient comme la voisine qu'elle n'avait jamais été jusqu'alors et l'accueillaient à bras ouverts au sein de leur petite communauté. Pour la première fois, Anne se rendait compte de la quantité de personnes pouvant être réellement secouées par un crime.

Pendant ce temps, elle n'avait pas cessé de regarder autour d'elle, mais si Kevin s'était glissé dans la foule, il restait invisible. Elle était inquiète pour Matt et se demandait avec curiosité où étaient Bennie et les autres. Bien sûr, elles finiraient par la retrouver, mais elle espérait que ce ne serait pas avant qu'elle ait réussi à débusquer Kevin.

— Mademoiselle Murphy ! Quelques questions, s'il vous plaît ! dit une voix derrière elle.

Anne se sentit heurtée par un objet dur et, en se retournant, constata qu'il s'agissait de l'objectif d'une caméra vidéo. Un homme bedonnant se tenait à côté de l'opérateur. Ainsi, la presse était venue. Cette équipe-là, du moins, avait eu la chance de la trouver.

— Que pouvez-vous nous dire exactement au sujet de ce Kevin Satorno ? demanda le journaliste. Vos commentaires, mademoiselle Murphy.

— Je ne répondrai à aucune question !

— Allons, dites-nous la vérité ! Est-ce vrai que vous avez été fiancée à Satorno ?

Les voisins réagissaient avec agacement à cette intrusion. Un homme qu'Anne reconnut, un pharmacien retraité, se fraya un passage jusqu'aux journalistes en agitant un index menaçant.

— Vous n'êtes pas invités ici, messieurs ! Cette fête est exclusivement réservée aux résidents de la rue, nous avons un permis officiel. Comment avez-vous fait pour franchir le contrôle de M. Klopowski ?

M. Berman arriva en renfort :

— Vous n'habitez pas la rue ! Filez avant que j'appelle la police. Vous m'avez déjà cassé un pot de fleurs hier sur mon perron !

Mais Anne vit le parti qu'elle pouvait en tirer.

— Avant de partir, les amis, vous devriez me demander ce que je vais faire, puisque je ne suis pas morte !

— Oui, posez-lui donc la question, approuva un voisin.

— C'est vrai ! Donnez-nous des bonnes nouvelles, pour changer ! renchérit un autre.

— Mais vous ne la ferez pas passer à la télé, bien sûr ! cria un troisième. Vous ne montrez jamais rien de bien, même les jours de fête !

Le gros reporter pouffa de rire.

— D'accord, mademoiselle Murphy. Alors, dites-nous ce que vous comptez faire ? Aller à Disneyworld ?

— Et quitter Philadelphie un 4 Juillet ? Jamais de la vie ! répondit Anne en espérant que Kevin la verrait – et en se réjouissant du fait que Bennie haïssait la télévision. Ce soir, je vais fêter l'anniversaire de notre pays à notre manière à nous ! J'irai manger un hamburger dans la grande tente blanche avant d'aller voir le feu d'artifice sur l'esplanade du musée ! Bon et heureux 4 Juillet à tous !

Les voisins saluèrent ses paroles par une ovation.

— Maintenant que vous avez votre reportage, intervint M. Berman en brandissant sa canne, vous pouvez disposer.

— Oui, du balai ! Vous n'êtes pas de notre rue ! Dehors ! reprit la foule en chœur.

— *Waltin Street rocks !* entonna une jeune fille tatouée sur l'air d'un tube à la mode.

— *Waltin Street rocks ! Waltin Street rocks !* répéta le chœur des voisins qui, par sa puissance, parut expulser l'équipe de télévision.

— *Waltin Street rocks !* chantait Anne à pleine voix, non pour se faire entendre de Kevin, mais parce qu'elle se sentait heureuse d'appartenir à ce groupe, de vivre dans cette rue modeste mais liée à l'histoire des États-Unis : Benjamin Franklin n'avait-il pas lui-même dessiné les plans de la ville ?

Le patriotisme, pensa-t-elle, est le sentiment d'appartenir à une communauté. Et ici, Anne se sentait chez elle.

Mais il était maintenant grand temps de passer à l'action.

28

Encore haut sur l'horizon, le soleil virait à l'orange. Il devenait plus brûlant à mesure qu'il descendait, et l'atmosphère se chargeait d'une humidité oppressante. Sa robe collée à la peau par la transpiration, Anne entassait dans un grand sac-poubelle les détritus qu'elle ramassait sur les trottoirs et entre les voitures tout en observant les piétons qui passaient. Elle n'avait toujours pas vu Kevin et sa nervosité s'aggravait.

Avant de nettoyer la rue, Anne avait aidé ses voisins à repousser avec regret les barrières, permettant ainsi au reste de la ville d'envahir de nouveau leur petite enclave. La circulation avait aussitôt repris son cours, surtout celle des piétons qui avaient réussi à se garer dans le voisinage et se dirigeaient vers le Parkway pour prendre les meilleurs places avant le feu d'artifice.

Il était maintenant plus de sept heures du soir. Le temps entraînait Anne dans sa course, trop vite à son gré. Le programme des festivités annonçait en ouverture une « lecture solennelle de la Déclaration d'indépendance par des personnalités », puis le feu d'artifice qui devait commencer à vingt et une heures. Anne avait donc décidé de s'attarder un peu dans Waltin Street avant de gagner, comme elle l'avait annoncé, la tente du buffet patriotique où Kevin serait sûr de la trouver. Le moment approchait de mettre son plan à exécution.

En se penchant pour ramasser un emballage de bonbons, elle sentit dans sa poche le poids du Beretta. Elle l'avait presque oublié dans le déferlement d'amitié dont elle avait été l'objet pendant la fête et, maintenant, elle se demandait si elle avait eu raison de s'en être munie. Y avait-il un autre moyen ? Non, se répondit-elle au bout d'une brève réflexion.

Si le cauchemar ne prend pas fin ce soir, il ne se terminera jamais. Pas tant que je serai en vie.

Elle traînait le sac-poubelle vers un nouveau tas de gobelets en carton quand elle entendit sonner son téléphone portable et reconnut sur l'écran le numéro de Matt. Si elle n'avait pas répondu aux nombreux appels de Bennie, celui-ci elle allait le prendre.

— Matt ? Où es-tu ? J'ai essayé de...

— J'ai eu tes messages, l'interrompit-il d'un ton inquiet. Comment vas-tu ? Tu n'as pas de mal ?

— Non, tout va bien.

Une main sur l'autre oreille pour étouffer les bruits de la rue, elle lui raconta brièvement sa visite calamiteuse chez les Dietz, en omettant toutefois de signaler la gifle magistrale qu'elle avait reçue. Inutile, dans l'immédiat, de réveiller chez Matt des instincts protecteurs déjà trop développés.

— Qu'as-tu dit à Dietz à notre sujet ? conclut-elle. Cela ne le regardait pas !

— Je n'ai pas pu faire autrement. J'avais appelé Beth pour l'avertir que Satorno s'intéressait à elle, mais elle ne m'a pas pris au sérieux. J'y suis donc allé pour en parler à Bill, il a toujours eu de l'influence sur elle. Il m'a demandé comment j'en savais autant, et j'ai été obligé de le lui dire, puisque sa femme courait un vrai danger.

Cette explication dissipa la rancune que pouvait encore avoir Anne contre Matt. Elle éprouva même de l'admiration pour lui : entre la sécurité de sa cliente et ses intérêts propres, il n'avait pas hésité. Comment avait-elle pu lui en vouloir ?

— Je suis vraiment désolée que Dietz t'ait retiré le dossier, Matt. Que vas-tu faire, maintenant ?

— Donner le dossier à celui qui me remplacera. Je crois savoir que les Dietz ont déjà pris contact avec Epstein. Méfie-toi, il est bon.

— Pas meilleur que toi ! Je peux faire quelque chose, ou j'ai déjà assez flanqué la pagaille dans tes affaires ?

— Non, tu n'y es pour rien, je ne peux m'en prendre qu'à moi. C'est pour toi que je suis inquiet. Bennie a appelé chez moi pour me dire que tu lui avais filé entre les doigts. Elle te cherche partout. Elle est même allée dans ta rue, mais il y avait la fête et un vieux type a refusé énergiquement de la laisser passer. Mary et Judy elles-mêmes n'ont pas réussi à l'attendrir.

Anne ne put s'empêcher de sourire. M. Klopowski était impitoyable.

— Elle a même appelé la police en demandant qu'elle te cherche, poursuivit Matt. Où es-tu, Anne ? Tu ne devrais pas être seule, Satorno est toujours en liberté dans la nature. Je veux être avec toi.

Anne ne le voulait à aucun prix. Elle avait déjà entraîné trop de monde dans son cauchemar.

La foule continuait à s'écouler sur les trottoirs, et les voisins la saluaient en se rendant eux aussi au feu d'artifice.

— Je vais bien, Matt. Je n'ai pas besoin qu'on me tienne la main.

— Ce type est un tueur, Anne ! Il est peut-être en train de t'épier en ce moment même ! Où es-tu ? J'entends du bruit, des voix.

— Je suis dans un taxi en train d'aller chez toi. N'en bouge pas et attends-moi. As-tu entendu le bip ? Ma batterie est presque déchargée.

Sur le moment, elle n'avait pas imaginé de meilleur moyen de laisser Matt en dehors de tout jusqu'à ce qu'elle ait débusqué Kevin.

— Je n'ai pas entendu de bip. Tu m'inquiètes, tu vas encore faire une folie ! Bennie m'a dit que tu avais un pistolet. C'est vrai ?

— Mais non, voyons, ce serait trop dangereux ! Les armes à feu partent toutes seules, c'est toi-même qui me l'as dit. Voilà encore le bip, il faut que je te quitte. J'arriverai le plus vite possible, mais les embouteillages sont effroyables. Ne bouge surtout pas de chez toi !

Anne allait éteindre l'appareil quand l'écran afficha un nouveau message. Encore Bennie, pensa-t-elle. Si elle l'écoutait, elle saurait peut-être où elle était. Les premiers appels venaient du bureau, les deux derniers du portable. Une Bennie mobile menaçait la réussite de son plan.

La voix était celle de Gil, encore plus pâteuse que la veille :

— Anne, je regrette sincèrement ma conduite d'hier soir. Je n'aurais jamais dû, je sais. Jamie m'a jeté dehors, alors je me demandais si on pouvait se voir ce soir, juste pour parler, remettre les choses au point entre nous... Oh, merde ! Ça alors ! Je suis dans un bar au coin du Parkway et de la 16ᵉ Rue, tu le connais sûrement, et je suis en train de te voir à la télé ! Tu es absolument sensass...

Il avait encore trop bu. Écœurée, Anne coupa la communication et éteignit le portable qu'elle remit dans son sac. Gil était donc à peine quelques rues plus loin, et avait vu le reportage où elle donnait son emploi du temps de la soirée. Elle ne pouvait qu'espérer qu'il ne lui viendrait pas l'idée saugrenue de s'imposer dans ses projets. Le soleil qui disparaissait derrière les toits jetait ses derniers feux, le ciel s'assombrissait peu à peu. Il était grand temps de se mettre en route.

Anne referma le sac-poubelle et alla le poser avec les autres sur le tas, à l'entrée de la ruelle, celle-là même où elle s'était glissée comme un voleur dans sa tenue d'Oncle Sam quelque quarante-huit heures plus tôt. En se dirigeant vers le Parkway, elle ralentit en passant devant chez elle, où les fleurs étaient encore sur les marches. Mais elle savait ce qu'il y avait derrière la porte, et le souvenir des murs du vestibule éclaboussés de sang la fit frissonner. Willa était morte là. Avec un peu de chance, son meurtrier serait bientôt livré à la justice.

269

Mêlée à la foule, elle essaya de se rappeler en détail le nouvel aspect de Kevin, avec ses cheveux teints, et la forme de sa tête et de ses épaules, qu'elle chercha à repérer parmi les inconnus. Impossible de prévoir comment il serait habillé cette fois, sans doute une tenue se fondant dans le décor. Un tee-shirt avec la bannière étoilée ? Peut-être, mais il y en avait au moins trois cents dans un rayon de dix mètres. Anne en vérifia le plus grand nombre possible. Aucun n'étais sur le dos de Kevin.

Elle poursuivit sa marche, une main dans la poche pour se rassurer au contact du Beretta. Au-dessus de la large avenue, le ciel déployait une palette de roses, de bleus, de mauves. Des points lumineux çà et là, le rougeoiement d'une cigarette, le bracelet fluorescent d'une montre d'enfant, le pinceau de la torche électrique d'un vieux ménage prévoyant, rendaient plus sensible la tombée du crépuscule.

Des néons bleus, blancs, rouges soulignaient les lignes géométriques des grands immeubles. Des voix, des rires, des cris d'enfants emplissaient l'air du soir où flottaient des odeurs d'insecticide antimoustiques et des relents de bière. Le musée des Beaux-Arts, majestueux monument de style grec habituellement baigné d'une discrète lumière ambrée, était illuminé par des projecteurs tricolores et des rayons laser qui dansaient dans le ciel. Son escalier monumental disparaissait sous un échafaudage d'acier, une scène et des batteries de spots. Les guitares électriques d'un petit groupe de rock qui faisait patienter le public résonnaient dans les haut-parleurs de la sono, installés dans les arbres.

Anne consulta sa montre. Il était vingt heures, la nuit tombait, et elle était en retard sur le programme qu'elle s'était fixé. Elle traversa le petit terrain de base-ball du Parkway, réservé aux enfants en temps normal, mais envahi ce soir-là par les couvertures et les sièges pliants des citoyens de Philadelphie qui attendaient le feu d'artifice. Elle dut louvoyer entre les marchands de sodas, de hot dogs, de barbe à papa et autres comestibles obligés dans les rassemblements de plein air. Ceux qui voulaient quelque chose de plus substantiel faisaient déjà la queue devant la grande tente blanche, vers laquelle Anne se dirigea aussitôt.

Une affluence d'un million de spectateurs était prévue. À en juger par la bousculade dans laquelle Anne se frayait péniblement un passage, ce chiffre devait être dépassé. La main dans sa poche serrant le Beretta, elle se glissait entre des dos et des poitrines en sueur tandis que débutait la lecture de la Déclaration d'indépendance. Malgré l'accent du premier lecteur, une star du rap, les mots conservaient toute leur grandeur : « Lorsque, dans le cours des événements, il devient nécessaire qu'un peuple dissolve les liens l'attachant à un autre et prenne la place qui lui revient dans le concert des nations… »

Le cou tendu pour voir au-dessus de la foule la direction où la portaient ses pas sans cesse déviés, Anne se fixa comme repère la statue équestre de George Washington, érigée au centre de la place, entre deux fontaines circulaires aux jets teintés, eux aussi, des couleurs patriotiques. La grande tente blanche, située juste derrière, était prise d'assaut. Comment Kevin pourrait-il la repérer au milieu d'une telle cohue ? se demanda-t-elle avec dépit. Et oserait-elle se servir de son arme dans ces conditions ? Son idée n'était pas aussi bonne qu'elle l'avait cru, mais il était maintenant trop tard pour en changer. Elle pourrait au moins braquer le pistolet en laissant le cran de sûreté. Kevin ne le saurait pas et personne ne serait blessé…

Une jeune actrice poursuivait la lecture : « Nous tenons pour évidentes ces vérités selon lesquelles tous les hommes naissent égaux et sont dotés par leur Créateur de certains droits inaliénables, parmi lesquels la vie, la liberté et la recherche du bonheur… »

Ces paroles redonnèrent courage à Anne. Elle aussi, elle avait le droit de vivre, d'être libre et de chercher à être heureuse. Sa profession la passionnait, elle habitait un quartier charmant, elle avait des amies sûres, un amour tout neuf. Oui, elle avait droit à tout cela dont Kevin voulait la priver, se disait-elle en contournant une famille qui écoutait, muette d'admiration, moins peut-être pour les paroles du document

271

historique, fondateur de leur patrie, que pour la voix du célèbre acteur de Broadway qui avait pris le relais : « … ils ont le droit et le devoir de rejeter un tel gouvernement et de se munir de nouveaux gardiens de leur future sécurité… »

Rien de plus vrai ! se dit Anne. Assurer sa future sécurité, c'est ce qu'elle faisait en ce moment même. Elle n'était plus qu'à une cinquantaine de mètres de la tente, mais l'obscurité rendait l'observation difficile, les seules sources de lumière provenant des réverbères à l'ancienne près des fontaines et des rayons laser qui balayaient le ciel.

— Excusez-moi, excusez-moi, répétait Anne en forçant le passage de son mieux.

Poussée par une rage croissante, elle voulait trouver Kevin et ne le voyait nulle part. Elle sentait pourtant qu'il était proche. Plus que trente mètres, plus que vingt. La tête levée, autant pour mieux voir que pour être vue, elle sentait déjà les odeurs de grillades mêlées à la fumée d'innombrables cigarettes qui émanaient de la tente.

Elle arriva enfin au bout de la file d'attente et y prit sa place en arborant le sourire de ceux qui l'entouraient. La main crispée sur la crosse du Beretta, elle regarda autour d'elle. Tout le monde était tourné vers l'estrade et prenait des photos des célébrités.

La file progressait lentement, mais Anne ne pouvait rien voir à l'intérieur de la tente. Quand devait se conclure la Déclaration ? se demanda-t-elle. Elle aurait pourtant dû le savoir pour l'avoir apprise par cœur, comme tous les écoliers des États-Unis. Le feu d'artifice commencerait juste après. Quand Kevin allait-il se manifester ? Elle sentait son cœur battre de plus en plus fort. Elle était seule, vulnérable malgré la présence de la foule. Où étaient donc passés les policiers du service d'ordre ? On n'en voyait aucun dans les parages.

La file avança un peu plus vite, et Anne put enfin regarder sous la tente. Une armée de serveurs s'affairait, distribuant les sandwiches et encaissant les dollars qu'ils mettaient dans un grand tonneau destiné à l'hôpital pour enfants. Deux policiers en uniforme, les bras croisés, se tenaient près du tonneau.

Malgré le brouhaha ambiant, les dernières phrases de la Déclaration résonnèrent dans l'air du soir : « ... et avec le secours de la Divine Providence, nous nous confions mutuellement la défense de nos vies, de nos biens et de notre honneur. »

Une bruyante ovation éclata au-dehors et à l'intérieur de la tente. Ceux qui n'étaient pas servis avaient hâte de l'être afin de regagner leurs postes d'observation avant le début du feu d'artifice. Mais le fait que tout le monde applaudissait encore servit le dessein d'Anne. De l'entrée de la tente où elle se tenait, elle voyait dans la foule un homme seul qui n'applaudissait pas. Grand, musclé, vêtu d'un tee-shirt sombre, elle le reconnut à la forme de sa tête, bien qu'il se soit entièrement rasé le crâne, lequel brillait sous la lumière.

Cet homme était Kevin Satorno. Et le moment était venu pour Anne de proclamer sa propre indépendance.

29

La première fusée du feu d'artifice jaillit au-dessus du musée, un chrysanthème blanc qui s'épanouit avant de se désintégrer en une pluie de lucioles. La foule applaudit, poussa des cris admiratifs, mais Anne garda les yeux fixés sur le crâne luisant de Kevin qui avançait lentement vers l'entrée de la tente. À l'évidence, il la cherchait.

Se forçant à dominer sa crainte, elle glissa la main dans sa poche pour saisir la crosse du Beretta et s'écarta afin d'interposer la file d'attente entre Kevin et elle. Tout le monde regardait en l'air, sauf lui. Elle allait devoir s'en approcher sans être vue.

Tandis que les fusées se succédaient dans une débauche de lumière et de bruit, Anne opéra sa manœuvre. Elle ne perdait pas Kevin des yeux et se déplaçait de manière à ne pas attirer son attention sur sa robe blanche, trop voyante dans l'obscurité. Elle l'avait repéré avant qu'il ne la remarque, Dieu merci, ce qui lui donnait l'avantage.

Anne contourna la tente sans lâcher Kevin du regard. Seul à ne pas regarder en l'air, il tournait la tête sans arrêt, visiblement à la recherche de sa victime. Le cœur battant, Anne vérifia au passage que les deux policiers étaient toujours en faction près du tonneau où les dollars s'accumulaient. Elle eut un instant l'idée de courir vers eux en leur montrant Kevin, mais elle n'était pas sûre qu'ils réagiraient assez vite pour ne pas le laisser s'enfuir. Le mieux, décida-t-elle, sera donc de l'aborder par-derrière, de lui enfoncer le canon du pistolet dans le dos et de le pousser vers les policiers en restant à l'écart de la foule pour éviter de blesser un innocent. Dès qu'elle le tiendrait en respect, elle crierait au secours. En bon général victorieux, George Washington, sur son socle, serait fier d'elle.

Les détonations s'enchaînaient dans un vacarme assourdissant, l'air sentait la poudre, les scories retombaient sur la foule en flocons noirs. Du coin de la tente, Anne eut la tête de Kevin droit devant elle. Cette fois, elle le tenait ! Elle n'en était plus séparée que par quelques rangs de spectateurs. Pas à pas, elle s'en rapprocha. Plus que dix mètres. Plus que six. Plus que trois...

La crosse du Beretta serrée dans sa main crispée, elle était assez proche de Kevin pour dénombrer les bosses de son crâne. Il ne lui restait plus qu'à dépasser un groupe d'ados en maillots de football, qui brandissaient des canettes de bière et fumaient de gros cigares en riant bruyamment. Les fusées se succédaient maintenant sans interruption, dessinant dans le ciel des palmiers, des fleurs fantastiques. Les jeunes surexcités braillaient à chaque détonation. La fumée de leurs cigares formait comme une auréole autour de la tête de Kevin.

Anne se fraya tant bien que mal un chemin entre eux. Elle éprouvait le sentiment irréel d'être quelqu'un d'autre, d'observer une jeune femme plus courageuse qu'elle ne l'avait jamais été. Proche de Kevin à le toucher, elle commença à sortir le Beretta de sa poche.

Elle sortait de la mêlée des apprentis footballeurs quand Kevin s'éloigna en direction de la tente. Tant mieux, pensa-t-elle aussitôt. Il allait se trouver là où elle n'espérait même pas qu'il soit, c'est-à-dire proche des policiers qui montaient la garde près du tonneau rempli de billets. Le moment décisif était venu. Le Beretta à la hanche, elle se lança au pas de course...

— Hé, beauté, où tu cours si vite ? la héla un des fans de foot en lui barrant le passage.

— Écartez-vous ! lui lança Anne en essayant de le contourner.

Il l'agrippa par un bras et la fit pivoter si brusquement qu'elle faillit lâcher son arme.

— Pourquoi t'es si pressée ? Tu veux pas rester avec moi regarder le feu d'artifice ?

— Fichez-moi la paix, imbécile !

Elle se dégagea d'une secousse, se remit à courir. Mais Kevin n'était plus à l'endroit où elle l'avait vu quelques secondes plus tôt. Elle eut beau regarder autour d'elle, il s'était volatilisé. Elle n'avait plus en face d'elle que les badauds qui regardaient le ciel, la tête levée. Une fois de plus, elle l'avait perdu ! Anne plongea dans la foule autour de la tente, alla à gauche, à droite, en écartant les gens, en regardant autour d'elle. Rien. Plus de Kevin. Son crâne rasé et son tee-shirt noir n'étaient nulle part en vue. Elle aurait pu hurler de rage.

En désespoir de cause, elle entra sous la tente. Elle ne pouvait pas laisser Kevin lui filer une fois de plus entre les doigts. Les policiers étaient toujours là, elle allait leur parler, ils appelleraient des renforts. Kevin ne pouvait pas être loin, ils le rattraperaient.

Elle n'avait plus que quelques pas à parcourir quand elle sentit une main la saisir par-derrière en lui tordant le bras droit et un objet pointu s'enfoncer dans son dos.

— Ne crie pas ou je te plonge ce couteau de chasse dans le cœur, fit à son oreille une voix qu'elle connaissait trop bien.

Paralysée par la terreur, Anne se figea. Elle savait que si elle criait, il n'hésiterait pas à la poignarder immédiatement pour la faire taire. Le bras droit immobilisé, elle ne pouvait pas attraper son pistolet de la main gauche et, même si elle l'avait pu, elle ne voulait pas risquer de tirer au milieu de la foule. Elle céda à l'affolement en se sentant brutalement soulever par le bras et pousser en avant, à l'écart de la tente et des policiers. La lame du poignard entamait sa chair entre les côtes. Malgré sa frayeur, elle tenta de réfléchir.

— Tu viens avec moi, dit Kevin en lui tordant le bras encore plus brutalement. Tu ne m'échapperas pas, cette fois. Maintenant, tu es à moi. Enfin.

Des larmes de peur et de douleur montaient aux yeux d'Anne. Il lui désarticulait l'épaule sans qu'elle puisse réagir. Pendant ce temps, les explosions continuaient à retentir et les fusées à illuminer le ciel de leurs guirlandes multicolores. Anne espéra que ce ne serait pas le dernier spectacle auquel elle assisterait.

— Je rêvais à toi toutes les nuits, salope, poursuivit Kevin, sa joue contre celle d'Anne. Quand j'ouvrais les yeux, je regardais ta photo. Je t'écrivais, je te téléphonais, je te faisais des cadeaux. Des fleurs, des bijoux, des poèmes. Je te donnais tout ce que j'avais. J'étais à tes pieds.

Malgré la lame qui lui transperçait le dos en se mouillant de son sang, Anne tenta de ne pas céder à la panique tandis qu'il l'entraînait à travers la foule vers la rue, les buissons et les arbres du parc plongés dans l'obscurité, le long des immeubles. L'endroit était désert. La végétation les dissimulait. Peut-être, maintenant qu'ils étaient seuls, réussirait-elle à prendre son pistolet et à tirer sans toucher personne d'autre.

— J'adorais ton visage. J'adorais ton corps. J'adorais chaque petite parcelle de toi, Anne. J'aurais tout fait pour toi. N'importe quoi.

Les détonations, les crépitements des fusées s'enchaînaient à un rythme de plus en plus accéléré. Pendant que Kevin sortait de l'ombre des buissons et lui faisait contourner un immeuble, Anne sentait le Beretta lui battre la cuisse. Réussirait-elle à l'attraper de la main gauche en passant le bras autour de sa taille ?

— Tu t'es foutue de moi, salope ! reprit Kevin d'une voix tremblante de rage. Tu m'as rejeté ! Tu m'as envoyé en prison ! Tu sais pas ce que j'y ai subi. Tout ça à cause de toi, ignoble salope ! Je te hais, maintenant ! Je te hais !

Anne se força à ne pas écouter ces paroles qui la paralysaient. Elle lui avait déjà échappé une fois, elle saurait le refaire. Il lui suffisait de se dominer en attendant le moment propice. Car il y en aurait un. Et là, elle pourrait enfin prendre son pistolet et s'en servir pour se sauver.

— Je jouirai en te tuant, Anne. Je prendrai mon temps pour te voir mourir, pour en jouir longtemps, minute par minute. Jamais de ta vie tu n'auras autant fait jouir un homme.

Un accès de terreur la saisit. Kevin la forçait à avancer vers un endroit désert, à l'arrière d'un immeuble. Personne ne pourrait les voir, personne ne pourrait la secourir. Si elle vivait ses derniers instants, elle n'avait plus rien à perdre. De la main gauche, elle s'efforça d'atteindre la poche de sa robe, mais Kevin pressait toujours la pointe de son couteau dans son dos ruisselant de sang. Alors, dominant sa panique et son désespoir, elle poussa un hurlement :

— Au secours ! Au secours !

— Anne ? Anne, c'est toi ? fit une voix derrière eux.

— Au secours ! hurla-t-elle de nouveau en sentant Kevin se retourner.

L'occasion était trop bonne. Anne parvint à se contorsionner pour prendre le pistolet. Distrait, Kevin ne s'en aperçut pas. Mais il ne l'avait toujours pas lâchée. Le Beretta au poing, elle attendit. Elle tirait bien, mais pas assez pour faire feu par-dessus l'épaule. Du pouce, elle dégagea le cran de sûreté.

— Anne ! Anne, que se passe-t-il ? fit la voix de l'homme qui s'était rapproché et se trouvait à quelques pas derrière eux.

C'était Gil ! Il avait dû quitter le bar d'où il lui avait téléphoné pour partir à sa recherche.

— Gil ! Au secours ! hurla-t-elle.

Cette fois, Kevin se retourna en relâchant sa pression sur le bras d'Anne et la pointe du couteau. En une fraction de seconde, elle réussit à lui échapper et à lui faire face, le pistolet braqué.

— Ne bouge plus ou je tire ! cria-t-elle.

Mais Kevin se ruait déjà sur Gil, la pointe du couteau en avant. Gil parvint à lui agripper le poignet, à le faire reculer. Pendant un moment qui lui parut durer une éternité, Anne ne put que les regarder lutter sans pouvoir intervenir. Elle visait Kevin, mais les deux hommes bougeaient trop et trop vite pour lui laisser le temps de faire feu à coup sûr sans risquer de toucher Gil.

— Tire, Anne ! Tue-le ! cria Gil à plusieurs reprises.

Anne se rapprocha, prête à profiter de l'instant où elle serait sûre de toucher Kevin. Alors, d'un geste désespéré, Gil se pencha vers elle et lui arracha l'arme de la main au moment où Kevin levait son poing armé, prêt à frapper. La première détonation retentit, suivie de deux autres perdues dans le fracas du bouquet du feu d'artifice. Anne ne put retenir un hurlement d'horreur. Le cou soudain ruisselant de sang, Kevin reculait en titubant et s'écroulait comme une masse.

Anne se pencha vers lui. Tel un pantin désarticulé, il gisait inerte, les jambes repliées selon des angles anormaux, la bouche béante sur un dernier cri, les yeux grands ouverts. La fontaine de sang qui jaillissait de l'endroit où se trouvait sa pomme d'Adam retombait sur son visage et sa poitrine avec un horrible bruit de gargouillement.

— Non ! s'entendit hurler Anne sans savoir pourquoi.

Le sang inondait le devant de sa robe, dégoulinait sur ses bras et ses mains. Un seul regard lui fit comprendre qu'il était inutile d'appeler une ambulance. Kevin était mort.

— C'est fini, maintenant. C'est fini, répétait Gil en lui tenant l'épaule.

Mais Anne l'entendait comme s'il était très loin, et des larmes dont elle ne s'expliquait pas la cause ruisselaient sur ses joues.

30

La lumière blafarde des plafonniers fluorescents de la Rotonde effaçait les traits des personnes assemblées dans le bureau des interrogatoires. Ayant dicté sa déposition, Anne restait prostrée sur une chaise, sa robe blanche tachée de sang. Son dos entaillé par le couteau de Kevin avait nécessité cinq points de suture, mais elle était tellement désorientée à l'hôpital qu'elle n'avait pas pensé à se laver les mains. Toujours ensanglantées, elles reposaient sur ses genoux, écartées l'une de l'autre comme si elles se faisaient horreur.

Soulagée que son cauchemar ait pris fin, Anne ne pouvait toutefois s'empêcher de regretter un dénouement aussi atroce. Son épaule malmenée l'élançait, elle était épuisée et souffrait d'une migraine si forte qu'elle était incapable de faire le tri des émotions contradictoires qui l'assaillaient. Elle savait qu'il lui faudrait des jours, des années peut-être, pour y parvenir.

La mine grave en dépit de la victoire partagée avec Anne, Judy et Mary se tenaient debout derrière elle comme des gardes du corps aux aguets. Assis à côté d'elle, Matt posait sur ses épaules un bras protecteur. Gil terminait sa déposition, recueillie par l'inspecteur Rafferty et laborieusement dactylographiée par son acolyte habituel, tandis que tout le monde affectait de juger normale la présence du commissaire Parker, en grande tenue, qui écoutait les bras croisés, adossé à un mur, comme s'il assistait régulièrement à de telles réunions.

— J'ai vu qu'il poussait Anne, disait Gil. Comme il avait une main sur son dos, j'ai pensé qu'il pouvait tenir un pistolet ou un couteau.

Debout derrière lui, Bennie écoutait avec attention. Elle assistait Gil pour les besoins de l'enquête, car Anne ne pouvait le représenter puisqu'elle était à la fois la victime de l'agression et le seul témoin de la mort de son agresseur.

— Comment saviez-vous qu'il s'agissait de Satorno ? demanda Rafferty.

— Je vous ai déjà répondu sur ce point.

Gil était visiblement fatigué. Sa veste de sport était déchirée et tachée du sang de Kevin. Anne était à peu près certaine que la police ne l'inculperait de rien, même d'homicide involontaire, mais cela restait une éventualité et elle ne voulait à aucun prix qu'il ait des ennuis pour avoir sauvé sa propre vie – et la sienne.

— Répétez quand même votre réponse, lui conseilla Bennie.

— Bon, je vais recommencer. Je savais qu'il s'agissait de Satorno parce que j'avais vu sa photo à la télévision et dans les journaux.

— Vous vous souveniez de ces photographies ?

— Bien entendu. J'avais de bonnes raisons de m'intéresser à lui, il avait voulu tuer mon avocate qui, de plus, est une amie. J'avais observé son portrait avec attention. Vous n'en auriez pas fait autant ?

Rafferty se frotta le menton. Lui aussi paraissait las.

— Je vois. Et comment se fait-il que vous vous soyez trouvé à cet endroit et à ce moment-là, monsieur Martin ?

— J'étais dans un bar un peu plus bas sur le Parkway. Chez Chase, si vous voyez où c'est. Je faisais la fête, comme tout le monde.

— Vous étiez seul ?

— Oui. Ma famille était à la maison.

Anne nota qu'il évitait toute allusion au fait que Jamie l'avait flanqué à la porte, mais en effet cela ne regardait pas la police.

281

— Avez-vous parlé à quelqu'un qui pourrait témoigner de votre présence à ce bar, monsieur Martin ?

— Pas vraiment. Si, une blonde assise à côté de moi, mais je ne connais pas son nom.

— Vous la draguiez ?

— Ça vous intéresse ? répliqua Gil d'un ton qui lui valut un regard réprobateur de Bennie.

— Peut-être.

— Bon, d'accord, j'essayais de la draguer, répondit Gil en tendant les poignets. Si c'est un crime, passez-moi les menottes.

Anne écoutait, effarée. Draguer une blonde dans un bar juste après que sa femme l'avait mis à la porte ? Essayer d'en faire autant avec elle, son avocate ? Sans parler de sa liaison avec Beth et combien d'autres. Son cas relevait de la psychothérapie…

— Et le barman ? demanda Rafferty.

— Non. Elle, je ne l'ai pas draguée.

Rafferty ne se dérida pas.

— J'ignorais que c'était une femme, dit l'inspecteur. Je voulais dire, la barmaid se souviendrait-elle de vous ?

— Oui. Elle s'appelle Jill, moi Gil, c'est pourquoi je me la rappelle. Nous avons plaisanté sur nos noms, elle n'a pas dû l'oublier.

— Que s'est-il passé ensuite ?

— J'ai vu Anne à la télévision, au-dessus du bar, elle disait qu'elle serait à la tente des sandwiches de bienfaisance vers vingt et une heures. Alors j'y suis allé, mais quand je suis arrivé, la foule était telle que je me suis dit que ce serait idiot de vouloir la retrouver. Je suis donc reparti en direction du centre, et c'est à ce moment-là que j'ai cru reconnaître sa robe blanche, visible dans l'obscurité. Quand j'ai vu ce qui se passait, je suis intervenu. Vous n'allez quand même pas me le reprocher !

Rafferty poussa un long soupir avant de se tourner vers Bennie.

— Je devrai bien entendu solliciter l'avis de mes supérieurs, maître Rosato, mais je doute que nous puissions inculper M. Martin d'un délit quelconque. La légitime défense paraît établie.

Si Bennie avait nourri quelque inquiétude et en éprouvait du soulagement, elle n'en laissa rien paraître.

— Sage conclusion, inspecteur. M. Martin est conscient des dangers qu'il y a pour de simples citoyens de faire justice eux-mêmes, si bonnes que soient leurs intentions, et je suis sûre qu'il ne s'y risquera plus. Je tiens, messieurs, poursuivit-elle en se tournant vers le commissaire Parker, à louer le profession-nalisme et l'humanité avec lesquels vous avez une fois de plus réglé cette question. Nous participerons donc très volontiers à votre conférence de presse de demain.

— Je vous en remercie, répondit le commissaire. Je vais mettre deux chauffeurs à votre disposition, pour vous aider à franchir la bousculade du dehors et vous reconduire tous chez vous. La conférence de presse aura lieu demain matin à dix heures.

— J'y serai, dit Bennie. Mais Mlle Murphy ne pourra pas s'y rendre, elle doit se trouver au tribunal à la même heure.

— Je sais, dit Parker en souriant, je lis les journaux. Si vous avez besoin d'un certificat médical pour le juge, mademoiselle Murphy, je suis tout disposé à vous en fournir un.

— Merci, commissaire.

Anne se leva, les jambes flageolantes, et réussit à sourire.

— Vous n'oubliez rien, mademoiselle Murphy ? lui demanda l'inspecteur Rafferty, la main tendue. À ma connaissance, vous n'avez pas de permis de port d'arme.

Anne mit dix secondes à comprendre.

— C'est vrai.

Elle prit le Beretta et le tendit à l'inspecteur. Même si elle n'en avait plus besoin, elle le regretterait.

— Depuis quand les jeunes filles de votre âge portent-elles des armes à feu dans leurs poches ?

— Quand elles laissent leur sac à main chez elle, répondit-elle en faisant apparaître sur les lèvres de Rafferty le premier sourire de la soirée. Cela veut dire que vous ne m'accusez pas de port d'arme prohibé ? Vous me faites une faveur ?

— Uniquement parce que vous êtes Irlandaise, répondit l'inspecteur avec, cette fois, un franc sourire.

— Allons-y, dit Matt en prenant Anne par le bras.

Elle se laissa entraîner vers la porte avec les autres en poussant un soupir de soulagement. C'était enfin fini et bien fini ! Elle n'aurait plus jamais de raisons de s'angoisser, de regarder derrière elle. Elle n'aurait plus besoin de pistolet automatique. Elle était encore secouée, bien sûr, mais elle se sentait enfin en sécurité.

Dans le hall de la Rotonde, ils bavardèrent quelques instants avant de se séparer. Anne alla d'abord embrasser Gil, qu'elle s'étonna de voir ému et les yeux humides.

— Je ne sais pas comment te remercier de m'avoir sauvé la vie.

— C'était la moindre des choses, répondit-il en souriant. J'ai eu de la chance d'être là au bon moment, rien de plus.

— Non, c'est moi qui ai eu de la chance.

Elle se tourna ensuite vers Bennie, qu'elle serra sur sa poitrine comme la mère qu'elle n'avait jamais eue.

— Un million de mercis pour tout.

— Je suis contente de vous voir enfin en sûreté, répondit Bennie en lui rendant son étreinte.

— Pardonnez-moi de vous avoir plaquée comme je l'ai fait.

— Ne me le rappelez surtout pas ! répliqua Bennie d'un air faussement outragé. Et ne racontez à personne que j'ai marché dans votre truc idiot.

Anne pouffa de rire. Judy et Mary s'approchèrent à leur tour.

— Je suis heureuse que tout se soit bien fini pour toi, dit Mary en prenant Anne dans ses bras.

— Merci. Salue tes parents de ma part et dis-leur que je m'invite à dîner dimanche prochain pour rendre son talisman à ta mère.

— Garde-le en otage jusqu'à ce qu'elle te rende ton chat.

Anne rit de bon cœur. Elle s'essuyait les yeux quand Judy la serra contre elle à l'étouffer.

— Je vois que tu as encore les boucles d'oreilles, dit-elle après l'avoir lâchée.

— Bien sûr ! Je ne peux plus m'en passer.

Anne était tellement émue d'avoir trouvé d'aussi bonnes amies en Bennie, Mary et même Judy qu'elle fut incapable de l'exprimer. Cela aussi, il faudrait qu'elle le dise, et qu'elle le dise bientôt.

Matt la prit alors par la taille d'un geste possessif.

— Merci, Bennie, dit-il en souriant. Merci à tous et à toutes d'avoir si bien pris soin d'elle.

Gil regarda avec stupeur Matt et Anne, qui surprit son regard et se retint de sursauter. Elle n'y pensait plus, en effet : Gil ignorait tout de ses relations avec Matt. Affreusement embarrassée, surtout après ce qu'il avait fait pour elle, Anne se tourna vers lui.

— Je suis désolée, Gil. Tu ne le savais pas, mais… Matt et moi…

— Non, je ne savais pas, répondit Gil sèchement.

Anne se sentit rougir. Bennie posait sur elle un regard sans indulgence. Elle allait devoir prendre une décision sur-le-champ, la même que celle prise par Matt le matin même.

— Nos rapports n'ont rien à voir avec le procès, je te le jure. Je le regretterais infiniment, mais si tu veux prendre un autre avocat, tu en as parfaitement le droit. Nous obtiendrons un report de l'audience et, compte tenu des événements de ce soir, tes administrateurs n'y verront rien d'anormal.

— Gil, précisa Matt, je tiens à vous dire qu'Anne n'a strictement rien fait qui puisse compromettre la cause de votre société.

Gil dédaigna son intervention et regarda Anne en souriant :

— Je ne te renverrai pas maintenant, Anne, surtout après tout ce que tu as fait pour préparer ma défense. Je sais que tu ne te laisses pas influencer par tes sentiments personnels. Il s'agit d'une affaire, rien d'autre, et tu restes mon avocate.

— Merci, Gil, je me montrerai digne de ta confiance.

Elle se demanda si la décision de Gil n'était pas tout simplement fondée sur l'existence du CD, mais elle était hors d'état, avec ses mains ensanglantées, de se concentrer sur ce qui se passerait le lendemain au tribunal. Elle devait repartir du bon pied et elle éprouvait soudain un besoin qu'elle n'avait pas ressenti depuis longtemps.

— Je veux rentrer chez moi, s'entendit-elle déclarer.

— Mais non, la police n'a pas levé les scellés ! protesta Mary. Viens à la maison, mes parents seront ravis de t'héberger et ton chat de te revoir. Tu pourras même y rester jusqu'à ce que tu trouves un autre logement.

— Venez plutôt chez moi et laissez votre chat chez Mary, dit Bennie. Je vous ferai des céréales pour dîner.

— Mon appartement est le seul où tu ne sois pas venue, dit Judy en riant. Tu ne veux pas changer un peu de cadre ?

— Non, Anne, tu viendras chez moi, affirma Matt en la serrant plus fort contre lui. Tu ne peux pas retourner dans cette maison après ce qui s'y est passé.

Anne regarda Matt et les autres groupés autour d'elle. Leurs visages reflétaient une sincère affection et un réel souci de son bien-être. Sa nouvelle vie commençait ce soir, ils en feraient tous partie. Pourtant, malgré la reconnaissance qu'elle leur vouait, elle savait où se trouvait sa vraie place.

— Merci à tous, mais je veux vraiment rentrer chez moi. Dans ma maison de Waltin Street.

Ses mots, pour une fois, exprimaient précisément sa pensée.

31

Moins d'une heure plus tard, déposée devant sa porte par une voiture de police, Anne avait changé de vêtements et arrachait la moquette du vestibule, les mains protégées par des gants de caoutchouc. Elle aurait dû se coucher ou, à la rigueur, préparer sa plaidoirie du lendemain mais, aussi incapable de l'un que de l'autre, elle voulait avant tout chasser les relents de sang et de souffrance dont la moquette était imprégnée. Elle en avait déjà détaché trois côtés, le quatrième résistait. Les dents serrées, elle fit un dernier effort et la moquette céda si brusquement qu'elle tomba à la renverse.

Malgré les douleurs de son dos et de son épaule réveillées par le choc, Anne se releva, traîna la moquette dans le living et l'étendit à plat en s'efforçant de ne pas regarder les taches de sang pour ne pas encore fondre en larmes. Elle avait déjà pleuré dans la douche avant de se ressaisir pour se mettre au travail.

Elle s'agenouilla et roula la moquette puis l'enfourna dans un grand sac-poubelle. Elle la soulevait pour la porter sur le trottoir où elle serait ramassée au petit matin quand quelque chose la retint. Cette moquette n'était pas un vulgaire déchet dont on se débarrasse, elle avait recueilli le sang de Willa. Dans ses bras, le rouleau avait presque la consistance d'un corps humain. Sans savoir au juste pourquoi ni ce qu'elle allait en faire, elle reposa son fardeau sur le sol.

Les poings sur les hanches, elle examina ensuite le vestibule à la lumière de la suspension, désormais munie d'une ampoule. Près de la porte, des traînées de sang séché maculaient le mur et les plinthes, mais le plancher était intact. Elle s'était imposé de lessiver et de repeindre les murs, car elle ne voulait à aucun prix les laisser dans cet état, pas même une seule nuit. Le travail promettait d'être aussi pénible moralement que physiquement, mais il fallait l'effectuer, ne serait-ce que par respect pour la mémoire de Willa. Il aurait aussi sur elle un effet thérapeutique. Elle se sentait déjà mieux de l'avoir décidé et de tirer ainsi un trait sur cette partie de sa vie.

Éprouvant un renouveau d'énergie, elle alla à la cuisine remplir une bassine d'eau chaude additionnée de produits détersifs. Puis, munie d'une grosse éponge, elle retourna dans le vestibule en allumant au passage la stéréo réglée sur une station de musique classique convenant à son humeur.

Les notes égrenées par une guitare espagnole lui évoquèrent son père musicien qu'elle n'avait jamais connu. Sa mère, aussi. Anne se demanda distraitement si elle la reverrait un jour et chassa le léger pincement au cœur que cette pensée éveillait en elle. L'appel que sa mère lui avait lancé à la télévision l'avait touchée malgré elle, mais son passé était une fois pour toutes loin derrière. Elle ne devait plus penser qu'à l'avenir et s'engager dans le cours de sa nouvelle vie.

Laissant la musique l'apaiser, elle posa la bassine et, quand elle se pencha pour prendre l'éponge qui trempait dans l'eau, le talisman de Mme DiNunzio sortit de l'encolure de son tee-shirt au bout de sa chaîne d'or. Anne le remit en place en souriant et commença à lessiver le mur. Le sang séché redevint rouge au contact de l'eau chaude, et dégagea une odeur qui lui donna un haut-le-cœur. Elle parvint toutefois à se dominer et à poursuivre sa tâche macabre en pensant à Willa et en ravalant les larmes qui lui montaient de nouveau aux yeux.

Anne en était à la troisième bassine d'eau chaude, à un flacon entier de détergent et à une douzaine de mouchoirs en papier quand la sonnette tinta. Le cœur battant, elle sursauta.

La dernière personne ayant sonné à sa porte était un assassin. Un moment, le timbre résonna en écho dans la maison. Et puis, Anne se raisonna. Elle était idiote d'avoir peur, elle n'avait plus rien à craindre. Kevin était mort, elle l'avait vu de ses yeux, et ce spectacle, s'il ne lui avait procuré aucun plaisir, lui avait au moins apporté la sécurité.

La sonnette tinta une seconde fois. Anne lâcha l'éponge dans la bassine, se releva et alla regarder par le judas. C'était Matt ! Décidément, tout allait bien. Cette fois, elle était réellement en sûreté.

Elle se hâta de tourner le verrou, de dégager la chaîne et d'ouvrir la porte sur la chaude nuit d'été. Arborant un large sourire, Matt tenait son cartable horizontal comme un plateau, sur lequel étaient posés une bouteille de vin et deux verres.

— Qu'est-ce que tu fais là ? s'étonna-t-elle sans cacher son plaisir.

— Je ne pouvais pas dormir et je savais que tu ne dormirais pas non plus. Comme tu avais dit que tu démarrais une nouvelle vie, j'ai apporté de quoi pendre la crémaillère.

Il enleva la bouteille de sa périlleuse position et planta sur les lèvres d'Anne un rapide petit baiser, aussitôt suivi d'un autre plus chaleureux auquel elle ne résista pas, même avec ses gants de caoutchouc mouillés et couverts de mousse.

— Hmm... c'est bon. Entre vite.

Elle referma la porte derrière lui pendant qu'il s'avançait en regardant avec étonnement les murs humides.

— Tu nettoies, à cette heure-ci ?

— Oui. Je viens de finir de lessiver, répondit Anne en constatant que, malgré ses efforts, il restait des traînées sombres. Avec deux couches de peinture blanche, tout reviendra à la normale.

Matt posa les verres et la bouteille à l'entrée du living, sortit un tire-bouchon de sa poche et s'assit par terre.

— J'en suis sûr. Mais je ne comprends pas que tu le fasses toi-même. Tu aurais pu engager un service spécialisé ou un peintre. Je croyais que tu préparais l'audience de demain et mettais au point ta stratégie pour démolir l'adversaire.

— Non, ce que je fais est beaucoup plus important.

— Quoi ? s'exclama Matt en débouchant la bouteille. Qu'est devenue la fille qui ne reculait devant rien pour gagner, y compris exhiber un homme nu en plein tribunal ? Ne me dis pas que tu as changé.

Anne réfléchit une minute.

— Diable non ! répondit-elle en riant.

— Dieu soit loué ! À toi qui n'as pas changé et ne changeras jamais, dit-il en lui tendant un verre plein.

— Et à toi qui...

La sonnerie d'un téléphone portable lui coupa la parole. Anne ayant laissé le sien dans son sac, ce ne pouvait être que celui de Matt qui plongea une main dans sa poche.

— La barbe ! Juste au moment où tu allais me dire que j'étais un type sensationnel.

— Tu feras mieux que moi ton propre éloge, dit Anne en souriant.

Il porta l'appareil à l'oreille, écouta. Anne vit un éclair de plaisir s'allumer dans ses yeux bleus.

— Vraiment ?... D'accord. Oui, relaxez-vous, je comprends. Nous en parlerons... Bon, j'arrive dans cinq minutes. C'était Bill Dietz, expliqua-t-il en coupant la communication.

Anne but une longue gorgée de vin. Le seul nom de Dietz lui gâchait son humeur joyeuse.

— Qu'est-ce qu'il voulait ?

— Me voir. Il a quelque chose d'important à me dire, et je crois qu'il va me rendre le dossier, dit-il en se levant.

Anne en fut contente pour lui – jusqu'à un certain point.

— Dietz nous a boxés tous les deux. Je me demande pourquoi tu as encore de l'amitié pour lui.

— Il vient de me dire qu'il regrettait de t'avoir agressée. Un coup de colère qu'il n'a pas su dominer.

— Ah bon ? Pour lui, ça suffit à l'excuser ?

290

Anne avala une nouvelle gorgée de vin qui lui monta à la tête. Elle avait l'estomac vide depuis Dieu savait combien de temps et elle n'y attachait plus d'importance.

— Je suis désolé de te laisser tomber, il faut que j'y aille.

— J'voudrais pas être à ta place, bafouilla-t-elle d'une voix soudain pâteuse. Si tu redeviens l'adversaire, c'est fini entre nous jusqu'à la fin du procès. Je suis brune maintenant, et les brunes sont pas aussi dévergondées que les rouquines.

Matt se pencha vers elle, lui donna un petit baiser.

— Comme tu voudras. Ça ira ? Tu as l'air mieux.

— Je suis plus que mieux, déclara Anne en remplissant de nouveau son verre. Tu sais quoi ? Je crois bien que je suis amoureuse.

Matt était déjà à la porte. En sortant, il lui lança un baiser du bout des doigts et laissa Anne en tête à tête avec une bassine d'eau mousseuse, une bouteille de vin à demi pleine et une lueur d'espoir.

Une fois seule, elle se releva, remit la chaîne, tourna le verrou et alla ranger la bassine, l'éponge et les gants avant d'attaquer la peinture. Elle ne travaillait pas depuis cinq minutes que la sonnette tinta une nouvelle fois. Matt a oublié quelque chose, se dit-elle. Ou peut-être veut-il me donner un nouveau baiser. Au loin, un pétard éclata.

— J'arrive, Matt ! cria-t-elle en allant ouvrir.

Elle dégagea la chaîne et tourna le verrou sans regarder par le judas, puisque c'était Matt qui revenait.

Mais quand elle ouvrit la porte, ce ne fut pas Matt qu'elle découvrit sur le seuil.

32

C'était Beth Dietz qui était devant la porte. Elle paraissait avoir pleuré, et sa voix était encore entrecoupée de sanglots.

— Je peux entrer ? Bill et moi venons d'avoir une grosse dispute au sujet de ce tueur fou, Satorno. J'ai appris par la télé qu'il était mort.

Anne eut une bouffée de remords.

— Entrez, bien sûr, il faut que nous en parlions, dit-elle en refermant machinalement la porte au verrou et en remettant la chaîne.

Mais quand elle se retourna, Beth ne pleurait plus et braquait un pistolet sur elle. Il fallut à Anne une seconde pour prendre conscience de la situation. Alors, elle ouvrit la bouche pour crier.

— Fermez-la ! ordonna Beth en la poussant contre la porte et en lui enfonçant le canon de son arme dans la poitrine.

Anne s'efforça de ne pas céder à la panique. Elle eut du mal à ignorer le pistolet tout en fixant les yeux de Beth, encore rouges des larmes qu'elle avait versées.

— Qu'est-ce que vous faites, Beth ? Vous devenez folle ?

— Quand avez-vous commencé à coucher avec Gil ? Je veux le savoir !

Anne avait encore le goût du vin sur la langue, mais son effet euphorisant s'était volatilisé.

— Abaissez ce pistolet, Beth. Si vous voulez parler, parlons, mais pas avec une arme…

— Ne me donnez pas d'ordres ! cria Beth, tremblante de rage. Répondez à ma question : depuis quand couchez-vous avec Gil ? C'est avec vous qu'il a toujours voulu baiser, n'est-ce pas ?

Anne n'en croyait pas ses oreilles. La conduite ridicule de Gil dans la salle de conférences quand il était ivre, son coup de téléphone du bar au début de la soirée lui traversèrent cependant la mémoire.

— Mais… je n'ai jamais couché avec lui ! Je n'ai jamais rien éprouvé d'autre pour Gil que de l'amitié !

— Menteuse ! Il n'arrêtait pas de me parler de vous ! Et quand il m'a plaquée et que je l'ai poursuivi en justice, c'est vous qu'il a engagée pour le défendre contre moi !

Le canon lui meurtrissait les côtes, lui coupait la respiration. Anne sentit les larmes lui venir aux yeux en imaginant la balle lui déchirer la chair, son vestibule une fois encore couvert de sang. Tuée devant sa porte d'entrée… Le cauchemar recommençait.

— Non, je vous en prie ! C'est absurde…

— Je l'aimais, et vous me l'avez pris ! hurla Beth, les traits déformés par la fureur. Lui, il ne comptait pas pour vous ! J'étais prête à quitter Bill pour lui, mais c'était vous qu'il voulait ! Et vous vous attaquez déjà à Matt, mon avocat ! Bill a raison, vous n'êtes qu'une pute !

Anne lutta pour se dominer. Il fallait qu'elle fasse quelque chose.

— Je suis venue ici vendredi soir, poursuivit Beth, de plus en plus hystérique. Je voulais vous tuer pour vous punir du mal que vous m'avez fait. Et je vous ai tuée, oui, je vous ai tuée ! Tout ça pour découvrir que c'était une autre qui avait ouvert la porte. Et maintenant, voilà Gil qui vous sauve la vie, je l'ai vu à la télé ! Il vous aime plus que jamais !

Anne encaissa cette révélation avec stupeur. Ce n'était donc pas Kevin qui avait tué Willa, mais Beth ! Elle réfléchit aussi

293

vite qu'elle le put. Kevin surveillait sans doute la maison ce soir-là, il avait vu Beth tuer Willa, cru que c'était Anne. Puis il s'était approché après le départ de Beth et constaté qu'elle s'était trompée de victime.

— Cette fois, je ne vous raterai pas, vous resterez morte. Adieu, dit Beth avec calme en pointant le canon entre les yeux d'Anne.

— Non !

D'instinct, Anne leva un bras et détourna le pistolet au moment où Beth pressait la détente. La détonation éclata à côté de son oreille avec un bruit assourdissant.

— Sale garce ! rugit Beth.

Anne saisit ce bref instant de flottement pour se ruer vers l'escalier qu'elle gravit en courant.

— Au secours ! À l'aide !

Mais où allait-elle ? Que pouvait-elle faire ? Elle n'avait plus son Beretta, confisqué par la police. Avait-elle le temps d'appeler sur le téléphone de sa chambre ? Beth la poursuivait, à peine quelques marches derrière elle.

— Au secours ! À l'aide ! continua-t-elle de crier en arrivant dans sa chambre.

Où étaient ses voisins ? Pourquoi n'entendaient-ils pas ses appels ?

Elle posait la main sur le téléphone quand Beth la rejoignit. Anne empoigna son ordinateur portable posé sur le bureau et le projeta dans la figure de Beth, qui poussa un cri de douleur en portant une main à son nez ensanglanté tout en lâchant un coup de feu de l'autre.

Anne sentit la balle passer au ras de sa joue. Terrifiée, elle prit de nouveau la fuite, survola plutôt qu'elle ne dévala l'escalier. Mais Beth était déjà sur ses talons. Elle n'aurait jamais le temps de dégager la chaîne et de déverrouiller la porte. Elle allait devoir se défendre pour sauver sa vie. Mais comment ? Son regard tomba alors sur le gros rouleau de moquette dans le sac-poubelle en plastique.

Elle le balança comme une batte de base-ball qui attrapa Beth à la taille au moment même où elle s'encadrait dans la porte du living, le pistolet braqué. Sous la force du choc, Beth se plia en deux et lâcha son arme qui tomba sur le tapis. Anne plongea et réussit à s'en emparer alors que Beth, le nez saignant comme une fontaine, se redressait en hurlant de fureur.

— Vous ne me tuerez pas !

Anne sentit un flot d'adrénaline jaillir dans ses veines. Elle n'avait pas tiré sur Kevin faute de l'avoir eu clairement dans sa ligne de mire. Maintenant, sa cible était nette. Toute proche. Immobile. Elle pouvait tuer Beth. Elle *devait* la tuer. Ce ne serait que justice.

Le canon pointé entre les yeux de Beth, elle revit en un éclair tout ce qu'elle lui avait fait endurer. Quelques minutes, non, quelques secondes plus tôt, Beth l'aurait tuée sans hésiter. Elle avait tué Willa. C'était sans doute la raison pour laquelle Kevin la traquait, non pas parce qu'il était amoureux d'elle, mais parce qu'il croyait qu'elle avait tué Anne et l'avait ainsi privé de sa vengeance. Elle pensa aussi à Willa, à sa mort toujours impunie. À son sang qui tachait encore les murs.

Le regard d'Anne s'abaissa une fraction de seconde, le temps de voir le petit talisman qui pendait à son cou. Elle se rappela le sourire de Mme DiNunzio, la petite cuisine pleine de bonnes odeurs, l'amitié qu'elle y avait trouvée. L'amour, l'esprit de famille.

Alors, les doigts serrés sur le pistolet au canon encore fumant, Anne prit sa décision.

33

À Philadelphie, le mardi 5 juillet débuta par une matinée claire et fraîche. La température était revenue à un niveau civilisé, l'humidité s'était évaporée. Les buildings se détachaient avec netteté contre le ciel d'un bleu cristallin, et le soleil encore bas semblait vouloir faire durer son sommeil après ses excès du week-end.

Son énergie collective revitalisée, la ville retrouvait son rythme normal. Les autobus roulaient dans des rues interdites la veille encore à la circulation, les agents municipaux en combinaison verte ramassaient les derniers détritus dans les caniveaux. Les commerces remontaient leurs rideaux de fer dans le rituel concert de grincements, les gens allaient au travail sans se presser, arborant des chemises repassées de frais et des bronzages tout neufs. Beaucoup, comme Anne, avaient un journal sous le bras.

FEUX D'ARTIFICE À SENSATION ! titrait le *Daily News*. Anne aurait préféré AFFAIRE CLASSÉE, car le procès Chipster.com n'aurait pas lieu. Matt déposait déjà au palais de justice une motion de retrait de la procédure. Il lui aurait été pour le moins difficile, en effet, de maintenir celle-ci alors que la plaignante, sa cliente, était en état d'arrestation pour meurtre avec préméditation.

La tête haute, Anne marchait d'un pas allègre sur ses meilleurs talons aiguilles, vêtue d'un tailleur de lin crème et

296

d'un tee-shirt blanc. Elle se sentait presque normale, sauf que son état normal impliquait désormais l'absence de lunettes noires et le retour du rouge à lèvres destiné à dissimuler sa cicatrice. Et elle était en retard pour se rendre au bureau parce qu'elle avait reteint ses cheveux dans leur couleur originelle. La vie, avait-elle décidé, était trop courte pour ne pas la vivre en rousse.

Elle parcourut avec entrain les derniers mètres la séparant encore du bureau. D'humeur joyeuse en raison de sa nouvelle brillante idée, elle flottait sur un nuage de félicité en s'approchant des journalistes, des caméras et des camions de régie massés devant l'immeuble. La vue des huit policiers en uniforme qui les empêchaient tant bien que mal de bloquer la circulation lui tira un sourire ironique. Elle n'en avait jamais vu autant de tout le week-end.

Un reporter à l'écart de la foule de ses confrères la reconnut en premier et se précipita au-devant d'elle :

— Maître Murphy, comment avez-vous démasqué l'assassin ?

D'autres s'empressèrent de le rejoindre. Les questions fusèrent :

— Quel mobile avait Beth Dietz ?

— Accordez-nous l'exclusivité !

En une seconde, Anne se trouva cernée par une horde.

— Pas de commentaires ! Pas de commentaires ! répéta-t-elle en se servant de son journal plié pour se frayer un chemin dans la cohue.

Elle avait presque réussi à s'en dégager quand un cameraman de télévision lui barra le passage… jusqu'à ce qu'un épais battoir l'empoigne par l'épaule et le pousse à l'écart. Anne leva les yeux avec reconnaissance vers son sauveteur et reconnut, au bout du bras qui prolongeait cette main, le visage jovial du fidèle Herb, l'impénitent admirateur de poitrines féminines, en grande tenue de vigile d'élite.

— Dégagez ! En arrière, vous tous ! rugit le cerbère.

Il ouvrit sans ménagement une brèche dans le mur humain et assura la retraite d'Anne jusqu'à ce qu'elle ait franchi la porte tambour de l'immeuble.

— Ils sont dingues, tous ces mecs ! commenta-t-il en s'épongeant le front, une fois certain d'avoir escorté Anne à bon port.

Elle était de si bonne humeur ce matin-là qu'elle était contente de revoir Herb dont, pour une fois, le sourire exprimait plus la gaieté que la concupiscence.

— Merci de m'avoir sauvée des fauves, lui dit-elle avec sincérité.

— Alors, c'était donc vous la soi-disant nouvelle coursière ?

— Oui, c'était moi. Et je suis désolée d'avoir dû vous mentir.

— Vous voulez rire ? s'esclaffa Herb en l'accompagnant jusqu'à l'ascenseur. En tout cas, je suis content de vous savoir en vie. Je vous aime bien, vous savez, ajouta-t-il d'un ton presque paternel.

— Merci, Herb, vous me flattez.

Anne entra dans la cabine, pressa le bouton, et la porte en se refermant l'enleva à l'affectueuse admiration du gardien.

Elle était à peine arrivée à l'étage que la réceptionniste bondit de son bureau et se jeta dans ses bras, imitée par les secrétaires et les employées aussitôt accourues.

— Vous êtes vivante ! s'écrièrent-elles en chœur.

Désormais accoutumée aux marques d'amitié, Anne fit ce qu'il fallait faire en pareil cas, c'est-à-dire rendre les embrassades en ayant les yeux humides.

— Bennie veut vous voir tout de suite dans la salle C, lui dit la réceptionniste une fois les effusions calmées. Elle a un nouveau dossier pour vous.

— Un nouveau dossier ? Vous plaisantez ! Je n'ai pas envie de travailler aujourd'hui, je veux passer mon temps à embrasser mes amies !

— Il vaut mieux y aller, Anne. Judy et Mary y sont déjà, elles comptent sur vous. Le client attend dans la salle D.

298

— Pas de répit pour les pauvres avocates, soupira Anne, qui prit congé de ses nouvelles amies et se dirigea vers la salle de conférences.

Bennie, Judy et Mary étaient assises autour de la table, devant des blocs vierges et des gobelets de café fumant. Anne les avait quittées quelques heures plus tôt à la Rotonde, aussi lasses qu'elle-même. Maintenant, elles paraissaient alertes et de bonne humeur, comme elle.

— Vous voulez vraiment me mettre tout de suite au travail ? demanda-t-elle en entrant.

— Bonjour, Anne, dit Bennie en l'embrassant. Vous avez pu prendre un peu de repos ?

— Un peu moins de deux heures, mais cela m'a fait du bien. Mel me charge de vous dire bien des choses.

— Il me manque déjà, dit Bennie en souriant.

Judy et Mary l'embrassèrent à leur tour mais, malgré la chaleur de leur accueil, Anne sentit une certaine tension. Bennie avait à l'évidence quelque chose en tête. Anne voulut donc prendre les devants.

— Avant de commencer, j'ai une idée à vous soumettre. C'est très urgent. Je peux y aller ?

— D'accord, dit Bennie en hésitant. Nous écoutons.

— Asseyons-nous d'abord. Surtout vous, Bennie. Voilà. Je me souviens d'avoir entendu l'autre jour à la radio, quand vous me croyiez morte, que vous offriez une récompense pour retrouver mon assassin.

— Oui.

— Vous aviez avancé le chiffre de cinquante mille dollars.

— Oui. Et alors ?

— Comme vous le savez, j'ai trouvé l'assassin, Beth Dietz, que j'ai remise la nuit dernière aux mains de la police.

— Bien sûr. Où voulez-vous en venir ?

Judy et Mary avaient l'air aussi intriguées que Bennie.

— Je voudrais que vous me donniez cette récompense pour la remettre, au nom de Willa, à une association de victimes de crimes. Ce serait un beau geste pour honorer sa mémoire. Cet argent pourrait rendre de grands services à beaucoup de gens et peut-être même aider à prévenir les agissements d'autres criminels du genre de Kevin.

— Bonne idée, approuva Bennie. Acceptée.

— Quoi, vous ne discutez pas ?

— Non.

— C'est une grosse somme.

— Je sais.

— Elle sortira de votre poche.

— J'en suis consciente. Vous n'avez cependant pas pensé, je crois, que vous pourriez en utiliser une partie pour payer les frais des obsèques de Willa.

— Merci de le proposer, mais j'y ai déjà pensé. J'ai décidé que c'est à moi de me charger de son enterrement et du service religieux. Ce serait bien que vous y veniez aussi.

— Nous irons, affirma Bennie.

— Bien entendu, renchérit Judy.

— Et nous t'aiderons pour organiser le service, offrit Mary.

— Merci, dit Anne en s'efforçant de dissiper sa tristesse. Et maintenant, dites-moi ce qui se passe. Il paraît que nous avons un nouveau client ?

— Oui. Vous auriez voulu vous reposer, je sais, mais cela ne peut pas attendre. Le client a un sérieux problème.

— Meurtre ? voulut savoir Anne.

— Non, mais quand même grave.

— Civil ou pénal ?

— Civil. Je dois ajouter que ce client reconnaît sa responsabilité. Il est donc coupable.

— Pourquoi n'avons-nous jamais de dossiers faciles ? soupira Anne.

— Parce que nous sommes trop intelligentes pour les affaires faciles ! lança Judy.

D'un geste, Bennie lui imposa le silence.

— Revenons à notre affaire. Le client est coupable, mais les faits sont très anciens. Vous devriez pouvoir bâtir une défense là-dessus.

— Il y a prescription ? demanda Anne, intriguée.

— Pas dans le cas présent, mais il comporte des éléments intéressants que vous devrez connaître et mettre en lumière.

— Qu'est-ce qu'il a fait ?

— Rassemblez les faits avant tout, creusez-les jusqu'à ce que vous compreniez bien la situation. Je n'ai pas besoin de vous apprendre à constituer un dossier valable. Votre client vous attend dans la salle D.

— Mon client ?

— Sans aucun doute. Vous n'auriez pas pu vous en charger auparavant, maintenant vous en êtes capable. Après ce que vous venez de subir, vous avez acquis de l'expérience, de la maturité, le sens de la perspective. Certaines choses ne nous arrivent parfois que quand nous y sommes préparés. Prenez quelques jours de congé et consacrez-y du temps.

Anne se leva, prit un bloc vierge et un stylo.

— Autrement dit, des vacances studieuses ?

— Si vous voulez. Au fait, avez-vous jamais eu à traiter avec un client coupable ?

— Gil, en un sens. Ça ne me plaisait pas du tout.

— Eh bien, laissez-moi vous donner un bon conseil. Nous ne pouvons pas nous offrir le luxe de choisir les clients, nous devons les accepter tels qu'ils sont. Comme les membres de sa famille, à titre de comparaison. C'est pourquoi, quand vous en rencontrez un pour la première fois, ne jugez pas. Écoutez d'abord. Compris ?

— Oui.

— Vous pouvez poser des questions, douter des réponses, mais vous n'avez pas le droit de juger. Juger n'est pas le rôle des avocats, c'est celui des juges. Compris ? Bon. Et maintenant, allez en salle D.

— Merci, Bennie.

Anne alla l'embrasser. Puis, à la porte, elle se retourna :

— Je passerai à votre bureau quand j'aurai fini.

— J'y compte bien. Au fait, votre client est une cliente.

Anne ne prit pas garde à ces derniers mots et alla en hâte à la salle de conférences. Mais quand elle en ouvrit la porte, la personne qu'elle vit assise à la table n'était autre que sa mère.

Ses cheveux trop noirs étaient sagement tirés, elle portait une robe bleue toute simple et une discrète touche de rouge à lèvres. Elle pianotait nerveusement sur la table et battait des cils comme si elle était gênée ou avait honte d'être là.

Tu as de bonnes raisons d'avoir honte, pensa Anne, trop choquée pour dire quelque chose.

— J'étais venue te voir, commença sa mère d'une voix mal assurée d'où toute trace de faux accent britannique avait disparu. Comme tu n'étais pas arrivée, j'ai voulu partir, mais Bennie, ta patronne, m'a demandé de rester. Elle m'a dit que tu accepterais de me voir si elle te parlait d'abord. Elle a beaucoup de cœur, cette femme.

Anne aurait tordu le cou de Bennie avec joie si elle ne s'était rappelé son conseil : « Ne jugez pas, écoutez. »

— Tu ne la connais pas, se borna-t-elle à répondre.

— Je voulais te parler avant de rentrer à Los Angeles. Je n'attends rien de toi, je ne te demande rien. J'espérais simplement que nous pourrions nous parler une dernière fois. Je voulais aussi que tu saches que je ne bois ni ne prends plus de pilules depuis maintenant cinq mois et dix jours. J'ai même un job, un vrai, qui paie.

Nous ne pouvons pas nous offrir le luxe de choisir les clients. Nous devons les accepter tels qu'ils sont, comme les membres de sa famille…

— Si tu le préfères, je m'en irai tout de suite. J'ai mon billet pour le vol de trois heures cet après-midi.

Vous n'auriez pas pu vous en charger auparavant. Maintenant, vous en êtes capable…

— Mais je ne voulais pas partir sans t'avoir au moins dit au revoir.

Anne sentit dans sa poitrine se libérer un sentiment indéfinissable qui y était depuis longtemps et qu'elle refusait de regarder en face. Elle évoqua le souvenir de Mme Brown, seule dans sa petite chambre avec ses mots croisés. De Mme DiNunzio entourée de sa famille dont elle était la mère nourricière. Elle savait qu'il existait un rapport entre ces images disparates, mais elle était trop troublée pour les analyser et en tirer des conclusions.

Machinalement, elle s'assit, posa son bloc devant elle comme au début du premier entretien avec un client inconnu.

— Alors, demanda sa mère, pouvons-nous parler un moment ?

Anne s'installa sur son siège et se prépara à écouter. N'essayait-elle pas de redémarrer du bon pied dans sa nouvelle vie ? Commencer par là était un bon point de départ. Le meilleur, peut-être.

— Oui, répondit-elle. Parlons. Commence par le commencement, si tu le veux bien.

Et c'est ainsi que, pour la première fois de leur vie, une mère et sa fille commencèrent à se parler.

DÉJÀ PARUS

Robert Daley
Trafic d'influence, 1994
En plein cœur, 1995
La Fuite en avant, 1997

Daniel Easterman
Le Septième Sanctuaire, 1993
Le Nom de la bête, 1994
Le Testament de Judas, 1995
La Nuit de l'Apocalypse, 1996

Allan Folsom
L'Empire du mal, 1994

Dick Francis
L'Amour du mal, 1998

James Grippando
Le Pardon, 1995
L'Informateur, 1997

Colin Harrison
Corruptions, 1995
Manhattan nocturne, 1997

A. J. Holt
Meurtres en réseau, 1997

John Lescroart
Justice sauvage, 1996

Judy Mercer
Amnesia, 1995

Iain Pears
L'Affaire Raphaël, 2000
Le Comité Tiziano, 2000
L'Affaire Bernini, 2001
Le Jugement dernier, 2003
Le Mystère Giotto, 2004
L'Énigme San Giovanni, 2004

Junius Podrug
Un hiver meurtrier, 1997

John Sandford
Le Jeu du chien-loup, 1993
Une proie en hiver, 1994
La Proie de l'ombre, 1995
La Proie de la nuit, 1996

Rosamond Smith
Une troublante identité, 1999
Double délice, 2000

Tom Topor
Le Codicille, 1996

Michael Weaver
Obsession mortelle, 1994
La Part du mensonge, 1995

Composé par Nord Compo
à Villeneuve d'Ascq